CW01666262

ARMADA

SOȚIA DE LA ETAJ

RACHEL HAWKINS

Traducere din limba engleză de
MONICA ȘERBAN

ARMADA

Design copertă: © Danielle CHRISTOPHER
Imaginile copertei: Flori © Nadezhda Stepanova/Getty;
textura fundalului © Photo Boutique/Shutterstock; tapet © Cafe Racer/Shutterstock;
balustradă © TaraPatta/Shutterstock
Redactor-şef: Marian COMAN
Redactor: Mihaela STAN
Tehnoredactor: Iuliana CONSTANTINESCU
Lector: Cătălina MIHAI

Descrierea CIP a Bibliotecii Naţionale a României
HAWKINS, RACHEL
Soţia de la etaj / Rachel Hawkins; trad. din lb. engleză: Monica Şerban. –
Bucureşti: Nemira Publishing House, 2021
ISBN 978-606-43-1252-5
I. Şerban, Monica (trad.)

821.111

Rachel Hawkins
THE WIFE UPSTAIRS
Copyright © 2020 by Alloy Entertainment, LLC
Published in agreement with the author,
c/o BAROR INTERNATIONAL, INC., Armonk, New York, U.S.A.
Produced by Alloy Entertainment, LLC

alloyentertainment

© NEMIRA, 2021
ARMADA este un imprint al Grupului Editorial **NEMIRA**.

Tiparul executat de Tipografia EVEREST.

Orice reproducere, totală sau parţială,
a acestei lucrări şi închirierea acestei cărţi
fără acordul scris al editorului sunt strict interzise
şi se pedepsesc conform Legii dreptului de autor.

ISBN 978-606-43-1252-5

Pentru mama, care, din fericire,
nu seamănă deloc cu mamele din această carte.

„Întotdeauna vor exista două
feluri de moarte, cea reală și
cea despre care oamenii știu."

JEAN RHYS, *Întinsa Mare a Sargaselor*

PARTEA ÎNTÂI

JANE

1

FEBRUARIE

Cea mai nenorocită zi pentru plimbare.

Toarnă de dimineață fără oprire, făcându-mi drumul cu mașina de la Center Point până aici, în Mountain Brook, un coșmar. Mă dau jos pe aleea familiei Reed, tivul blugilor mi se udă leoarcă și apa îmi pleoscăie în teniși când calc pe pardoseala din marmură a vestibulului.

Doamna Reed ține câinele, pe Bear, de lesă și mă privește cu o expresie exagerată de compasiune, despre care se presupune că trebuie să-mi arate cât de prost se simte că mă trimite afară, pe o asemenea ploaie, într-o dimineață de luni.

Dar asta și contează – să știu că ea se simte prost.

Și totuși, se așteaptă să o fac.

Plimb câini în zona Thornfield Estates de aproape o lună și măcar ceva am înțeles cu adevărat: cel mai important este cum *pare* totul.

Doamna Reed *pare* plină de compasiune. *Pare* că-i displace profund ideea că eu trebuie să-l plimb pe Bear, un collie, într-o zi rece și furtunoasă de la jumătatea lunii februarie.

Pare să-i pese de persoana mea.

În realitate, lucrurile nu stau așa, dar nu e nicio problemă, jur.

De parcă mie mi-ar păsa de ea. Nici vorbă.

Așadar, zâmbesc, strângându-mi bine pe mine impermeabilul kaki.

— Am venit pregătită, îi spun și apuc lesa lui Bear.

Stăm în vestibulul casei familiei Reed. În stânga, o uriașă oglindă înrămată, sprijinită de perete, reflectă imaginea mea, a doamnei Reed și a lui Bear. Câinele se agită deja, trăgându-mă spre ușă. Mai e și o masă de lemn cam șubredă, pe care se află un bol cu un amestec de flori uscate și parfumate, dar și o pereche de cercei cu diamante, aruncați neglijent de doamna Reed azi-noapte, când s-a întors de la cine știe ce acțiune caritabilă.

Am observat că acțiunile caritabile sunt o treabă serioasă pe aici, deși n-am reușit niciodată să pricep pentru ce strâng ei bani mai exact. Invitațiile pe care le văd lăsate pe colțul vreunei mese sau prinse cu magneți pe ușa frigiderului alcătuiesc o salată de cuvinte virtuoase. *Copii, femei bătute, oameni fără adăpost, defavorizați*: diverse eufemisme de acest gen care nu înseamnă altceva decât „sărăcie“.

Habar nu am ce cauză a sprijinit doamna Reed noaptea trecută, dar ăsta e doar un alt aspect de care prea puțin îmi pasă.

Nu-mi las privirea să poposească prea mult pe cercei.

Lesa lui Bear e fină. Îi fac un semn cu mâna doamnei Reed și mă îndrept spre veranda spațioasă din față. E din ciment vopsit, alunecos când e umezeală, iar tenișii mei vechi îmi dau de furcă.

Aud ușa închizându-se în spatele meu și mă întreb ce-o să facă doamna Reed în dimineața asta, câtă vreme eu îi plimb câinele. Mai bea o cafea? Pune și-un Xanax în ea? Aranjează o nouă acțiune caritabilă?

Poate un brunch unde să strângă bani pentru copiii care nu știu să facă iahting.

Ploaia s-a mai domolit puțin, dar dimineața e încă rece și îmi doresc să-mi fi luat mănușile. Am mâinile jupuite și crăpate, cu articulațiile degetelor de un roșu violent. Între degetul mare și arătătorul mâinii drepte, încă am un semn rozaliu, un trofeu al ultimei zile de lucru la Roasted, o cafenea din Mountain Brook Village.

Îmi zic din nou că plimbatul câinilor e de rahat, dar măcar nu există riscul unor arsuri de gradul al doilea.

Bear trage de lesă, adulmecând fiecare cutie poștală care ne iese în cale. Îl las să mă târască așa, după el, iar eu mă gândesc la case, la cartier și apoi la munca mea. În spatele fiecărei vile uriașe, se întinde o curte plină de verdeață, așa că n-are sens să pui pe cineva să-ți plimbe câinele. Dar *sens* nu e un cuvânt pe care astfel de oameni să îl aibă în vocabular. Pentru ei, totul se rezumă la *a vrea*.

Toate casele de aici despre asta vorbesc.

Doamna Reed și soțul ei locuiesc singuri în Magnolia Court. Au opt săli de baie și șapte dormitoare, un living simandicos, o cameră de zi intimă, un salon la etaj și un „birou pentru gentlemeni". Așa sunt construite toate casele din Thornfield Estates, din câte îmi dau seama. Am fost în patru dintre ele, fiindcă, firește, odată ce un vecin angajează pe cineva să-i plimbe câinele, toată lumea are nevoie, *vrea*, unul. Lucrez pentru soții Reeds, îl plimb pe Bear, dar și pentru familia McLaren de pe Primrose Lane, le plimb dalmațianul, pe Mary-Beth. Apoi mai sunt și soții Clark de pe Oakwood, cu ai lor shittsu, Major și Colonel, iar Tripp Ingraham, de pe Maple Way, tocmai m-a angajat să-i plimb labradorul răposatei sale soții, pe Harper.

Una peste alta, e o slujbă bună, cu siguranță superioară celei de la Roasted. Aici, oamenii chiar se uită în ochii mei, deoarece vor să fie genul de persoane care își spun în sinea lor că nu sunt niște ticăloși dacă își strigă „ajutoarele" pe numele mic. „Jane face parte din familie", le zice, probabil, doamna Reed celorlalte doamne de la country club și toate aprobă fandosindu-se, în timp ce mai dau pe gât încă un Bloody Mary.

Tenișii mei scârțâie pe trotuar și mă gândesc la apartamentul meu, unde probabil curge din nou apă, prin locul ăla din tavanul bucătăriei, de un cenușiu mai întunecat decât fumuriul pereților. Apartamentul e ieftin și situat într-o zonă relativ decentă a orașului, dar, uneori, mă simt de parcă aș trăi într-o cutiuță de beton. Oricât m-aș strădui să-l înfrumusețez cu postere de la Target sau cu pături drăguțe, cumpărate de la consignații, griul cel puternic iese învingător.

În Thornfield Estates, nu vezi nici urmă de cenușiu.

Aici, iarba e verde, indiferent de anotimp, și fiecare casă are ghivece cu flori sau jardiniere ori tufișuri uriașe, încărcate cu flori multicolore. Obloanele sunt galben-aprins, albastru-marin, roșu-închis și verde-smarald. Nuanțele de gri, dacă apar prin cine știe ce minune, sunt fine și elegante, ca penele porumbeilor, am auzit-o pe doamna Reed specificând. Aici, te înconjoară permanent freamătul celor care îngrijesc peluzele, covoarele, iar echipele care oferă servicii de curățenie intră și ies de pe alei în furgonete de tot felul, chiar și când plouă ca azi.

Bear se oprește să urineze într-o curbă, iar eu îmi folosesc mâna liberă să îmi dau jos gluga. Stropii reci de ploaie mi se scurg pe spate. Impermeabilul e vechi și căptușeala de pe partea stângă pare ruptă, dar nu mă pot hotărî să-mi cumpăr altul. Este o cheltuială inutilă și, câteodată, mă întreb dacă, aici, ar băga cineva de seamă lipsa unui impermeabil mai vechi.

Prea mare riscul, îmi zic în sinea mea, dar tot îmi petrec două minute bune imaginându-mi cum ar fi să mă plimb într-o haină la modă și drăguță, ceva care să împiedice nenorocita asta de ploaie rece să-mi pătrundă până la piele. Ceva ca jacheta Burberry pe care doamna Clark o agățase de ușă săptămâna trecută.

Nici măcar să nu-ți treacă prin cap!

În schimb, mă gândesc la cerceii cu diamante ai doamnei Reed. Ar fi suspect să lipsească amândoi. Dar unul? Unul ar fi putut cădea de pe masă. Ar putea fi prins în covorul de la country club. Ar putea fi rătăcit în vreun buzunar.

Bear se oprește să adulmece o altă cutie poștală, dar trag de lesă și mă îndrept spre casa mea preferată.

E la capătul unei străzi înfundate, situată mai departe de drum și printre puținele din care oamenii nu intră și nu ies în flux continuu. Curtea e la fel de verde ca peluzele din vecinătate, dar nu așa de dichisită, iar tufișurile violete care înfloresc în față s-au înălțat prea mult, blocând ferestrele de la parter.

Este cea mai mare casă din zonă, ridicându-se semeaţă, cu două aripi masive şi cu doi stejari trufaşi la intrare. E clar mai veche decât celelalte construcţii din împrejurimi, probabil chiar prima vilă construită aici.

Uniformitatea cartierului Thornfield Estates va face casele să se contopească. Îmi place ideea – o contopire frumoasă e de preferat monotoniei deprimante a părţii de oraş unde stau eu –, dar vila asta are ceva aparte. Singură, la capătul unei fundături, mă atrage de fiecare dată.

Cobor de pe trotuar şi mă opresc în mijlocul străzii să arunc o privire mai atentă.

Aici e mereu atât de linişte, încât nici măcar nu-mi trece prin minte că statul în mijlocul drumului poate fi primejdios.

Aud maşina înainte să o văd, dar tot nu mă mişc. Mai târziu, când voi rememora momentul, mă voi întreba dacă nu cumva ştiam ce se va întâmpla. Dacă nu cumva tot ce am trăit în viaţă m-a adus în acel loc, lângă acea casă.

La el.

2

Aproape toate mașinile din Thornfield Estates sunt la fel, versiunea luxoasă a unui SUV. Practic, sunt niște oglindiri mobile ale caselor – bătător la ochi de scumpe și mai mari decât ar fi necesar. Abia le mai observ și doar le înregistrez ca pe niște tancuri de culoarea șampaniei sau a cerului de miazănoapte, care rulează pe străzi în mod regulat.

Totuși, automobilul care iese zburând de pe aleea casei mele preferate nu e un SUV. E o mașină sport veche, cu un motor zgomotos și de un roșu ca al merelor glazurate, strălucitoare ca o rană sub cerul mohorât al zilei.

Bear latră, țopăind pe picioarele din spate și încerc să mă feresc din calea sa. Degetele mi se încurcă în lesă când botul mașinii se repede spre noi.

Asfaltul e alunecos de la ploaie și poate că asta mă salvează. Când mă dau în spate, îmi pierd echilibrul și cad, lovindu-mă suficient de tare ca să-mi clănțăne dinții. Gluga îmi acoperă din nou fața, așa că nu văd nimic, cu excepția materialului kaki, dar aud scrâșnetul frânelor și un zăngănit metalic. Bear latră fără oprire, mișcându-se nervos, iar pielea lesei îmi sfâșie încheietura. Mă strâmb de durere.

— Isuse Hristoase! aud un bărbat exclamând și reușesc, în sfârșit, să-mi dau gluga pe spate.

Jumătatea din spate a mașinii superbe se odihnește acum lipită de unul dintre stâlpii fițoși de iluminat înșiruiți pe marginea drumului.

Șoferul nu mersese cu viteză foarte mare, dar mașina era atât de ușoară, încât metalul se șifonase ca hârtia. Gura mi se usucă brusc și inima începe să-mi bată nebunește.

La dracu', la dracu', la dracu'!

O astfel de mașină valorează mai mult decât salariul pe un an al celor mai mulți oameni. Mi-ar lua secole de lucru la cafenea ca să-mi permit fie și un avans ori ceva de genul ăsta, iar acum totul s-a dus naibii, fiindcă eu, din mijlocul străzii, mă holbam la casa tipului.

Ușa din partea șoferului e deschisă. Până la urmă, îmi fac curaj să mă uit la bărbatul care stă în picioare, cu un braț sprijinit neglijent de portieră.

Nu arată precum ceilalți bărbați pe care i-am văzut în Thornfield Estates. Ăia se îmbracă în tricouri polo și în pantaloni kaki. Până și cei mai tineri și în formă au un fel de moliciune aparte. Un început de bărbie dublă și burți care atârnă discret peste curelele din piele scumpe.

Omul din fața mea e numai fibră. Poartă blugi și ghete care sunt făcute să pară uzate, dar știu că sunt scumpe. Tot ce are pe el pare scump, chiar și cămașa albă mototolită, descheiată la gât.

— Ai pățit ceva? întreabă el, pășind spre mine.

Deși plouă, poartă ochelari de soare ca de aviator și îmi zăresc reflexia în ei. Ovalul palid al feței mele contrastează cu verdele-închis al glugii.

Când își scoate ochelarii, agățându-i de cămașă, îi văd albastrul intens al ochilor. Se uită în jos spre mine și trei cute lungi îi apar pe frunte.

A trecut mult timp de când nu m-a mai privit cineva cu o îngrijorare sinceră și acest lucru mi se pare mai atrăgător decât hainele frumoase, mașina splendidă și structura osoasă perfectă.

Încuviințez din cap, mă ridic în picioare și trag de lesa lui Bear ca să aduc câinele mai aproape.

— Nimic, îi răspund. N-ar fi trebuit să stau în mijlocul străzii.

Buzele i se arcuiesc și o gropiță îi apare în obraz.

— N-ar fi trebuit să ies de pe alee ca fulgerul.

Bărbatul se apleacă și îl scarpină scurt pe Bear după urechi. Câinele se agită încântat la atingerea lui, scoțând limba.

— Bănuiesc că tu ești persoana cea nouă care plimbă câinii și de care toată lumea e atât de încântată, spune bărbatul.

Îmi dreg glasul și obrajii încep să-mi ardă brusc.

— Eu... mă cheamă Jane.

— Jane, repetă el. Nu prea întâlnești multe Jane în ultima vreme.

Nu-i mărturisesc că nici măcar nu e numele meu real, ci numele unei fete moarte, pe care am cunoscut-o într-o viață căreia i-am pus cruce. Numele meu real e la fel de plictisitor, dar e unul pe care se poate să-l fi auzit mai des.

— Eu sunt Eddie, rostește el, întinzându-mi mâna.

I-o scutur, dureros de conștientă de umezeala palmei mele și de mizeria de pe asfalt care mi s-a lipit de degetul mare.

— Nici Eddie nu prea întâlnești în ultima vreme.

El râde și hohotele lui puternice, calde, îmi dau un fior pe șira spinării.

Și, poate de aceea, când mă întreabă dacă vreau să intru să beau o cafea, răspund că da.

3

De aproape, casa este și mai impresionantă decât văzută din stradă. Ușa principală e masivă și înaltă, cu o arcadă deasupra. Ușile de tipul ăsta sunt reprezentative pentru zonă. La familia Reed, ușile băilor au cel puțin doi metri și jumătate înălțime, făcând chiar și cele mai mici camere să pară grandioase și importante.

Eddie ne conduce pe mine și pe Bear înăuntru și câinele începe imediat să se scuture, împrăștiind stropi de apă pe podeaua de marmură.

— Bear! rostesc ferm, smucind de lesă.

Eddie se mulțumește să ridice din umeri.

— Podeaua se va usca mai repede decât tine, nu-i așa, băiete?

Mângâie din nou câinele, apoi îmi face semn să-l urmez pe hol.

În dreapta, zăresc o masă impozantă – și mai multă marmură, și mai mult fier forjat –, pe care tronează un aranjament floral complicat. Când trec pe lângă el, îmi plimb ușor degetul peste cea mai apropiată floare.

E rece și mătăsoasă la atingere, puțin umedă. Îmi dau seama că florile sunt naturale și mă întreb dacă el – sau soția lui, să fim serioși, nu? – primește asemenea aranjamente proaspete în fiecare zi.

Holul duce într-un living uriaș, cu tavan înalt. Mă așteptasem la ceva asemănător sufrageriei familiei Reed, cu o mare de culori neutre, dar mobila din încăpere este viu colorată și pare comodă.

Are două canapele în nuanța coacăzelor și trei fotolii tapițate, cu imprimeuri îndrăznețe, care nu se asortează, dar care, cumva, dau bine împreună. Parchetul e fin și remarc și câteva covorașe, la fel de viu colorate.

Două lămpi înalte aruncă sfere calde de lumină aurie pe podea, iar șemineul este încadrat de rafturi înzidite pentru cărți.

— Ai cărți, spun, și Eddie se oprește, răsucindu-se spre mine cu mâinile în buzunare și ridicând din sprâncene.

Dau din cap, arătând spre rafturile ticsite cu ediții cartonate.

— Adică... multe dintre casele de aici au asemenea rafturi, dar, de obicei, nu văd cărți pe ele.

Soții Reed au câteva fotografii înrămate, niște vaze cu aspect bizar și mult spațiu nefolosit. Soții Clark preferă farfurii de porțelan așezate pe suporturi mici, alături de boluri din argint ciudate.

Eddie încă mă privește și nu pot citi nimic pe fața lui.

— Ești foarte atentă, zice într-un târziu.

Nu sunt sigură dacă s-a vrut un compliment sau nu și, brusc, îmi doresc să nu fi vorbit deloc.

Îmi îndrept atenția spre peretele cu ferestre care dau spre curtea care, la fel ca și partea din față a casei, e mai neîngrijită decât celelalte curți din cartier – iarba e mai mare, tufișurile nu sunt uniforme –, dar e mai frumoasă decât cele cu peluze parcă decupate perfect din revistele de grădinărit. Această proprietate se întinde până la marginea pădurii. Copacii se înalță până în zare, spre cerul plumburiu.

Eddie îmi urmărește privirea.

— Am cumpărat terenul de lângă această parcelă ca să nu fim nevoiți niciodată să ne uităm la spatele altei case.

Încă ține cheile de la mașină în mână, zornăindu-le. Un tic nervos care nu i se prea potrivește.

Mă gândesc la cuvintele pe care tocmai le-a rostit – *să nu fim.*

E o tâmpenie să simt dezamăgire. Firește că un bărbat ca el are nevastă. Nu există celibatari în Thornfield Estates, cu excepția lui Tripp Ingraham, iar el e văduv, de fapt. Celibatarii nu trăiesc în asemenea locuri.

— E frumos, îi spun. Intim.

Singuratic, îmi trece prin cap, dar îmi țin gura.

Eddie își drege glasul, se îndepărtează de fereastră și se duce la bucătărie. Mă iau după el, trăgându-l și pe Bear după mine. Apa se scurge de pe poalele impermeabilului.

Bucătăria e la fel de grandioasă ca restul casei, cu un frigider din oțel inoxidabil enorm, o insulă din granit negru și cu dulapuri frumoase, crem. Totul pare să sclipească, chiar și bărbatul care stă în fața unui espressor Keurig și schimbă capsula cu cafea.

— Cum îți place? mă întreabă, tot cu spatele la mine.

Mă așez pe marginea unui taburet înalt, cu lesa lui Bear într-o mână.

— Fără zahăr, răspund.

Adevărul e că nu-mi place cafeaua simplă, fără zahăr, dar e cel mai ieftin sortiment pe care îl poți cumpăra la o cafenea, așa că a devenit un obicei.

— Înțeleg, ești o dură.

Îmi zâmbește peste umăr, fixându-mă cu ochii lui de un albastru intens, și mă îmbujorez din nou.

E căsătorit, îmi repet în sinea mea.

Când îmi întinde cana cu cafea, arunc o privire scurtă spre mâinile lui. Unghii fine, manichiurate, și smocuri mici de păr negru pe degete.

Niciun inel.

— Povestește-mi despre tine, Jane-care-plimbă-câini! mă îndeamnă el, răsucindu-se la loc pentru a mai face o cafea. Ești din Birmingham?

— Nu.

Suflu peste marginea cănii.

— M-am născut în Arizona și am trăit în Vest până anul trecut.

Adevărat, dar vag: modul meu preferat de a-mi povesti trecutul când cunosc pe cineva.

Eddie își ia cana din espressor și se întoarce spre mine, sprijinindu-se de insulă.

— Și cum ai ajuns aici?

— Căutam ceva nou și un prieten de pe vremea școlii, care locuiește aici, mi-a oferit o cameră.

Trebuie să iei în calcul un lucru atunci când torni minciună după minciună. Să strecori și adevărul pe undeva, în toată povestea. Un strop e suficient. Partea asta micuță prinde la oameni și face ca restul minciunilor să pară adevăr curat.

Căutam ceva nou. Chiar așa era. Fiindcă fugeam de ceva vechi.

Un prieten de pe vremea școlii. Un tip pe care l-am cunoscut într-un centru de plasament, după ce relația cu ultimii mei asistenți maternali s-a terminat urât.

Încuviințând din cap, Eddie soarbe din cafea, iar eu mă chinui să nu mă foiesc pe scaun, să nu-l întreb de ce naiba m-a adus în casa lui ca să purtăm o conversație idioată, unde e nevastă-sa, de ce nu e la muncă sau în locul spre care pornise atât de grăbit de dimineață.

Însă el pare fericit să stea așa, în bucătărie, cu mine, să bea cafea și să mă privească de parcă aș fi un puzzle pe care vrea să-l rezolve.

Am o senzație bizară că mi-am spart capul ceva mai devreme și am aterizat într-un univers alternativ, unde bărbații bogați și frumoși sunt interesați de mine.

— Și tu? întreb. Ești de fel din Birmingham?

— Soția mea era.

Era. În mintea mea, mă agăț de cuvântul acesta, de timpul verbal.

— Ea... A crescut în apropiere și a vrut să se mute înapoi, continuă el, bătând ușurel cu degetele în cană, același gest pe care îl observasem și mai devreme, pe stradă.

Pune cana pe masă, își încrucișează brațele și se sprijină de blatul din granit al insulei din mijlocul bucătăriei.

— Stai în Mountain Brook? mă întreabă.

Ridic din sprâncene, ironic, lucru care îl face să râdă.

— Sunt dubioase? Interogatoriile de genul ăsta?

Poate ar trebui să fie, dar mie îmi place să văd că cineva se interesează de mine. Nu e interesul fals, prefăcut, al doamnei Reed, ci unul real, sincer. Pe deasupra, aș sta mai degrabă aici, să discut și să beau cafea, în bucătăria lui superbă, decât să-l plimb pe Bear prin ploaie.

Urmăresc cu degetele conturul unei nervuri din marmură.

— Ușor dubioase. Nivelul unu pe scara suspiciunii, îi răspund.

El zâmbește din nou și ceva mă gâdilă în partea de jos a spatelui.

— Mă descurc cu nivelul unu.

Îi zâmbesc la rândul meu, relaxându-mă puțin.

— Și nu, nu stau în Mountain Brook. Apartamentul prietenului meu e în Center Point.

Center Point este un orășel urât, situat la vreo 20 de kilometri. Cândva, a făcut parte din zona suburbană în plină dezvoltare a orașului Birmingham, dar acum a devenit un rai al mallurilor și al restaurantelor fast-food. Încă există cartiere drăguțe în el și în jurul lui, dar, în ansamblu, zici că te afli pe altă planetă când îl compari cu Thornfield Estates. Iar expresia de pe chipul lui Eddie reflectă acest lucru.

— Rahat, rostește el, îndreptându-se de spate. Dar știu că ai ceva drum de făcut până acasă.

Așa este și probabil că rabla mea de mașină nu va mai suporta mult timp, dar merită să scap de toată urâțenia aia ca să vin într-un loc cu peluze dichisite și cu case din cărămidă. Știu că ar fi fost o mișcare mai inteligentă să-mi găsesc de lucru în Center Point, ca John, dar, imediat ce m-am mutat acolo, prima mea mișcare a fost să caut o cale de a scăpa.

Așa că nu mă deranjează să conduc atât de mult.

— Nu prea era de lucru în Center Point, îi spun, un alt lucru pe jumătate adevărat.

Firește că erau joburi – casieră la Dollar General, vânzătoare la Winn-Dixie, femeie de serviciu la sala de fitness „Fit Not Fat!", pe vremuri un magazin Blockbuster de închiriat casete video –, însă nu erau locuri de muncă pe care să mi le doresc. Nu m-ar fi adus deloc mai aproape de persoana care vreau să fiu.

— Prietenul meu știa pe cineva care a lucrat la Roasted, în sat, și acolo am cunoscut-o pe doamna Reed. Mă rog, prima dată l-am cunoscut pe Bear.

Auzindu-și numele, câinele începe să dea din coadă, lovindu-mi cu ea picioarele scaunului, un semn că, probabil, ar trebui să plec. Însă Eddie încă mă privește, iar mie nu-mi mai tace gura.

— Era legat afară și i-am dus niște apă. Se pare că am fost prima persoană la care nu a mârâit de când îl avea doamna Reed, iar ea m-a întrebat dacă am plimbat vreodată câini, așa că acum...

— Acum iată-te aici, completează Eddie, ridicând din umeri.

Mișcarea este elegantă, în ciuda hainelor lui șifonate, și îmi place cum buzele lui schițează ceva între un zâmbet și un rânjet.

— Iată-mă aici, întăresc eu și, pentru o clipă, el îmi susține privirea.

Are ochii incredibil de albaștri, dar tiviți cu roșu. Barba nerasă nu îi ascunde pielea palidă.

Casa e bine îngrijită și curată, dar ceva din senzația de pustiu din ea – și din ochii lui Eddie – îmi amintește de Tripp Ingraham. Urăsc să-i plimb câinele, fiindcă apoi trebuie să intru în casa aia sufocantă, unde zici că cineva a apăsat pe butonul de pauză când a murit a doua lui soție.

Și atunci, îmi amintesc că soția lui Tripp nu a murit singură. Ea și cea mai bună prietenă a ei și-au pierdut viața într-un accident pe apă, cu șase luni în urmă. N-am reținut numele prietenei, deoarece, ca să fiu sinceră, nu-mi pasă deloc de bârfele răsuflate, dar acum îmi doresc să fi fost mai atentă.

Era. A spus *era.*

— Și te-am ținut din treabă când aproape că am dat peste tine cu mașina, iar apoi te-am silit să stai la taclale cu mine, comentează Eddie și zâmbește, răsucindu-și cana între mâini.

— Îmi place să stau la palavre. Aș fi făcut-o și fără să-mi văd moartea cu ochii.

El râde din nou și, brusc, vreau să nu fiu nevoită să plec. Vreau să stau aici, cu el, toată ziua.

— Încă o cană? mă întreabă.

Deși n-am băut decât jumătate din cafea, împing cana într-o parte.

— Nu, cred că e momentul să plec. Bear trebuie să-și termine plimbarea.

Eddie își pune cana într-o chiuvetă mai mică, de lângă espressor. Toate casele au așa ceva, pentru că ferească Dumnezeu ca bogătanii să se deplaseze trei pași în plus ca să folosească chiuveta principală!

— Câți câini duci la plimbare aici, în cartier? mă întreabă când mă ridic de pe scaun și mă întind după lesă.

— Patru, în prezent. Adică cinci. Soții Clark au doi câini. Cinci câini, patru familii.

— Ai putea să te ocupi și de un al șaselea?

Mă opresc și Bear se împinge în picioarele din față.

— Ai câine? îl descos.

Eddie zâmbește. Un zâmbet real de data asta, și inima îmi bate nebunește.

— O să-mi iau unul.

4

— De când are Eddie Rochester câine?

Doamna Clark - Emily, mi s-a impus să o strig pe numele ei mic - surâde.

Zâmbește mereu, probabil pentru a se da mare cu dinții ei perfecți, care sigur au costat o avere. Emily e la fel de slabă ca doamna Reed și la fel de bogată, dar, spre deosebire de doamna Reed cu puloverele ei drăguțe, Emily poartă mereu echipament sportiv foarte scump. Nu sunt sigură dacă se duce la sală, dar își petrece fiecare secundă de parcă ar aștepta să plece la o ședință de yoga. Are în mână un termos pentru cafea, cu monogramă, un *E* imprimat în roz-aprins pe un fundal floral. În ciuda surâsului, privirea îi e aspră. Un lucru pe care l-am învățat în pelerinajul meu pe la diverși asistenți maternali a fost să mă uit mai mult în ochii oamenilor și să ascult mai puțin ce vorbesc. Gurile se pricepeau de minune la minciuni, dar ochii spuneau de obicei adevărul.

— Tocmai și-a luat, răspund. Săptămâna trecută, cred.

Știu că s-a întâmplat săptămâna trecută, deoarece Eddie și-a ținut promisiunea. A adoptat un pui de setter irlandez, pe Adele, la o zi după ce ne-am cunoscut. Am început să-l plimb chiar de a doua zi și se pare că Emily m-a văzut, fiindcă prima ei întrebare în dimineața asta a fost: „Al cui câine îl plimbai ieri?“

Emily oftează și dă din cap, sprijinindu-și pumnul de șoldul ei zvelt. Inelele de pe degete reflectă lumina, răspândind mici curcubeie peste dulapurile albe. Are multe asemenea inele, atât de multe, că nici nu le poate purta pe toate.

Atât de multe, că n-a observat când un inel cu rubin a dispărut acum două săptămâni.

— Poate că asta îl va ajuta, spune ea, după care se apleacă ușor spre mine, de parcă ar urma să-mi împărtășească un secret. Soția lui a murit, dacă nu știai, îmi șoptește.

Vocea aproape că i se stinge când zice „a murit", ca și cum rostirea fermă a cuvântului i-ar aduce moartea la ușă ori cam așa ceva.

— Cel puțin, asta presupunem noi. E dată dispărută de șase luni, prin urmare, lucrurile nu arată bine.

— Am auzit, zic nonșalant.

De parcă nu m-aș fi dus noaptea trecută acasă și n-aș fi căutat pe Google Blanche Ingraham, de parcă n-aș fi stat în dormitor, pe întuneric, citind: *De asemenea dispărută și presupus moartă este și Bea Rochester, fondatoarea imperiului retail Southern Manors.*

De parcă nu aș fi căutat apoi cine este soțului doamnei Rochester.

Edward.

Eddie.

Bucuria ce mi-a înflorit în piept citind articolul respectiv a fost un lucru diabolic și urât, un sentiment pe care, teoretic, n-ar fi trebuit să-l încerc, dar nu m-am putut convinge să-mi pese. El e liber, ea e dusă și acum am o scuză să-l văd în fiecare săptămână. O scuză să intru în casa aceea superbă, din cartierul acesta superb.

— A fost *atât de... trist*, se lungește Emily, hotărâtă parcă să-mi istorisească întreaga tărășenie.

Ochii îi strălucesc acum. Bârfa reprezintă valuta forte a cartierului și e limpede că ea se pregătește să dea tot din casă.

— Bea și Blanche erau *așa.*

Încrucișându-și arătătorul și degetul mijlociu, mi le vâră în față.

— Au fost dintotdeauna cele mai bune prietene. De când erau mici-mici.

Încuviințez, de parcă aș avea habar cum e să ai o prietenă la cataramă. Sau cum e să știi pe cineva de când erai *mică-mică.*

— Eddie și Bea aveau un loc lângă lacul Smith, iar Blanche și Tripp obișnuiau să meargă acolo cu ei mai mereu. Însă băieții nu erau acolo când s-a întâmplat.

Băieții. Ca și cum ar fi niște școlari de clasa a șaptea și nu bărbați de 30 de ani.

— Nici măcar nu știu de ce au ieșit cu barca, fiindcă lui Bea nu-i plăcea deloc. A fost dintotdeauna pasiunea lui Eddie, dar pun pariu că n-o să se mai urce niciodată într-o barcă.

Mă privește fix din nou, mijind ușor ochii negri și știu că vrea ca eu să spun ceva sau să par șocată ori poate nerăbdătoare să aflu mai multe. Nu e deloc amuzant să bârfești când cealaltă persoană pare plictisită, tocmai de aceea îmi păstrez o expresie complet neutră. Exprim același interes ca pentru o discuție despre vreme.

Trăiesc un sentiment de satisfacție văzând-o cum se străduiește să obțină o reacție de la mine.

— Sună îngrozitor, rostesc până la urmă.

Coborându-și vocea, Emily se apleacă și mai mult spre mine.

— Încă nu se știe ce s-a întâmplat în realitate. Barca a fost găsită în mijlocul lacului, fără nicio lumină aprinsă. Lucrurile lui Blanche și ale lui Bea erau în casă. Poliția crede că au băut prea mult și au decis să iasă cu barca în larg, dar au căzut peste bord. Sau una a căzut și cealaltă a încercat să o ajute.

Clatină iar din cap.

— Foarte, foarte trist.

— Într-adevăr, spun și, de data asta, îmi vine ceva mai greu să mă prefac că nu-mi pasă.

Există ceva în imaginea aceasta, barca pe apa întunecată, o femeie agățându-se de marginea ei, cealaltă aplecându-se să o ajute doar ca să cadă și ea...

Însă nu trebuie să se vadă nimic pe fața mea, fiindcă zâmbetul lui Emily s-a transformat într-o grimasă acum și observ o oarecare rigiditate când ridică din umeri și adaugă:

— În fine, a fost un șoc pentru noi, serios. O lovitură pentru tot cartierul. Tripp e *distrus*, dar bănuiesc că știi deja.

Iarăși, nu scot niciun cuvânt. *Distrus* e un cuvânt blând pentru starea lui Tripp. Zilele trecute, m-a întrebat dacă aș putea să împachetez o parte dintre lucrurile soției sale, fiindcă el nu se simte în stare. Intenționam să refuz. Să petrec și mai mult timp în casa aceea mi se părea un ditamai coșmarul. Dar el s-a oferit să-mi plătească dublu, așa că mă mai gândesc.

Acum, o privesc pe Emily, cu o expresie goală. Într-un târziu, ea oftează și zice:

— Oricum, dacă Eddie și-a luat un câine, poate e un semn că își reface viața. Nu mi s-a părut la fel de afectat ca Tripp, dar nici nu depindea de Bea, așa cum depindea Tripp de Blanche. Mă jur, băiatul ăsta nici la baie nu se ducea fără să o întrebe pe Blanche dacă i se pare o idee bună. Eddie nu era așa cu Bea, dar, Dumnezeule, a suferit și el mult.

Părul negru îi mângâie omoplații când își sucește gâtul ca să se uite iarăși la mine.

— Era nebun după ea. De altfel, noi toți eram.

Mă lupt cu amărăciunea ce-mi apasă sufletul, amintindu-mi singura fotografie cu Bea Rochester pe care am salvat-o pe laptop. Frumusețea ei mă izbise, dar și Eddie e chipeș, mai chipeș decât toți soții de pe aici, așa că nu trebuie să mă surprindă că se potriveau perfect.

— Sunt sigură că a fost o pierdere imensă, rostesc și, în sfârșit, Emily gesticulează spre mine și spre câini.

— Probabil că voi fi plecată când te întorci, așa că lasă-i în garaj.

Îi iau pe Major și pe Colonel la plimbare și SUV-ul lui Emily nu mai e acolo când venim înapoi. Trupurile lor micuțe și pufoase tremură de fericire când îi așez în țarc. Major și Colonel sunt cei mai mici câini pe care îi plimb și cei mai puțin bucuroși să facă mișcare.

— Știu cum vă simțiți, băieți, le spun când pun zăvorul, urmărindu-l pe Major cum se cuibărește într-un pătuț pentru câini care costă mai mult decât câștig eu în două săptămâni.

Și tocmai de aceea nu mă simt deloc prost când îmi însușesc medalionul lui de argint de la gât și îl vâr în buzunar.

5

— Ai întârziat cu jumătatea ta de chirie.

Îmi ridic privirea din locul în care stau pe canapea. Sunt acasă de numai zece minute și sperasem să nu dau cu ochii de John în după-amiaza asta. Lucrează ca asistent la o biserică locală și mai muncește și pentru Slujirea Muzicii Tinere, ce-o mai fi și asta – nu mă prea omor cu dusul la biserică –, iar orele lui nu sunt deloc fixe, așa cum mi-ar plăcea. Nu e prima dată când vin la apartament și îl găsesc în bucătărie, proptit de blat și cu unul dintre iaurturile mele în mână.

Întotdeauna îmi halește mâncarea, chiar dacă îmi scriu numele pe ea sau încerc să o ascund în spațiul minuscul al încăperii. Parcă nimic din casă nu-mi aparține, de vreme ce el a fost primul aici și mi-a permis să mă mut cu el. Îmi deschide ușa de la dormitor fără să ciocănească, îmi folosește șamponul, îmi mănâncă mâncarea, îmi „împrumută" laptopul. E slab și scund, aproape ca o scobitoare, dar, uneori, pare să ocupe toți cei 65 de metri pătrați.

Un alt motiv pentru care vreau să ies în oraș.

Coabitatul cu John trebuia să fie ceva temporar. A fost riscant să mă întorc la cineva care îmi cunoaște trecutul, dar îmi propusesem să nu stau mai mult de o lună, o lună și jumătate, timp în care să decid ce voi face în continuare.

Asta se întâmpla acum șase luni și sunt încă aici.

Îmi dau jos picioarele de pe măsuţa de cafea, mă ridic şi scotocesc în buzunar după teancul de bancnote de 20 pe care l-am primit azi, la magazinul de amanet.

Nu mereu scap de lucrurile pe care le şparlesc. Banii n-au fost niciodată motivul. *Să am* e ceea ce îmi produce bucurie. În plus, ştiu că proprietarii nu vor observa niciodată lipsa lor. Mă simt de parcă aş fi câştigat ceva.

Însă plimbatul câinilor nu-mi aduce deocamdată suficient ca să acopăr toate cheltuielile, aşa că astăzi am cules cercelul cu diamant al doamnei Reed din grămada de comori ascunsă în şifonierul meu şi, deşi nu am primit pe el cât valora, e destul ca să rezolve jumătate de chirie pentru rahatul ăsta de cutie din beton.

Îi îndes banii în mână şi pretind că nu observ cum John încearcă să-şi frece uşurel degetele de ale mele, căutând, fie şi pentru câteva secunde, un contact fizic suplimentar. Sunt doar un alt obiect în acest apartament, pe care John l-ar consuma dacă ar putea, dar amândoi ne prefacem că habar nu avem.

— Cum merge treaba cu plimbatul câinilor? mă întreabă el când mă întorc la canapeaua noastră tristă.

I-a rămas puţin iaurt în colţul gurii, dar nu mă sinchisesc să-i atrag atenţia. Probabil că va sta cu el aşa toată ziua, iar crusta care se va forma o va scârbi pe vreo fată de la Centrul pentru Studenţi Baptişti, unde John face voluntariat câteva nopţi pe săptămână.

Deja mă simt solidară cu ea, cu această fată necunoscută, sora mea întru Dezgust Vag faţă de John Rivers.

Pesemne că de aceea zâmbesc când mă aşez, smulgând de sub mine cuvertura veche cu modele geometrice colorate.

— Sincer? Grozav. Am câţiva clienţi noi acum, aşa că sunt destul de ocupată.

John curăţă cu lingura paharul de plastic al iaurtului - iaurtul *meu* - şi mă priveşte fix. Părul negru îi cade neglijent peste un ochi.

— Clienţi, pufneşte el. Parcă ai fi vreo cocotă.

Numai John ar putea să batjocorească o fată pentru ceva atât de sănătos precum plimbatul câinilor, dar nu-l bag în seamă. Dacă totul merge bine ca acum, curând nu va mai trebui să locuiesc cu el.

Curând îmi voi lua propria locuință, cu propriile lucruri și cu iaurtul meu nenorocit, pe care voi apuca să-l mănânc.

— Poate chiar sunt o cocotă, răspund și iau telecomanda de pe măsuța de cafea. Poate chiar asta fac în realitate și doar te păcălesc că plimb câini.

Mă răsucesc pe canapea ca să mă uit la el.

Stă în continuare lângă frigider, dar are umerii lăsați și în ochi i se vede îngrijorarea.

Îmi vine să apăs pedala și mai tare, așa că mă conformez.

— Banii din buzunarul tău ar putea proveni din felații, John. Ce-ar crede baptiștii despre așa ceva?

John tresare la auzul vorbelor mele și duce mâna la buzunar, fie ca să atingă banii, fie ca să încerce să-și ascundă erecția provocată, probabil, de cuvântul *felație.*

Eddie nu s-ar crispa la o asemenea glumă, îmi trece prin minte brusc.

Eddie ar râde. Ochii lui ar deveni mai strălucitori, mai albaștri, fiindcă l-ai surprinde.

Așa cum s-a întâmplat când ai observat cărțile.

— Trebuie să vii neapărat cu mine la biserică, îmi zice. În după-amiaza asta.

— Tu lucrezi într-un birou, nu în biserică, îi amintesc. Nu prea văd la ce mi-ar folosi să te urmăresc cum îndosariezi scrisori vechi.

În general, nu mă port atât de grosolan cu el, conștientă fiind că m-ar putea da afară, de vreme ce locul este, practic, al lui, dar nu reușesc să mă abțin. Momentul ciudat, petrecut în bucătăria lui Eddie, nu-mi dă pace. Am trăit destule începuturi ca să recunosc când ceva merge bine și cred – *știu* – că vremea mea în rahatul ăsta de cutie, alături de ființa asta umană de rahat, se apropie de final.

— Ești o cățea, Jane, murmură John, ursuz, însă aruncă paharul gol de iaurt, își strânge boarfele și se strecoară pe ușă, fără să mai scoată o vorbă.

După ce pleacă, scotocesc prin dulapuri, căutând mâncare neatinsă de el. Din fericire, dau peste niște resturi de Easy Mac, pe care le încălzesc înainte de a le pune într-un castron, apoi îmi iau laptopul și reiau căutările despre Bea Rochester.

Nu petrec mult timp cu articolele care prezintă moartea ei. Am auzit bârfele și, sincer, mi se pare simplu – două doamne s-au îmbătat prea tare la vila lor moțată de pe plajă, s-au suit în barca lor moțată și au avut parte de o moarte la fel de moțată. Trist, dar nu tragic.

Nu, vreau să aflu aspecte ale *vieții* lui Bea Rochester. Ce anume l-a determinat pe un bărbat ca Eddie să o dorească. Cine era și cum arătase relația lor.

Primul rezultat care îmi apare este website-ul companiei ei. *Southern Manors.*

— Tipic pentru o companie din Fortune 500 să folosească un joc de cuvinte prost, murmur și înfig furculița în macaroane.

Pe pagina principală a site-ului, este o scrisoare și îmi plimb rapid ochii mei peste ea, să văd dacă Eddie a scris-o.

Nu. E un alt nume acolo, Susan. Mâna dreaptă a lui Bea, se pare. E plină de frazele obișnuite la care te aștepți atunci când fondatorul unei companii moare din senin. Cât de triști sunt ei toți, ce pierdere, cum compania își va continua activitatea, cum vor duce moștenirea ei mai departe etc. etc.

Mă întreb ce fel de moștenire e asta să vinzi porcării drăguțe la prețuri exorbitante.

Vizualizez pagină după pagină și mă minunez de borcanele Mason scumpe, de puloverele de 500 de dolari cu „HEY, Y'ALL!", cusut discret în colțul stâng, și de cleștii din argint pentru salată, ale căror mânere au formă de albine.

Sunt atâtea pătrățele și dungulițe de zici că a explodat Dorothy Gale pe site, dar nu mă pot opri sub nicio formă și continui să dau clic articol după articol.

Lese pentru câini cu monograme.

Stropitoare din tablă bătută.

Un bol uriaș din sticlă în formă de măr din care cineva a mușcat o dată.

Prostii inutile și scumpe, genul de lucruri care umplu mesele pentru daruri la orice nuntă din înalta societate a Birminghamului. În sfârșit, renunț să mai vizualizez orgia de drăgălășenii și mă întorc la pagina principală, să mă uit iar la fotografia doamnei Rochester.

Stă în picioare, în fața unei mese mari din lemn cu tonuri calde și cu aspect patinat. Deși nu am văzut sufrageria vilei Rochester, îmi dau seama imediat că le aparține, că, dacă aș cerceta casa mai atent, aș găsi și această cameră. Are aceeași atmosferă ca livingul – nimic nu se asortează perfect, dar, cumva, totul se potrivește, de la husele din catifea cu motive florale ale celor opt scaune, până la piesa centrală portocalie, cu nuanțe de ou de rață care se reflectă în draperiile de culoarea vinetelor.

Bea iese și ea în evidență cu părul negru lucios ce se oprește chiar deasupra umerilor, într-o tunsoare „bob lung". Are brațele încrucișate, capul ușor înclinat într-o parte și zâmbește spre cameră. Rujul ei are cea mai frumoasă nuanță de roșu pe care am văzut-o vreodată.

Poartă un pulover albastru-marin, prins în talie cu o curea aurie, subțire, și o fustă conică, dintr-un material pepit alb cu albastru, care izbutește să fie drăguță, dar și sexy în același timp și, aproape instantaneu, o urăsc.

Dar vreau și să știu totul despre ea.

Caut în continuare pe Google, iar bucățile de Easy Mac se răcesc în castron, pe măsuța zgâriată și cu urme de apă a lui John. Degetele mi se mișcă rapid, ochii și mintea mi se umplu de Bea Rochester.

Nu găsesc câte informații aș vrea. Nu a fost faimoasă cu adevărat. Oamenilor le păsa de companie, de obiectele cumpărate, în vreme ce Bea părea că se ferește de lumina reflectoarelor.

Dau peste un singur interviu – din *Southern Living*, desigur, ce mai surpriză! În fotografia aferentă, Bea stă la o altă masă impresionantă – serios acum, femeia asta nu mai știa să folosească și alte camere? –, îmbrăcată în galben de data asta. Un bol de cristal cu lămâi se zărește lângă cotul ei, iar în mână ține lejer o cană de cafea emailată, cu margarete pictate.

Schița biografică este exagerat de lingușitoare. Bea crescuse în Alabama, unul dintre strămoșii ei fusese senator în anii 1800, familia avusese o casă superbă într-un loc numit Calera, care arsese cu câțiva ani în urmă. Mama ei, din păcate, decedase la scurtă vreme după ce Bea pusese bazele companiei Southern Manors și „tot ce făcea era dedicat amintirii ei".

Ochii mei continuă să sară peste detaliile deja cunoscute – diploma de la Randolph-Macon, mutarea înapoi la Birmingham, dezvoltarea afacerii ei –, până când se opresc la numele lui Eddie.

> Acum trei ani, Bea Mason l-a întâlnit pe Edward Rochester într-o vacanță în Hawaii. „Nu mă aflam în căutarea unei relații", râde ea. „Voiam doar puțin timp în care să mă relaxez citind câteva cărți și bând băuturi absurd de reci. Însă, când Eddie a apărut..."
>
> Vocea i se stinge și dă din cap ușor, îmbujorându-se discret. „Totul a fost un vârtej amețitor, dar mereu spun că decizia de a mă căsători cu Eddie a fost singura decizie impulsivă din viața mea. Din fericire, s-a dovedit a fi și cea mai bună decizie din viața mea."

Oftez și mă las pe spate. Spinarea mea protestează. Picioarele mi-au amorțit pentru că le-am ținut prea mult timp încrucișate sub mine. Cuvertura ce-mi acoperă coapsele miroase a detergent ieftin și o împing cât colo, strâmbând din nas.

Hawaii.

De ce îmi înrăutățește starea? mă întreb. De ce îmi doream ca ei să se fi cunoscut la biserică, la un country club sau în cine știe ce alt loc plictisitor și lipsit de orice primejdii, dintre miile care există în împrejurimi?

Fiindcă nu voiam să fie special, cred. *Voiam ca* ea *să nu fie specială.*

Numai că e. Frumoasă, deșteaptă și milionară. O femeie care a construit ceva singură, chiar dacă banii și mediul din care provenea au ajutat-o să obțină totul mult mai ușor decât mi s-ar întâmpla mie.

Mă holbez iar la poză, întrebându-mă cum suna vocea ei, cât de înaltă era și cum arătau ea și Eddie împreună.

Superbi, bineînțeles. Sexy. Oare își zâmbeau? Se atingeau cu ușurință, el, cuprinzându-i talia, iar ea, atingându-i umărul cu mâna? Se mângâiau oare pe furiș, luându-se de mâini pe sub mese, aveau semnale secrete știute numai de ei?

Probabil că da. Așa erau căsniciile, chiar dacă, în cazul celor observate de mine, nu prea merita efortul.

Așadar, Bea Rochester fusese perfectă. Patroana perfectă, femeia perfectă, soția perfectă. Pesemne că nu auzise niciodată de Easy Mac și nici nu călcase pragul vreunei case de împrumut pe amanet.

Eu nu aveam decât un singur avantaj. Încă trăiam.

6

Eddie nu e acasă când o scot la plimbare pe Adele, a doua zi de dimineață. Mașina lui lipsește din garaj și îmi spun să nu fiu dezamăgită când iau cățelușul din curtea din spate. Thornfield Estates se găsește sus, pe deal, în apropiere de Mountain Brook Village, unde obișnuiam să lucrez, așa că, acum, o duc pe Adele acolo. Piciorușele ei țopăie fericite când ieșim din cartier.

Încerc să mă conving în sinea mea că o fac pentru că m-am plictisit de aceleași străzi, dar, în realitate, vreau ca oamenii să ne vadă. Vreau ca oamenii care nu știu că plimb câini să mă vadă cu câinele lui Eddie. Ceea ce înseamnă, în mințile lor, că am o legătură cu Eddie.

Ridic capul tot mai mândră când trec pe lângă Roasted și pe lângă buticurile unde se vând lucruri pe care acum le recunosc ca fiind niște imitații ale articolelor Southern Manors. Las în urmă trei magazine cu genți lucioase, din materiale pepite, expuse în vitrine, și mă gândesc câte dintre ele se ascund prin șifonierele din Thornfield Estates.

Oare cum te simți când ești o femeie care cheltuiește 250 de dolari pe o geantă urâtă doar pentru că își permite?

Adele ține pasul cu mine, lovind trotuarul cu ghearele ei micuțe și, în dreptul librăriei, mă pregătesc să mă întorc, când aud: „Jane?“

Este doamna McLaren. Îi plimb dalmațianul, pe Mary-Beth, în fiecare miercuri. Doamna McLaren stă acum în fața mea, cu o cană de la Roasted în mână. Precum Emily Clark, poartă haine simandicoase de yoga jumătate din timp, dar e mai măruntă și cu forme mai pline decât Emily sau doamna Reed, iar părul buclat, în patru nuanțe de blond, îi încadrează frumos fața.

— Ce faceți voi tocmai aici? mă întreabă zâmbind, dar fața îmi ia foc brusc, de parcă aș fi fost surprinsă în flagrant delict.

— Mai schimbăm peisajul, răspund și dau din umeri relaxat, sperând ca doamna McLaren să mă lase în pace.

Numai că ea face un pas mai aproape și privirea îi cade pe Adele.

— Scumpo, nu prea e sigur să scoți câinii din cartier.

Cuvintele sunt gângurite, dulci, o dojană învăluită în vată de zahăr, și o urăsc din cauza lor.

De parcă aș fi o copilă. Sau, și mai rău, o servitoare care umblă teleleu în afara curții închise cu grilaje.

— Nu ne-am îndepărtat foarte tare de casă, o contrazic și, lângă mine, Adele scheaună și trage de lesă, dând din coadă.

Casă.

Doamna McLaren se apropie de mine, cu o pungă de cumpărături atârnându-i de încheietură. Pe pungă, e imprimat logoul unuia dintre buticurile mici pe lângă care am trecut și mă întreb ce e în ea, dorind să zăresc măcar puțin din conținut, pentru ca, mai târziu, când o să dau de obiectul cu pricina, aruncat la întâmplare prin casa doamnei McLaren, să îl pot șterpeli. O reacție stupidă, meschină, știu foarte bine, dar pulsul insistent mă îndeamnă la așa ceva.

Orice-ar fi cumpărat cățeaua asta astăzi, n-o să aibă parte de el, nu după ce m-a făcut să mă simt atât de prost.

— În regulă, dar poate te grăbești să te întorci acolo?

A ridicat ușor tonul.

— Și, scumpo, te rog să n-o scoți niciodată din cartier pe Mary-Beth, bine? Devine atât de agitată și mi-ar displăcea profund să o știu aici, în...

Gesticulează din mâna cu punga de cumpărături atârnată de încheietură.

— ... vânzoleala asta.

Cred că am văzut vreo trei mașini de dimineață până acum și singura *vânzoleală* care are loc în prezent este provocată de doamna McLaren, care m-a oprit de parcă aș fi comis o crimă îndrăznind să duc un câine la plimbare în afara porților de la Thornfield.

Dar încuviințez din cap.

Zâmbesc.

Înghit veninul care îmi umple gura, doar am suficientă experiență în acest sens, și mă îndrept spre Thornfield Estates și spre casa lui Eddie.

Este răcoare și liniște când intru. Mă aplec să-i desfac lesa lui Adele. Gheruțele ei alunecă pe marmură, apoi pe lemnul din esență tare când aleargă spre ușile glisante. O urmez și le deschid ca să iasă în curte.

Acum vine momentul în care ar trebui să-i agăț lesa în cuiul de la intrare, să-i las un bilet lui Eddie în care îl informez că am trecut pe aici, că Adele e afară și apoi să plec. Să mă întorc în cutia de beton din St. Pierre Street, să mă gândesc la testul GRE pe care să-l dau din nou și poate să-mi ascund diferitele comori furate prin șifonier, în dulăpioarele din baie sau în spatele noptierelor. În schimb, mă întorc în livingul cu canapeaua lui de un roz-aprins și cu scaunele înflorate, cu rafturile pline de cărți și mă uit în jur.

Măcar o dată, nu caut să fur ceva. Nu știu ce spune asta despre mine ori despre Eddie sau ce sentimente am față de Eddie, dar nu vreau să iau nimic de la el. Vreau doar să-l *cunosc*. Să învăț ceva.

Ca să fiu sinceră cu mine însămi, îmi doresc să mă uit la fotografii cu el și cu Bea.

Nu există niciuna în sufragerie, dar zăresc spații pe perete unde, cândva, au atârnat tablouri. Iar polița șemineului este suspect de goală, ceea ce mă determină să cred că, pe vremuri, nu a fost doar suportul unor sfeșnice din argint.

Mă duc pe hol, tenișii mei scârțâie și mă întâmpină aceeași senzație de pustiu.

Sus.

Lemnul e fin sub picioarele mele și nu văd spații goale aici, ci doar obiecte de artă de bun-gust.

Pe palier, e o masă cu un bol de sticlă pe care îl recunosc de pe site-ul Southern Manors, cel în formă de măr. Îmi trec ușor degetele peste el, înainte să urc cele câteva trepte până la primul etaj.

E întunecat aici, luminile sunt stinse, iar soarele încă nu s-a înălțat destul ca să pătrundă prin ferestre. De o parte și de alta, sunt uși, dar nu încerc să le deschid.

Mă apropii totuși de măsuța din lemn de sub o fereastră cu vitralii, aflată în capătul holului.

Pe ea, se odihnește o singură fotografie, în ramă de argint. Exact ce mi-am dorit și ce mi-aș fi dorit să nu văd niciodată.

Mă întrebasem cum arătau Bea și Eddie împreună. Acum știu.

Frumoși.

Dar e mai mult decât atât. Mulți oameni sunt frumoși, mai ales aici, în cartier, unde toți își permit să se îngrijească. Nu e vorba de părul ei perfect și de silueta fără cusur, de zâmbetul ei strălucitor și de costumul de baie scump. Pur și simplu, cei doi *se potrivesc.* Stau amândoi pe o plajă splendidă, ea zâmbește spre cameră, iar el zâmbește spre ea.

Fiecare își găsise perechea. Lucrul acela pe care cei mai mulți dintre noi îl caută, fără să-l găsească vreodată, lucrul acela despre care presupusesem că nu există, deoarece, în lumea asta largă, de unde ar putea apărea o persoană care să ți se potrivească numai ție?

Însă Bea era perfectă pentru Eddie, înțeleg acum și, brusc, mă simt mică și proastă. Sigur, flirtase cu mine, dar probabil strict din obișnuință. Îi stătea în fire. Dar el se bucurase de *așa ceva*. Cu siguranță, nu mă voia pe mine.

— Am făcut poza în Hawaii.

Mă răsucesc și cheile îmi cad printre degete, care mi-au amorțit brusc.

Eddie stă pe hol, chiar la capătul scărilor, sprijinindu-se de perete, cu picioarele încrucișate. Azi, poartă blugi și o cămașă albastră, dintre acelea care par simple, dar care costă, probabil, mai mult decât câștig eu în două săptămâni la cafenea sau plimbând câini. Mă întreb cum o fi să ai atât de mulți bani, încât să cheltuiești chiria cuiva pe un obiect de îmbrăcăminte.

Ochelarii de soare îi atârnă într-o mână. Face semn din cap, arătând spre masă.

— Fotografia, precizează el, de parcă n-aş fi știut la ce se referă. Eu și Bea în Hawaii, anul trecut. Acolo ne-am cunoscut, de fapt.

Înghit în sec, vârându-mi mâinile în buzunarele de la spate ale blugilor și mă îndrept de spate.

— Căutam baia, îi explic.

Schițează un surâs.

— Bineînțeles, îmi zice, dezlipindu-se de perete și pornind spre mine.

Holul e spațios și aerisit, plin de lumina ce pătrunde prin lucarna de deasupra noastră, dar mi se pare tot mai îngust și mai sufocant, pe măsură ce Eddie se apropie.

— Este singura poză de care nu m-am îndurat să scap, adaugă el, și eu sunt foarte conștientă că stă chiar lângă mine, iar cotul lui mă atinge ușurel. Celelalte erau instantanee de la nunta noastră și câteva fotografii de pe vremea când construiam casa asta. Dar asta...

Vocea i se gâtuie, ridică fotografia înrămată și studiază imaginea.

— Nu știu, pur și simplu n-am putut s-o arunc.

— Adică pe restul le-ai aruncat? întreb. Chiar și pe cele de la nuntă?

Așază fotografia la loc pe masă și rama scoate un sunet ușor.

— Le-am ars. În curte, la trei zile după accident.

— Îmi pare foarte rău, rostesc aproape în șoaptă, încercând să mi-l imaginez pe Eddie stând în fața unui foc, în timp ce chipul soției lui se topește.

Se uită la mine, mijind puțin ochii.

— Nu te cred, Jane.

Gura mi se usucă, iar inima îmi bate cu putere. Îmi doresc să nu fi urcat scările până aici, dar mă bucur că am făcut-o, fiindcă, altfel, nu am sta aici și el nu m-ar privi așa.

— Ce s-a întâmplat a fost îngrozitor, încerc să adaug.

Eddie încuviințează din cap și mă apucă de cot. Degetele lui îmi cuprind osul ascuțit, iar eu mă holbez spre locul unde mâna lui îmi atinge pielea.

— Îngrozitor, repetă el. Dar nu-ți pare rău, fiindcă ea nu e aici și, în consecință, poți fi tu. Cu mine.

Dau să protestez, pentru că mi se pare oribil să gândească așa despre mine. Că *aș fi* o ființă atât de oribilă.

Dar are dreptate, mă bucur că Bea Rochester era în barca aceea, cu Blanche Ingraham, în noaptea respectivă. Mă bucur, pentru că asta înseamnă că Eddie e singur.

Liber.

Faptul că vede prin mine ar trebui să mă stânjenească, dar mie îmi dă o amețeală plăcută.

— Nu sunt *cu* tine, îi spun totuși, fiindcă acesta e adevărul.

Om sta noi aici, cu mâna lui pe brațul meu, dar nu suntem împreună. Între toți Eddie Rochester din lumea asta prăpădită și mine se întinde un ditamai canionul.

Însă el zâmbește, un zâmbet domol, care îi ridică doar un colț al gurii și îl face să arate mai tânăr și mai fermecător.

— Ia cina cu mine diseară, îmi zice.

Îmi place. Că nu mă întreabă.

— Da, mă aud rostind și îmi vine atât de ușor.

Parcă aș intra pe o ușă.

7

Nu-l las să vină să mă ia.

Ar fi o nebunie să-i permit lui Eddie să vadă unde locuiesc, iar gândul că el și John ar putea să dea nas în nas mă face să mă cutremur. Nu, vreau să exist numai în lumea lui Eddie, ca și cum aș fi răsărit în ea din altă parte, perfect întreagă, imposibil de cunoscut.

Destul de adevărat, serios.

Mă întâlnesc cu el în English Village, o parte a cartierului Mountain Brook în care nu am fost niciodată, deși am auzit-o pe Emily menționând numele. Sunt multe locuri de acest gen în Mountain Brook: Cahaba Village, Overton Village și Mountain Brook Village însuși. Mi se pare prostesc să folosești un cuvânt precum *village*[1] care să însemne *o parte diferită a aceleiași comunități* – folosiți cartier, pretențioșilor și sclifosiților, că nu locuim la țară –, dar ce știu eu, nu?

Parchez departe de bistroul francez unde Eddie a făcut rezervare, rugându-mă să nu vrea să mă conducă la mașină, mai târziu, și mă întâlnesc cu el sub paravanul de pânză, în dungi aurii și negre, al restaurantului.

Poartă pantaloni marinărești negri precum cărbunele și un tricou alb, iar ținuta lui completează plăcut vinețiul rochiei mele.

---

[1] „Sat", în lb. engleză (n. tr.).

Îi simt mâna caldă pe spate, în dreptul taliei, când șeful de sală ne conduce la masa noastră.

Lumini difuze, fețe de masă albe, o sticlă de vin. Aceasta e partea care îmi sare cel mai mult în ochi. Comandă relaxat o sticlă de vin, în timp ce eu încă studiez prețurile pentru un pahar de vin, întrebându-mă ce ar părea sofisticat fără să fie prea scump.

Vinul ales de el costă peste o sută de dolari și mă îmbujorez toată știind că valorez o sticlă de vin scumpă pentru el. După aceea, pun meniul deoparte, mulțumită să îl las pe el să comande și pentru mine.

— Dar dacă aleg ceva ce nu-ți place? mă întreabă zâmbind.

Pielea lui nu mai pare așa de palidă ca în prima zi. Ochii lui albaștri nu mai sunt tiviți cu roșu și mă întreb dacă l-am făcut fericit. E o idee amețitoare, mai amețitoare și decât vinul de calitate.

— Îmi place tot, răspund.

Nu vreau ca vorbele mele să sune sexy, dar așa se întâmplă și, când gropița din obraji i se adâncește, mă întreb ce aș mai putea spune ca să-l fac să se uite la mine așa.

Atunci, privirea lui coboară.

La început, bănuiesc că se uită la decolteul rochiei mele, dar el rostește:

— Lanțul acela...

Rahat!

Ce idioțenie să-l port! Rareori acționam nesăbuit, dar, când mă uitasem în oglindă înainte să plec, arătam atât de banală fără nicio bijuterie. Lanțul însușit de la doamna McLaren nu e ceva extravagant, n-are nici diamante, nici pietre prețioase. E doar un lanț simplu din argint, cu un pandantiv micuț din argint și aur agățat de el.

O albină, îmi dau seama acum și simt un gol în stomac. Răsucesc nervoasă șervetul între degete.

— L-am primit de la o prietenă, rostesc pe un ton ce se vrea relaxat, dar deja ating pandantivul care îmi arde pielea.

— E drăguț, mă complimentează el, apoi coboară privirea. Compania soției mele are unul similar în portofoliul de produse, așa că...

Vocea i se stinge și începe să bată darabana cu degetele pe masă din nou.

— Îmi pare rău, mă scuz. Eu... Am auzit despre Southern Manors, dar nu...

— Hai să nu vorbim despre asta. Sau despre ea.

Se uită brusc la mine, surâsul e la locul lui, dar deloc sincer, și vreau să mă aplec peste masă ca să-i iau mâinile într-ale mele, dar încă nu am ajuns în acel moment al relației care permite așa ceva, nu? Vreau să-l întreb tot despre Bea și la fel de mult vreau să uit că ea a existat totodată.

Vreau.

Vreau.

Când ospătarul se apropie cu vinul nostru scump, îi zâmbesc lui Eddie.

— Atunci, să vorbim despre tine.

Ridică din sprâncene, lăsându-se pe spătarul scaunului.

— Ce vrei să știi? mă întreabă.

Aștept până când somelierul toarnă un deget de vin în paharul lui Eddie, apoi aștept ca el să ia o înghițitură, să încuviințeze din cap și să ceară ca paharele noastre să fie umplute, un lucru pe care l-am văzut doar în filme sau la show-urile TV despre soțiile magnaților. Iar acum mi se întâmplă mie. Acum, sunt una dintre acele persoane care au parte de o asemenea cină.

Imediat, imit gestul lui Eddie și mă sprijin de spătarul scaunului.

— Unde ai crescut?

— În Maine, răspunde simplu, într-un orășel, Searsport. Mama încă locuiește acolo. La fel și fratele meu. Eu am plecat totuși cât de repede am putut. Am făcut colegiul în Bangor.

Soarbe din vin, privindu-mă.

— Ai fost vreodată în Maine?

Clatin din cap.

— Nu. Dar am citit mult Stephen King în adolescență, așa că am o idee despre locul respectiv.

Asta îl face să râdă, după cum și sperasem.

— Ei bine, sunt mai puține cimitire ale animalelor și mai puțini clovni ucigași, dar, în mare, cam așa arată.

Mă aplec în față, îmi încrucișez mâinile pe masă, fără să ratez momentul când ochii lui alunecă de pe fața mea spre decolteul rochiei. E o privire trecătoare, cu care sunt obișnuită din partea altor bărbați, dar, venind de la el, nu mi se pare perversă sau stânjenitoare. Îmi place să se uite la mine așa.

O altă noutate.

— Să locuiești aici e, probabil, o schimbare majoră, spun, dar el ridică din umeri.

— M-am mutat des după absolvirea colegiului. Am lucrat cu un prieten și am schimbat casele din Midwest ca pe șosete. M-am stabilit în California pentru scurtă vreme. Acolo mi-am luat autorizația de antreprenor. Am crezut că o să rămân pentru totdeauna în locul acela, dar am plecat în vacanță și...

Lasă fraza neterminată, dar intervin imediat, fiindcă nu mai vreau tăceri pline de subînțeles.

— Ți-a trecut prin minte să te întorci?

Surprins, își mai toarnă niște vin.

— În Maine?

— Sau în California, zic ridicând din umeri.

Mă întreb de ce stă într-un loc plin cu atâtea amintiri dureroase pentru el, un loc în care pare să iasă în evidență, în care e diferit, în ciuda banilor și a hainelor frumoase.

— Ei bine, Southern Manors are sediul central aici, îmi răspunde. Aș putea să închei contractele și din altă parte, dar Bea a insistat mereu că Southern Manors este o companie din Alabama. M-aș simți... nu știu. Ca și cum aș trăda-o, bănuiesc. Să mă mut în altă parte. Sau să vând compania.

Expresia lui se îmblânzește ușor.

— E moștenirea ei și cred că am responsabilitatea să o protejez.

Încuviințez din cap, bucuroasă că tocmai ne sosește mâncarea, astfel încât conversația se încheie firesc. Știu deja cât de importantă e compania pentru el. În căutările mele pe Google, am găsit mai multe articole despre cum, la doar câteva luni după dispariția soției, Eddie s-a străduit din răsputeri la tribunal să o declare legal decedată. Era ceva în legătură cu Southern Manors, cu mulți termeni juridici și specifici afacerilor, din care nu am înțeles mare lucru, dar am prins ideea. Bea trebuia să fie moartă pe hârtie pentru ca Eddie să poată prelua conducerea companiei așa cum și-ar fi dorit și ea.

M-am întrebat ce simțea el în privința asta, să declare moartea soției într-o manieră atât de formală, finală.

În timp ce taie friptura, ridică privirea spre mine, schițând un zâmbet.

— Destul despre mine. E rândul tău acum.

Îi ofer câteva anecdote fermecătoare, zugrăvind viața lui Jane într-o lumină flatantă. Unele povești sunt reale (ca liceul făcut în Arizona), altele sunt jumătăți de adevăr, iar unele sunt furate de la prieteni.

Însă Eddie pare că se bucură de ele, zâmbind și dând din cap cât mâncăm. Când vine nota de plată, sunt deja mai relaxată și mai încrezătoare decât am crezut că voi fi la această întâlnire.

Când plecăm, îmi ia mâna, o strecoară pe sub brațul lui și ieșim din restaurant.

E ridicol, știu. Eu, aici, cu el. Eu, prinsă de brațul lui în acest fel.

Eu, în viața lui.

Dar iată-mă aici și, cât ne plimbăm pe trotuar, țin capul sus, mă apropii de el și rochia mi se atinge ușor de coapsele lui.

Noaptea e caldă și umedă, părul îmi cade în bucle pe lângă față, luminile se reflectă în băltoace și mă întreb dacă o să mă sărute.

Dacă o să-mi ceară să rămân la el peste noapte.

Am de gând să accept.

Comandase o plăcintă la pachet și îmi imaginez cum o s-o mănânc împreună cu el în bucătăria lui splendidă. Sau în patul lui. Oare de-aia a comandat-o?

Îmi închipui cum e să intri noaptea în casa aceea, cât de drăguțe sunt luminile difuze în întuneric. Cum arată curtea din spate când răsare soarele. Finețea și mirosul așternuturilor. Cum e să te trezești într-o asemenea casă.

— Ești tăcută, spune Eddie, trăgându-mă mai aproape de el.

Ridic ochii și îi zâmbesc.

— Pot să fiu sinceră?

— Pot să te împiedic?

Îl împung ușor cu cotul, simțind cât de solid și de cald e.

— Mă gândeam cât de mult a trecut de când n-am mai fost la o întâlnire.

— Și eu, la fel.

În lumina străzii, e atât de frumos, încât simt o durere în piept. Degetele mele se freacă de jacheta lui moale, din material scump și bine croit. Mai frumoasă decât orice haină de-a mea.

— Eu..., încep și el întoarce capul.

Am senzația că mă va săruta chiar aici, pe strada din English Village, unde ne poate vedea oricine, dar înainte să se aplece spre mine, auzim o voce.

— Eddie!

Ne răsucim pe călcâie simultan și dăm cu ochii de un bărbat care arată ca Tripp Ingraham, ca Matt McLaren, ca Saul Clark sau ca orice alt tip insipid din Thornfield Estates.

Are fața schimonosită într-o expresie de compasiune, cu colțurile gurii lăsate și cu sprâncenele unite. În lumina felinarelor de pe stradă, părul blond și subțire pare portocaliu, iar, când îi întinde mâna lui Eddie, surprind sclipirea unei verighete.

— Mă bucur să te văd, omule, rostește bărbatul. Și îmi pare foarte rău pentru Bea.

Eddie se încordează.

— Chris, răspunde, dând mâna cu el. Și eu mă bucur să te văd. Și mulțumesc. Mulțumesc și pentru flori.

Chris clatină din cap. Poartă un costum gri-deschis, iar în spatele lui, chiar în curbă, zăresc un Mercedes parcat. O femeie așteaptă pe scaunul din față al pasagerului și ne privește. Simt cum ochii i se îndreaptă spre mine.

Nu trag de rochie, singura frumoasă pe care o am, dar mă mănâncă degetele.

— Îngrozitor lucru, pur și simplu îngrozitor, continuă Chris, de parcă Eddie nu pricepe că înecul soției sale e o întâmplare oribilă.

Eddie se strâmbă și încuviințează.

— Mulțumesc din nou, spune el.

Ce altceva să facă? Bag de seamă că ochii lui Chris mă cercetează scurt.

— A fost o femeie dată naibii, adaugă bărbatul și simt întrebările care-i stau pe limbă.

Cine mai sunt și eu, asta e o întâlnire, Eddie chiar are de gând să o înlocuiască pe Bea cu mine, o fată palidă și banală, îmbrăcată cu o rochie cu un număr mai mare?

— Adevărat, replică Eddie, iar eu aștept momentul în care mă va prezenta.

Chris așteaptă și el același lucru, dar, cum momentul nu vine și Eddie zâmbește stânjenit, bărbatul îl bate ferm cu palma pe umăr.

— Ne mai vedem. Și salut-o pe Beth din partea mea.

Pornim din nou la drum pe trotuar. Eddie nu m-a privit de când a apărut Chris și de când numele lui Bea s-a ivit ca o fantomă între noi.

Nu mă întreabă dacă vreau să mă conducă la mașină.

Și nu mă sărută de noapte bună.

8

Totul în casa Ingraham pare că așteaptă întoarcerea lui Blanche.

Mă duc acolo, a doua zi de dimineață, simțindu-mă stângace și înceată. Întâlnirea ratată cu Eddie de noaptea trecută îmi stă ca un bolovan în stomac. E o zi cum nu se poate mai potrivită să vin și să mă apuc de împachetat lucrurile lui Blanche, pentru Tripp.

Fantoma lui Bea aseară, a lui Blanche, astăzi.

Au trecut luni de când a fost dată dispărută, dar una dintre genţile ei încă stă pe masa din vestibul. Mai e acolo și o grămadă de bijuterii, un colier și multe inele aruncate neglijent. Îmi imaginez cum vine de la o cină în oraș, cum își scoate toate chestiile alea, împingându-le fără o vorbă spre baza lată, din sticlă, a lămpii, cum își azvârle pantofii sub masă.

Perechea de balerini roz zace și ea acolo. Era iulie când a dispărut și îmi închipui că i-a purtat asortându-i cu o bluză roz și cu o pereche de pantaloni capri albi. Femeile de aici se îmbracă mereu vara precum florile, pete strălucitoare de culoare contrastând cu verdele violent al peluzelor și cu albastrul orbitor al cerului. Totul diferă substanțial de zona estică în care am crescut eu. Acolo, negrul era mereu cea mai șic alegere. Aici, cred că oamenii poartă nuanța lavandei la înmormântări. Și roșu-mac la nunți.

N-am încercat niciodată să iau ceva de la Tripp. Credeți-mă, ar observa.

Spre deosebire de Eddie, Tripp a păstrat la vedere toate fotografiile cu Blanche. Bănuiesc chiar că a mai adăugat câteva. Orice suprafață liberă pare năpădită de poze înrămate.

Sunt cel puțin cinci de la nunta lor. Blanche zâmbește și Tripp, blond, arată de parcă i-ar fi frate, nu seamănă deloc cu Tripp cel burtos și debusolat din prezent.

Îl găsesc în sufragerie, cu un pahar din plastic alături, umplut cu gheață și cu un lichid de culoarea ambrei, care numai ceai nu e.

E abia 9:23.

— Bună ziua, domnule Ingraham, strig și zornăi cheile, în caz că a uitat când mi-a dat o cheie ca să pot intra.

S-a întâmplat mai demult, când încă se prefăcea că se întoarce de la serviciu. Habar n-am cu ce se ocupă mai exact, sinceră să fiu. Am crezut că e avocat, dar pesemne că am presupus asta deoarece părea genul. Dacă te uiți la el acum, zici că nu mai are alte haine în afară de tricouri polo și de pantaloni sport, iar obiectele împrăștiate prin casă amintesc numai de golf – o geantă cu crose sprijinită de ușa din față, mai multe perechi de pantofi pentru golf, amestecate într-un coș de răchită de la intrare, ținte pentru golf aruncate neglijent pretutindeni, la fel ca bijuteriile soției.

Până și paharul din care își bea micul lui dejun trist are un soi de embleme cu ceva legat de golf.

Tripp ține în poală un album foto și, când intru în sufrageria întunecată, își ridică în sfârșit privirea spre mine. În spatele ochelarilor de firmă, îi zăresc ochii tulburi.

— Jan.

Nu mă deranjez să-i reamintesc că mă cheamă Jane. Am făcut-o deja de câteva ori, dar vorbele mele nu par să pătrundă prin mâzga de Woodford Reserve în care e adâncit permanent creierul lui.

— M-ați rugat să încep cu a doua cameră de oaspeți astăzi, îi explic, arătând spre scări.

După un moment, încuviințează cu un gest.

Pornesc într-acolo, dar nu-mi stă mintea la Tripp și la Blanche.

Nu mă gândesc decât la Eddie și la cina de aseară. La felul în care a dat din cap când i-am zis că mă duc singură la mașină. Cum ne-am îmbrățișat stingheri pe trotuar și cât de repede s-a îndepărtat de mine.

Crezusem...

La dracu', nu mai contează! Poate crezusem că se întâmpla ceva între noi, dar, în mod evident, mă înșelasem. Singurul lucru care se petrece *acum* este că mă îndrept spre „a doua cameră de oaspeți" din casa Ingraham ca să împachetez... cine știe ce.

Dormitorul se află la primul etaj, e relativ mic, zugrăvit în nuanțe de albastru, cu flori mari, exotice. Pe podea, zac cutii din carton și din plastic pentru depozitare, dar am senzația că nu Tripp le-a pus aici. Poate surorile lui l-au vizitat ca să pregătească încăperea pentru mine. Ca un soi de curățenie în avans, pentru a păstra fantezia unui Tripp care reușește să-și vadă de viață.

Nu era cazul totuși.

Au trecut zece minute de când am venit și îl aud apropiindu-se.

Cred că, pe vremuri, Tripp semăna mult cu John. Mai puțin jalnic, desigur, și mai blond, mai chipeș. Nu ca lucrul acela care crește în locurile întunecate din spatele frigiderului. Însă lasă o impresie asemănătoare... clar ar hali mâncarea cu numele altcuiva pe ea și pun pariu că nu doar o tipă de la Universitatea din Alabama se răsucise brusc, surprinsă să-l descopere pe Tripp Ingraham în pragul ușii, și se întrebase de ce cineva care arăta atât de inofensiv părea atât de înfricoșător.

Însă toată băutura îi sporise nefiresc ciudățenia. Cred că intenționase să se furișeze și să mă surprindă în „dormitorul albastru", dar i-am auzit pașii pe hol, chiar dacă se mișca încet, încercând să nu facă zgomot.

Poate dacă n-ai mai purta pantofi de golf pe podelele din lemn tare, imbecilule, îmi zic în gând, dar zâmbesc atunci când mă întorc cu fața spre el.

— S-a întâmplat ceva? îl întreb.

Ochii lui apoși, căprui, se măresc puțin. Afișează o expresie acră, poate fiindcă i-am distrus cine știe ce plan își făcuse. Să scot un țipăt de fetiță, poate, să scap o cutie și să duc mâna la gură, îmbujorată toată.

Probabil că i-ar fi plăcut așa ceva. Tripp Ingraham este, nu mă îndoiesc, genul de dobitoc care se masturbează când conduce, sare în lift și se preface că își împinge prietenele de pe marginea prăpastiei.

Cunosc genul.

— Poți împacheta tot ce găsești aici, dacă vrei, spune Tripp, rotind paharul de plastic în mâini. Nimic din toate astea nu însemna ceva pentru Blanche.

Nu minte. E o cameră drăguță, dar are un aer de hotel. Ca și cum tot ce se află în ea a fost ales pentru aspect, nu pentru a satisface un gust personal.

Arunc o privire lângă pat, spre lampa făcută să semene cu o găleată demodată. Pânza abajurului are un model floral fin, bleu-pal cu verde. Nu mă miră. Toate fleacurile din aceste case arată la fel. Cu excepția casei lui Eddie.

Îmi vine brusc ideea că tot ce am văzut în aceste vile pare să fie o imitație palidă a obiectelor din casa lui Eddie, reproduse de un aparat Xerox care rămâne treptat fără tuș, iar copiile devin tot mai difuze, tot mai puțin distincte.

Îmi dau seama unde am mai văzut lampa în formă de găleată.

— E de la Southern Manors, nu? întreb, arătând spre noptieră. M-am uitat pe site-ul lor noaptea trecută și...

Tripp mă întrerupe cu un sunet nepoliticos și își lipește paharul de buze din nou. Când îl lasă jos, o picătură de bourbon îi rămâne pe mustața zbârlită. O linge imediat și limba lui rozalie îmi provoacă greață.

— Nu, lampa aia a fost *a lui Blanche*. Cred că i-a aparținut mamei ei sau cam așa ceva. Ori a luat-o când s-a vândut vreo casă, nu știu.

Ridică din umeri și burta i se mișcă pe sub tricoul polo.

— Bea Rochester n-avea nicio treabă cu ideile originale. La rahaturile gen Southern Manors se pricepea de minune Blanche.

Las pe podea cutia pe jumătate goală.

— Adică a copiat stilul lui Blanche?

Tripp pufnește și înaintează și mai mult în cameră. Vârful pantofului agață un sac de gunoi plin de lângă ușă și face o gaură mică în el. Mă uit la bucata de material roz care se ivește.

— A copiat, a furat..., spune el, gesticulând cu paharul spre mine. Au crescut împreună, știai? Au fost la aceeași școală, Ivy Ridge. Cred că au fost și colege de cameră.

Întorcându-mă din nou la teancul de cărți de pe pat, încep să le așez în cutia de la picioarele mele.

— Am auzit că erau apropiate, răspund, întrebându-mă câte informații aș putea stoarce de la Tripp Ingraham.

E singurul de până acum care nu a vorbit despre Bea de parcă ar fi fost buricul pământului, așa că nu m-ar supăra să aud ce are de spus. Însă bârfele sunt alunecoase, spinoase. Prefă-te că ești prea interesat și, brusc, dai de bănuit. Poartă-te de parcă ai fi plictisit, indiferent și, uneori, persoana se închide complet, dar, alteori, dacă e vorba de Emily Clark, nerăbdătoare să trăncănească, va spera să găsească momeala perfectă cu care să te agațe.

Nu știu în ce categorie se încadrează Tripp, dar știu că stă nemișcat pe colțul patului, unde salteaua se lasă sub greutatea lui.

— Bea Rochester, murmură el. O chema Bertha, de fapt.

Îmi ridic privirea, îmi dau părul după urechi și el mă urmărește cu ochi tulburi, dar clar atent la ce se citește pe fața mea.

— Serios? îl întreb.

El încuviințează. Un picior i se bâțâie nervos, iar mâinile răsucesc întruna paharul gol.

— Se pare că și l-a schimbat când s-a dus la colegiu. Așa susținea Blanche. S-a întors într-o zi la Birmingham și a pus pe toată lumea să o strige Bea.

Tripp oftează din nou și continuă să-și legene piciorul.

— Blanche s-a conformat. Nu i-a mai pomenit niciodată numele real în fața altora, din câte știu.

Bertha. Numele îmi apasă limba cu greutatea lui și mă gândesc la fotografiile pe care le-am văzut aseară, la buzele ei roșii și la părul negru, strălucitor. Nu arăta deloc ca o Bertha și nu o învinovățesc deloc că a vrut să și-l schimbe.

În plus, e un alt lucru pe care îl avem în comun, un alt secret bine ascuns în inima mea. Nu m-am născut o „Jane", în definitiv. Celălalt nume, mai vechi, a rămas atât de departe în urma mea, încât, ori de câte ori îl aud la televizor, într-un magazin, la radio sau ca parte a unei conversații, când trec pe lângă oameni, nu tresar și nici nu întorc capul. Am îngropat acea persoană undeva, în Arizona, așa că numele nu mai reprezintă nimic pentru mine acum.

Am avut noroc, totuși. Nimeni de aici nu știe de celălalt eu al meu. Bea Rochester nu s-a bucurat de acest lux. Cum o fi fost să locuiești lângă cineva, pe aceeași stradă, care știa cât de mult îți doreai o schimbare?

Tripp încă vorbește, dar nicio informație nu se dovedește folositoare. E doar o înșiruire de amărăciuni, alimentate de bourbon, axate pe Blanche și pe faptul că habar n-are ce va face cu toate lucrurile ei.

De câte ori vin aici, aud cel puțin o dată aceeași placă: o să arunce tot ce i-a aparținut lui Blanche, o s-o ia de la capăt, poate în alt loc, mai mic, „undeva, aproape de terenul de golf".

N-o va face totuși. Va rămâne în casa asta, pe care o va transforma într-un altar.

Casa Rochester nu e un altar.

Mă gândesc la asta când plec de la Tripp, închizând ușa și lăsând în urmă toată tristețea și amărăciunea. Eddie are doar o fotografie cu Bea, cea din Hawaii. Oare înseamnă că își vede de viață deja ori măcar încearcă?

Cred că încearcă.

Apoi, de parcă l-aș fi invocat, apare în fața mea, alergând pe trotuar. Mă observă și se oprește. Părul negru, ud, i s-a lipit de sprâncene.

— Jane!

— Salut!

Stăm acolo, eu, ținând strâns lipită de mine geanta veche, iar Eddie, în hainele lui sport scumpe, cu mâinile în șold, respirând din greu.

Îmi pică ochii pe pieptul lui lat, acoperit de tricoul îmbibat de transpirație și, brusc, nu-mi mai pasă de noaptea trecută, de soția lui sau de câți oameni ne-ar putea vedea acum.

— Lucrezi pentru Tripp? mă întreabă și pe frunte îi apar trei riduri când ridic din umeri.

— Cam așa ceva. I-am plimbat câinele o vreme, iar acum îl ajut să împacheteze lucrurile soției.

Încruntătura i se adâncește, degetele i se strâng și mai ferm pe oasele șoldurilor.

— Am fost un măgar aseară.

Clatin din cap, dar el ridică o mână.

— Nu, serios. Obișnuiam să lucrez cu Chris și, când a adus vorba de Bea... m-a tulburat pur și simplu. Am început să mă gândesc că e prea devreme, că oamenii vor comenta aiurea și eu...

Oftează și se uită în pământ. Când mă privește iar, părul îi acoperă fruntea ca unui băiețel. E atât de fermecător, încât degetele mele vor să i-l aranjeze.

— Pot să mai încerc o dată? mă întreabă.

Chiar dacă nu ar fi zâmbit, chiar dacă ochii lui nu ar fi fost atât de albaștri, chiar dacă nu aș fi vrut să îl ating atât de tare că mă dureau maxilarele de cât strângeam din dinți, tot aș fi spus da.

Mi-aș fi amintit mirosul și atmosfera sufocantă din casa lui Tripp.

Felul în care doamna McLaren s-a uitat la mine în sat.

Privirea dură a lui Emily Clark.

Casa lui Eddie și ce am simțit când mi-am strecurat mâna într-a lui la cină.

Da.

9

APRILIE

Vârtej.

E greu să nu folosesc acest cuvânt ca să descriu relația mea cu Eddie, dar, de fiecare dată când îmi vine în minte, mă gândesc la cum povestea Bea că l-a cunoscut pe Eddie într-o vacanță.

Și ea tot ca un vârtej a descris-o.

Dar poate că așa sunt relațiile cu el. Poate orice femeie care intră în viața lui e luată pe sus în același fel, pentru că, odată ce hotărăște că te vrea, numai așa știe el să se poarte.

Îi dau lui Eddie o a doua șansă, dar cu anumite condiții. Fără întâlniri în Mountain Brook. Teritoriul trebuie să fie neutru. Crede că-mi fac griji din pricina celorlalți oameni din Thornfield Estates care ar afla despre noi. Încă nu vreau să se știe despre noi – și nu vreau să risc un alt dezastru ca acela cu Chris –, dar nu pentru că îmi fac griji în privința slujbei mele. Zilele mele de plimbat câini sunt numărate. Aproape că aud finalul cum se apropie.

Nu, încă nu vreau să afle cineva, deoarece îmi place să am acest secret. Cea mai tare bârfă din cartier e a mea.

Într-un final, vor descoperi, desigur, dar am decis că, atunci când se va întâmpla, voi fi atât de prinsă în relație, încât nu vor putea face nimic.

Februarie cedează locul lunii martie, martie, lui aprilie, iar noi mergem la restaurante de fițe, ale căror meniuri abia dacă le deslușesc. Ne plimbăm prin parcuri, atingându-ne umerii și șoldurile. Mergem la filme și stăm în spate, ca adolescenții. Mâna lui e întotdeauna pe trupul meu, odihnindu-se în palma mea, urmărindu-mi conturul claviculei, o greutate caldă pe talie... Îi simt atingerea chiar și când suntem departe unul de altul.

Asta e partea cea mai ciudată. Nu întâlnirile, nu ideea că un bărbat ca Eddie Rochester vrea să petreacă timp cu mine. Ci intensitatea cu care îl doresc și eu.

Nu sunt obișnuită cu așa ceva.

Eu să vreau *lucruri*? Firește. O constantă în viața mea. Ochii care surprindeau sclipirea unui obiect scump la încheietura unei mâini sau la gâtul cuiva. Fotografiile unor case de vis care-mi tapetau pereții dormitorului, în locul unui afiș cu vreun puber de care fetele de vârsta mea erau interesate.

Însă mă feresc de mâinile bărbaților de la 12 ani, iar să-mi doresc să mă atingă unul e o senzație nouă pentru mine.

Cred că-mi place.

Prima dată când m-a sărutat s-a întâmplat în spatele mașinii lui, parcate lângă un restaurant. Gura lui avea gustul vinului roșu pe care îl băuserăm, iar mâinile lui care îmi cuprinseseră fața nu mă făceau să mă simt prinsă într-o capcană, ci... în siguranță. Și frumoasă.

M-a încântat dezamăgirea din ochii lui când m-am retras. Fiindcă normal că m-am retras. Lucrul potrivit, la momentul potrivit, asta contează aici și n-am de gând să stric ceva atât de important, dovedindu-mă o cucerire ușoară pentru el.

Deocamdată, intimitatea dintre noi se reduce la sărutat și, ocazional, la atingeri fierbinți; el își plimbă palmele pe brațele ori pe coapsele mele, iar eu îmi odihnesc degetele pe mușchii tari ai stomacului său, fără să cobor spre locuri periculoase.

N-a fost nevoit să aștepte nimic o lungă perioadă, cred, așa că ar face bine să mă aștepte pe mine.

Dar nu e vorba doar de săruturi sau de intensitatea dorinței mele, care îmi dă amețeli. Mă impresionează cât de multe lucruri observă el. Cât de mult mă observă *pe mine.*

La a treia noastră întâlnire – cu sandviciuri, la un local din Vestavia –, am ales o sticlă de *cream soda* din frigider și, fiindcă nu m-am putut stăpâni, i-am povestit despre unul dintre asistenții maternali pe care i-am avut la zece ani. Acesta era obsedat de *cream soda*, cumpăra baxuri uriașe de la Costco, dar nu mă lăsa nici pe mine, nici pe Jason, un alt băiat din casă, să ne atingem de ea. Ceea ce însemna, bineînțeles, că numai așa ceva voiam să beau.

M-a surprins cât de ușor mi-a ieșit povestea de pe buze. Totuși, nu pe de-a-ntregul adevărată. Omisesem partea cu „asistentul maternal“ și spusesem simplu „tata“, dar nu-mi mai deschisesem sufletul în felul acesta de ani buni, în fața nimănui.

Iar Eddie nu m-a descusut și nici nu m-a privit cu milă. S-a mulțumit să mă strângă de mână și, când m-am dus la el acasă, a doua zi, frigiderul era ticsit cu mult iubitele mele sticle negre.

Nu marca ieftină, de tot rahatul, cumpărată de domnul Leonard, ci un produs de calitate, care se vinde numai în băcănii la modă și stilate.

Am trăit atât de mult timp încercând să nu fiu văzută, încât e ceva amețitor în felul în care îl las să mă *vadă.*

John bănuiește că se petrece ceva, fiindcă ochii lui ca două mărgele sunt mai scormonitori decât de obicei când mă urmăresc prin apartament, însă nici măcar asta nu mă mai deranjează acum. Îmi place să am un secret, să afișez un zâmbet șmecher și să nu am un program fix de venit acasă.

Dar nimic din toate astea – să mă sărut cu Eddie, să-l dau naibii pe John – nu se compară cu sentimentul de acum, când, ghemuită lângă pătuțul unde îl așez pe Bear după ce ne întoarcem de la plimbare, o ascult pe doamna Reed vorbind la telefon.

— Eddie *iese cu cineva.*

Îmi permit să surâd ușor. Așteptam această clipă, dar e și mai satisfăcătoare decât îmi imaginam. Fiorul resimțit se aseamănă cu senzația pe care o am când șparlesc un inel sau strecor un ceas în buzunar.

De fapt, e chiar mai bine de atât.

— Știu! exclamă doamna Reed în spatele meu.

Urmează o pauză și mă întreb cine e la capătul celălalt al firului. Emily, poate? Ele două sunt când prietene, când inamice, dar, săptămâna asta, se poartă amabil. Nu-i nevoie decât de un comentariu meschin despre pantalonii de yoga prea strâmți sau de o aluzie răutăcioasă referitoare la lipsa copiilor și dușmănia dintre ele se reîntoarce cât ai clipi. Deocamdată, sunt cele mai bune prietene.

Și discută despre mine.

Numai că ele nu știu că e vorba de mine și mă distrez al naibii. Partea pe care o aștept de săptămâni.

Schițez un zâmbet când mă întorc spre doamna Reed și-i întind lesa lui Bear.

O ia și îi spune celeilalte:

— Fată, hai că te sun eu înapoi.

Clar vorbește cu Emily. Când sunt prietene la cataramă, numai ele o țin întruna cu „fată".

Pune telefonul pe tejghea și îmi zâmbește.

— Jane!

Efectiv toarce și știu ce urmează. A procedat așa și înainte, cu Tripp Ingraham, chinuindu-se să mă tragă de limbă, să afle orice lucru cât de mic despre cum e să fiu în preajma lui. Mă amuză s-o văd cum se crede subtilă.

— Ai observat pe cineva necunoscut la casa Rochester? mă întreabă.

Iar eu îi ofer același surâs tâmp dintotdeauna și dau din umeri.

— Nu cred.

E un răspuns stupid și mor de plăcere când o văd cum clipește des, nesigură de ce a auzit. Trec pe lângă ea și îmi flutur degetele.

— Ne vedem săptămâna viitoare! îi strig veselă.

Pe o masă, lângă ușă, zăresc o pereche de ochelari de soare Channel și un teanc de bani frumos aranjați, dar îi ignor.

În schimb, imediat ce ies pe trotuar, îmi scot telefonul și îi trimit un SMS lui Eddie.

Dacă Eddie a fost surprins sau nu că eu am inițiat o întâlnire – și că am sugerat „să mâncăm acasă“ – nu mi-a arătat. Mi-a răspuns la SMS după numai câteva minute, iar acum, când apar acasă la el, pe la șapte seara, cina e deja pregătită.

Nu mă întreb dacă a gătit chiar el sau a luat ceva de la micul magazin gourmet din sat, unde se găsesc tot felul de mâncăruri care, băgate la cuptor sau puse în niște vase de cupru grozave, pot trece lejer drept preparate de tine.

Nu contează.

Însă contează că, deși ar fi putut comanda online, a depus un oarecare efort pentru seara noastră, lucru care îmi spune că am dreptate să trec la următoarea etapă.

Aștept până după cină, când ne întoarcem în sufragerie. Eddie a aprins câteva lumânări, iar lămpile aruncă sfere de lumină caldă pe podea. Toarnă un pahar cu vin pentru mine și unul cu whisky pentru el. Îl simt pe buzele lui, vechi și scump, când mă sărută.

Mă gândesc la prima zi petrecută aici, bând cafea, învârtindu-ne unul în jurul celuilalt. Aceste noi versiuni ale noastre – îmbrăcate mai frumos (port blugii skinny cel mai puțin tociți și un top H&M din mătase artificială, găsit la Goodwill), cu alcool în loc de cafea, prinse într-un dans diferit – par că se suprapun peste variantelor timpurii ale lui Jane și Eddie.

Jane și Eddie. Îmi place cum sună și hotărăsc că o să rămân Jane pentru totdeauna. Tot alergatul și toate minciunile la asta au dus. A meritat, deoarece acum sunt aici, cu acest bărbat frumos, în această casă frumoasă.

Mai am un singur lucru de făcut.

Mă întorc cu spatele la el și învârt paharul cu vin între palme. În geamul ușilor glisante uriașe, nu văd decât reflexia mea și pe a lui Eddie. Se sprijină de insula din marmură care separă sufrageria de bucătărie.

— A fost o seară încântătoare, îi spun, asigurându-mă că folosesc doza corectă de melancolie. O să-mi fie dor de locul ăsta.

Nu e greu să par tristă când rostesc cuvintele – până și ideea de a pleca îmi strivește pieptul. E un alt sentiment ciudat, unul cu care nu sunt obișnuită. Să vreau să rămân undeva. Oare pentru că am obosit de atâta alergat sau e altceva? De ce aici? De ce acum? Nu știu decât că acest loc, casa, cartierul mă fac să mă simt sigură, așa cum nu mi s-a mai întâmplat înainte.

În geam, îl văd pe Eddie încruntându-se.

— Ce vrei să zici?

Mă răsucesc cu fața spre el și ridic din umeri.

— Nu știu sigur cât mai pot sta în Birmingham. Nu vreau să plimb câini o veșnicie, iar colegul meu de apartament e un coșmar. Am verificat programele de la școlile din Vest și...

Mă opresc, gândindu-mă dacă să ridic din umeri iarăși, dar stabilesc că se potrivește un oftat melancolic.

— Și cu noi cum rămâne? mă întreabă.

Îmi dau toată silința să-mi ascund zâmbetul. Mă uit la el și înclin capul.

— Eddie. A fost distractiv, dar... Serios acum, noi doi nu avem un viitor, nu? La un moment dat, o să vrei o femeie mai... rafinată.

Flutur mâna liberă.

— Mai sofisticată. Mai frumoasă.

Trag aer adânc în piept.

— Nu am fost complet onestă în privința trecutului meu... și a vieții mele dinainte.

Eddie nu se mișcă, mă privește și așteaptă.

— OK, spune el cu o voce blândă, răbdătoare. Vrei să începi acum?

Încuviințez și fac cea mai îndrăzneață mișcare din viața mea. Îi mărturisesc adevărul.

— Am stat în plasament încă de la vârsta de trei ani, până când am devenit majoră. Tatăl menționat zilele trecute... nu era tatăl meu real, ci un asistent maternal deloc cumsecade. Nici măcar nu știu cine-mi sunt părinții. Adică le știu numele, fiindcă le-am văzut pe hârtie. Nu mi-i amintesc. Nu știu cine sunt în realitate. Chiar vrei să fii cu o astfel de persoană? Cineva care vine de nicăieri?

Pune paharul pe blatul insulei și, din câțiva pași, e lângă mine.

— Da, îmi răspunde, aproape în șoaptă.

Îmi cuprinde în palme brațele goale. Îi simt atingerea până în vârful degetelor de la picioare și, când îmi mușc nervoasă buza de jos, ochii lui îmi urmăresc mișcarea.

— Mulțumesc că mi-ai zis, Jane. Acum, că știu asta despre tine și îmi închipui lucrurile prin care ai trecut...

Se oprește căutându-mi privirea. În ochii lui, citesc atâta empatie și bunătate, că mi se înmoaie genunchii.

— Nu te vreau mai puțin. Dimpotrivă, te vreau și mai mult, adaugă el.

E cel mai frumos lucru pe care mi l-a spus cineva vreodată.

— Eddie...

Strânsoarea lui devine mai puternică.

— Nu, îmi răspunde. Dacă voiam o Emily Clark sau o Campbell Reed, aș fi cu ele. Sunt cu tine pentru că *pe tine* te vreau, Jane.

Eddie se apleacă și buzele lui le ating delicat pe ale mele. Apoi simt o pișcătură când mă mușcă ușor, iar dorința curge prin mine atât de violent, încât aproape tremur.

— Jane a mea, rostește el răgușit, aspru.

Înghit în sec. De data asta, totul e pe bune, fără iluzii.

— Nu sunt a ta, reușesc să îndrug. Sunt liberă ca orice nenorocită de pasăre.

Zâmbește și, când mă sărută din nou, îmi folosesc la rândul meu dinții, mușcându-i buza în același loc.

Nu plec în seara asta și amândoi știm.

Nu mai plec niciodată.

PARTEA A DOUA

BEA

IULIE, O ZI DUPĂ BLANCHE[1]

Nu știu pentru cine scriu.

Pentru mine, cred. E o modalitate de a înregistra totul cât încă e proaspăt în mintea mea. Nu-mi permit să sper că nota va fi găsită de cineva. Mă doare prea tare să visez la așa ceva acum.

Dar poate, dacă scriu totul negru pe alb, o parte dintre relatări vor căpăta sens și mă vor împiedica să o iau razna.

Noaptea trecută am înțeles pentru prima dată ce ușor îți poate scăpa sănătatea mintală printre degete.

Eddie a inclus și o carte în proviziile pe care mi le-a adus, un roman ieftin pe care îl aveam încă din perioada colegiului. Am găsit un pix pe fundul unui sertar al noptierei pe care am cărat-o amândoi aici, sus, acum câteva luni.

E ceva bizar în toate astea. Să-mi scriu propria poveste peste cuvintele pe care le citesc și le recitesc din tinerețe.

Dar e și mai greu să scriu adevărul.

Noaptea trecută, soțul meu, Edward Rochester, a ucis-o pe cea mai bună prietenă a mea, Blanche Ingraham.

---

1 Aici și în continuare am optat să păstrăm modul de paginare din ediția princeps (n. red.).

Blanche e moartă. Eddie a ucis-o. Sunt închisă în casa noastră. Oricât îmi repet aceste cuvinte în sinea mea, tot mi se par greșite, nebunești, așa că nu mă pot abține să mă întreb dacă nu cumva sufăr de halucinații oribile. Sau poate m-am înecat împreună cu Blanche și trăiesc în iad.

Are mai mult sens decât orice altceva.

Dar nu. Eu și Blanche ne-am dus la casa de lângă lac în weekend, o excursie între fete, care trebuia să ne dea ocazia de a petrece puțin timp împreună. Amândouă fuseserăm foarte ocupate – eu, cu Southern Manors, Blanche, cu Tripp – și să stau și să pălăvrăgesc cu cea mai bună prietenă, să bem vin și să râdem cum făceam încă de pe vremea adolescenței s-a dovedit a fi... perfect. Weekendul acela a fost perfect.

Reiau totul în minte ca să mă conving că nu au existat semne care să ne avertizeze despre ceea ce urma să se întâmple.

Vedeți voi, e dificil să descâlcesc ițele.

Îmi amintesc că Eddie a apărut pe neașteptate și am hotărât să ieșim cu barca pe lac pentru o plimbare la miezul nopții. Eddie conducea, iar eu și Blanche dansam pe muzica nebună ce răzbătea din boxe. Apoi, mi-am simțit capul tot mai greu, gândurile mi s-au învălmășit și s-a făcut întuneric. Blanche țipa, m-am trezit în apă și era cald, ca într-o baie, și am știut că trebuie să continui să înot, dar, când am ajuns la țărm, Eddie era deja acolo. O durere orbitoare mi a explodat în cap și iarăși s-a lăsat bezna peste mine. Când am deschis ochii, eram... aici.

În această cameră.

A fost ideea lui Eddie să adauge o cameră de refugiu la etajul al doilea, după ce am urmărit un episod din *60 Minutes*, în care explicau că e ultimul răcnet în domeniul construcțiilor. Acceptasem atunci când el renovase casa, pentru că voiam să avem tot ce e mai bun și, dacă asta îl făcea fericit, de ce nu?

Aș fi făcut orice să-l văd fericit.

Tot a lui fusese ideea să avem ceva mai mult decât un spațiu gol. El sugerase și patul.

— În caz că rămânem blocați aici, o vreme, mă ispitise, apucându-mă de talie și trăgându-mă lângă el.

Chiar dacă eram căsătoriți deja de un an, simțisem același fior care mă copleșise în prima noapte în care mă sărutase.

Sentimentele mele față de Eddie nu se schimbaseră deloc. Poate de aceea nu am intuit nimic din tot ce a urmat. Fusesem prea îndrăgostită, prea încrezătoare, prea...

Eddie a intrat când scriam ultima propoziție. Am izbutit să vâr cartea sub pat înainte să deschidă ușa, așa că nu m-a surprins scriind, slavă Domnului! Voi fi mai atentă în viitor.

Nu mă consolează deloc, dar arată îngrozitor. Eddie a fost întotdeauna dichisit, dar astăzi avea ochii roșii și pielea aproape cenușie, era slăbit. Și, oricât de nebunesc și de grotesc sună, pentru o secundă, mi-a părut rău pentru el. Voiam să-l ajut. Așa s-a desfășurat toată căsnicia noastră. Eu planificam, Eddie punea în practică.

Am așteptat să rostească el ceva, să încerce să explice măcar ce dracului se petrece. Probabil că ar fi trebuit să țip, să mă reped la el, să-l lovesc. Orice.

Dar eu am stat încremenită.

Aș vrea să dau vina pe efectele drogului pe care mi l-a strecurat în băutură, însă, din secunda în care a intrat, am paralizat din cauza fricii și a șocului.

Nu am putut decât să-l urmăresc cum aranjează sticlele de apă și pachetele de biscuiți cu cremă de alune, două mere și o banană pe masa de lângă ușă, întors cu spatele la mine.

Eddie a ucis-o pe Blanche.

A omorât-o și m-ar putea omorî și pe mine.

Eddie, soțul meu, partenerul meu. Bărbatul pe care credeam că îl cunosc foarte bine. Care, în ziua când ne-am cunoscut, mi-a zâmbit cu atâta blândețe în privire. Care mă asculta mereu atent când îi vorbeam despre cum a decurs ziua, despre afacerea mea ori despre visurile mele. Care își amintea lucruri mărunte, prostești – precum sosul meu iute preferat sau cum îmi plăcea cafeaua, cu o pastilă de îndulcitor Splenda.

Bărbatul acela, Eddie, era un criminal.

Dacă mă gândesc prea mult, îmi vine să urlu și mă tem că, dacă încep să țip, n-o să mă mai opresc niciodată. Așa că trag aer în piept regulat, deși exercițiul – *inspiră numărând până la patru, ține aerul în piept numărând până la patru, expiră numărând până la șase* – îmi amintește de lecțiile de yoga pe care eu și Blanche le-am luat luna trecută.

Doamne ferește, acum o lună! Mi se pare deja o altă viață.

Eddie n-a vorbit cu mine, doar a așezat mâncarea și apa, apoi a ieșit, iar eu m-am prăbușit pe podea și am plâns, tremurând atât de rău, că-mi clănțăneau dinții.

Cum de m-am măritat cu un monstru și nu mi-am dat seama de asta decât prea târziu?

PATRU ZILE DUPĂ BLANCHE

Astăzi, Eddie a venit din nou, cu mai multă apă și mâncare. Am încercat să vorbesc cu el, dar, de îndată ce i-am rostit numele, a ridicat mâna și și-a apropiat fața de a mea.

Parcă mă uitam la un străin care avea aceleași trăsături familiare. Nu-l cunoșteam pe bărbatul acesta rece și periculos și, după ce a plecat, am simțit o ușurare imensă. Nu am mai plâns și nici nu am mai tremurat. Poate că scrisul mă ajută, la urma urmelor.

ȘASE ZILE DUPĂ BLANCHE

Au trecut două zile de la ultima vizită a lui Eddie și, în tot acest timp, am devenit mai calmă și mai sigură pe mine.

Încă nu înțeleg ce planuri are sau de ce mă ține aici, de ce nu mă aflu pe fundul lacului, alături de Blanche. Trebuie să existe un motiv și am de gând să-l descopăr.

Trebuie să fiu isteață.

Mai isteață decât Eddie.

E singurul mod prin care pot ieși vie de aici.

Bea nu voia să întârzie, dar traficul fusese un coșmar și ploaia nu ajutase nici ea.

Când se strecoară la masă în separeu, vizavi de Blanche, din restaurantul lor preferat, La Paz, Blanche e deja la a doua margarita și coșul cu chipsuri e aproape gol.

Imediat ce se așază, Blanche îi face semn ospătarului, arătând spre paharul ei, apoi spre al lui Bea, care încearcă să pară iritată. De obicei, comandă o margarita, numai că, în seara asta, nu-și propusese să bea.

Nu se descurcă deloc să-și ascundă enervarea, pentru că glasul îi sună mai ascuțit decât intenționase când spune: Așadar, o marți cu trei margarita?

Blanche ridică din umeri și mai înmoaie un chips în sosul din micul vas albăstrui.

— Dacă-mi permit! spune ea pe un ton vesel, dar fals în urechile lui Bea.

Blanche se purta aiurea de ceva vreme, însă Bea nu reușește să-și dea seama despre ce e vorba. Poate din cauza lui Tripp. El și Blanche erau căsătoriți doar de un an, dar deja apăruse răceala între ei, o relație încordată. Cu nicio săptămână în urmă, Bea se dusese acasă la ei să bea ceva și trebuise să suporte timp de două ore răutățile constante, ironiile și jignirile deghizate în afecțiune.

Acum, Bea stă în fața lui Blanche și îi observă ochii ușor umflați și paloarea. Își dorește să nu fi făcut gluma aia proastă despre a treia margarita.

Când le sosesc băuturile, Bea ridică paharul masiv, cu sare pe margini, și îl ciocnește de al lui Blanche.

— Pentru noi, zice ea. Și gata cu monstruozitățile pline de zahăr de la El Calor.

Asta o face pe Blanche să schițeze un zâmbet, așa cum sperase Bea. El Calor era un local ieftin mexican de lângă Ivy Ridge, școala la care merseseră amândouă în adolescență. Obișnuiau să se ducă acolo, în fiecare vineri seara, cu mult înainte să împlinească 21 de ani, și să comande cele mai grețoase margarita din meniu, amestecuri înghețate, care veneau în boluri uriașe, roșu-aprins sau albastre ori verde-neon, culori care le pătau buzele și dinții.

Bea încă are o fotografie cu ea și cu Blanche în ultimul an de liceu, în care scot limba la cameră; a lui Blanche, violacee, a lui Bea, cărămizie. Ochii le sclipesc de alcool și de tinerețe.

Îi place la nebunie poza aia.

Îi e dor de fetele acelea.

Poate că astă-seară au șansa să-și retrăiască puțin trecutul?

Blanche ridică meniul și Bea îi zărește brățara de la încheietură.

Fără să stea pe gânduri, se întinde spre Blanche și cercetează bijuteria. E un lănțișor subțire de argint cu o zeitate ca pandantiv – semnul zodiacal al lui Blanche, Scorpion, bătut în diamante.

— Avem și noi ceva asemănător care o să iasă pe piață la anul, spune Bea, răsucindu-i încheietura ca să vadă mai bine brățara. Dar am făcut o întăritură din email pe pandantiv și oferim diverse pietre colorate ca opțiuni. O să-ți aduc și ție una.

Blanche își smulge mâna, aproape răsturnându-și băutura cu cotul. Mișcarea e atât de bruscă, atât de agresivă, că, pentru o secundă sau două, Bea nu-și retrage propria mână și rămâne cu ea întinsă peste chipsuri si salsa.

— Îmi place brățara asta, spune Blanche, uitându-se la meniu și ferindu-se de ochii lui Bea. Nu am nevoie de alta.

— Am crezut..., începe Bea, dar se oprește și ridică propriul meniu, chiar dacă întotdeauna comandă același lucru ca prietena ei.

Blanche procedează la fel, dar ai crede că secretele universului sunt inserate printre descrierile tipurilor de burrito și de enchilada, atât de concentrată citește meniul.

Tăcerea dintre ele devine grea și stânjenitoare, iar Bea încearcă să-și amintească exact când s-a simțit ultima oară așa în prezența lui Blanche. Îi fusese cea mai bună prietenă de când era doar o adolescentă nervoasă de 14 ani, care se afla departe de casă pentru prima dată și încerca să se integreze într-o școală nouă, sofisticată.

După ce ospătarul le-a luat comanda – feluri obișnuite pentru ele, enchilada verde, pentru Bea, supă tortilla, pentru Blanche –, tăcerea s-a așternut iar și, tocmai când Bea se întreabă dacă să-și facă de lucru cu telefonul, prietena ei spune:

— Așadar, cum e tipul?

Un nou val de iritare o cuprinde pe Bea.

— Eddie e în regulă, răspunde, accentuând dinadins numele, pe care, dintr-un motiv obscur, Blanche nu vrea să-l folosească.

Întotdeauna zice tipul, ocazional, tipul acela și odată, la un prânz cu niște prietene de-ale lor de la Ivy Ridge, l-a numit individul, micul prieten al lui Bea.

Pe parcursul anilor, de multe ori, Bea o auzise pe Blanche rostind această combinație de cuvinte aproape batjocoritoare, dar Blanche nu i le adresase niciodată direct ei, așa că, până la urmă, plecase de la masa de prânz foarte devreme.

Acum, Blanche dă pe gât restul de margarita și repetă Eddie. Își încrucișează mâinile pe masă, se apleacă în față și mâneca tunicii i se apropie periculos de o pată de salsa, ce se întinde chiar lângă încheietura ei.

— Nu am avut niciodată încredere în bărbații care folosesc asemenea diminutive, explică ea. Fii bărbat. Te cheamă Robert, nu Bobby, pentru Dumnezeu! Nu Johnny, ci John.

— Ai dreptate, încuviințează Bea fără să se poată abține. E ca atunci când un tip e a treia roată la căruță și i se zice Tripp.

Blanche clipește des de câteva ori, apoi, spre surpriza lui Bea, râde și se lasă pe spate.

— OK, touché, cățea ce ești, rostește, dar fără patimă.

Bea simte cum o parte din atmosfera încordată se mai risipește și se întreabă dacă seara poate fi totuși salvată.

Însă Blanche se apleacă din nou spre ea ca să o ia de mână. S-a abțiguit bine de tot, constată Bea, cea de-a treia margarita terminând treaba începută de primele două, și strânsoarea ei e surprinzător de puternică.

— Serios, Bea. Ce știi despre tipul ăsta? L-ai cunoscut la plajă. Cine se întoarce dintr-o vacanță cu un prieten?

— Logodnic, de fapt, o corectează Bea, privind-o direct în ochi. M-a cerut în căsătorie săptămâna trecută. De aceea am vrut să iau cina cu tine. Ca să-ți spun. Surpriză!

Bea își cuprinde fața în mâini stânjenită, mișcându-și degetele și zâmbind, dar știe că nu va avea parte de un moment magic, cum văzuse în cazul altor femei: o pauză, urmată de țipete și de ochi înlăcrimați, îmbrățișări deloc elegante, planuri imediate pentru petreceri, întrebări despre inele, rochii și luna de miere.

Nu. Nu cu Blanche.

Blanche, prietena ei cea mai bună nu-i oferă așa ceva.

În schimb, se sprijină de banchetă și deschide gura șocată. Blanche e blondă acum, culoarea a ieșit bine, dar ei îi înăsprește trăsăturile și, preț de o clipă, are senzația că stă în fața unei străine.

Ceva mai târziu, Blanche ridică iarăși din umeri, zornăind gheața din pahar.

— Ei bine, măcar lasă-l pe Tripp să-ți facă un contract prenupțial.

Le sosește și mâncarea, ospătarul pune farfuriile pe masă. Bea se holbează la Blanche, așteptând să rămână singure din nou, după care se apleacă și șuieră.

— Mulțumesc din suflet. Apreciez sprijinul.

Blanche ridică brusc mâinile, iar brățara de argint îi alunecă pe braț, în jos.

— Ce-ai vrea să zic, Bea? Că sunt fericită pentru tine? Că este o idee grozavă să te măriți cu un tip sexy care a dat peste tine la plajă?

— Dar nu fost chiar așa, o contrazice Bea, așezându-și șervetul în poală și aruncând o privire în jur.

Încă vorbesc amândouă destul de încet, dar simte că, dintr-un moment în altul, vor crea o scenă gen Nevestele reale din Birmingham *și e ultimul lucru pe care și-l dorește.*

E ultimul lucru pe care și vechea Blanche și l-ar fi dorit, dar cu noua Blanche – prea slabă, prea beată, prea blondă – cine știe?

— Nu pricepi, insistă Blanche.

Acum, da, o femeie de la altă masă se uită la ele, ridicând ușor din sprâncene.

— Ești bogată acum, Bea. Și nu bogată ca o persoană normală. Nu ești o avocată sau un medic de succes. Ești pe cale să ai GRĂMEZI *de bani și tipul ăsta știe.*

— Și de aceea e interesat de mine, corect? întreabă Bea, simțind cum îi ia fața foc, deși restul corpului pare rece ca gheața. Pentru că sunt bogată. Lucru care, ce coincidență, te sâcâie și pe tine. Evident, să-mi fii prietenă era mult mai ușor pe vremea când reprezentam pentru tine... doar un nenorocit de caz caritabil.

Blanche pufnește, trântindu-se de spătar atât de tare, că bancheta se zguduie.

— OK, bine. Eu doar încerc să am grijă de tine și să-ți amintesc că nu te poți atașa de orice persoană care se poartă frumos cu tine, dar, la cum văd că gândești, chiar îmi pierd vremea aiurea.

Bea aproape că tremură, nu concepe să mănânce în starea asta, împinge farfuria cât colo și ridică paharul. Gheața s-a topit, margarita a devenit sărată, acră și prea tare, dar dă pe gât băutura oricum.

— Vreau doar să fii atentă, spune Blanche, cu expresia ceva mai îmblânzită. Abia l-ai cunoscut. De când sunteți împreună? O lună?

— De trei luni, răspunde Bea. Și știu tot ce am nevoie să știu. Știu că mă iubește și știu că-l iubesc.

Blanche se strâmbă.

— Corect. Fiindcă iubirea e singurul lucru care contează.

— Știu că lucrurile sunt complicate între tine și Tripp acum...

— Nu sunt deloc complicate, *o întrerupe Blanche, descriind cu degetele niște ghilimele imaginare. Doar că o căsnicie presupune mai multă muncă decât crezi tu.*

Blanche clatină din cap și lasă furculița jos.

— În fine, el e sexy și tu ești bogată, așa că e posibil să fie mai ușor pentru voi doi. Poate că ăsta e secretul.

Furia dispare din Bea la fel de rapid ca apa dintr-o cadă căreia i s-a scos dopul.

Blanche e geloasă pe ea.

Despre asta e vorba.

Blanche e geloasă. Geloasă pe banii ei, pe succesul ei și, acum, pe bărbatul ei.

Bea nu și-a închipuit niciodată că Blanche și-ar dori ceva ce are ea. Iar acum, vrea totul.

Ceea ce îi ușurează misiunea de a-i lua mâna cu blândețe.

— Hai să facem pace, da? o roagă. Fiindcă ar fi complet aiurea să nu vorbesc cu domnișoara mea de onoare.

Blanche pufnește, dar, după un minut, îi strânge mâna, la rândul ei.

PARTEA A TREIA

JANE

10

Nu știam că și cearșafurile pot avea un *miros* atât de fin, dar așa se întâmplă cu ale lui Eddie.

În fiecare dimineață, când mă trezesc în patul mare cu baldachin, îmi bag nasul în așternuturi și inspir adânc, întrebându-mă cum dracului am avut atâta noroc.

Au trecut două săptămâni de când m-am mutat, mai mult sau mai puțin, cu Eddie, două săptămâni de lenjerii moi și timp petrecut pe canapeaua plușată din sufragerie, urmărind după-amiaza emisiuni proaste la televizorul masiv.

Nu mai plec de aici niciodată.

Mă dau jos alene din pat și degetele de la picioare ating bucuroase covorul moale, care mă așteaptă. Dormitorul este luxos exact cum trebuie - lemn negru, nuanțe de albastru-închis, ici și colo, câte o pată de culoare gri. Neutru. Masculin.

E singurul spațiu unde Eddie a scăpat complet de stilul lui Bea, se vede limpede. Înainte, pun pariu că era copleșit de un vârtej de nuanțe strălucitoare, ca și restul casei. Albastrul păunului, galbenul șofranului, fucsia aprinsă. Dar aici e doar Eddie.

Și acum, eu.

Îl găsesc pe Eddie în bucătărie, deja îmbrăcat pentru muncă. Îmi zâmbește, cu o cafea aburindă în mână.

— Bună dimineața, îmi spune, întinzându-mi cana.

În prima zi când m-am trezit aici, Eddie îmi pregătise o cafea simplă, fără zahăr, așa cum băusem la prima noastră întâlnire.

Sfioasă, îi mărturisisem că nu-mi place cafeaua neagră atât de mult. Acum, am un espressor scump la dispoziție, care adaugă laptele sub formă de spumă și, în plus, tot felul de siropuri aromate deloc ieftine.

Cafeaua de astăzi miroase a scorțișoară și inspir aroma înainte să iau o gură.

— Nu știu cum să-ți zic, dar mă culc cu tine doar pentru cafeaua ta, îi zic.

El îmi face cu ochiul.

— Talentul de a face o cafea grozavă chiar *este* singura mea trăsătură remarcabilă.

— Cred că mai ai câteva, îl contrazic.

El mă privește cu sprâncenele ridicate.

— Doar câteva?

Îi fac semnul de OK cu degetul mare și arătătorul, iar el râde, lucru care mă încălzește la fel de mult precum cafeaua.

Îl plac. N-am cum să susțin altceva. Nu e vorba doar de casă sau de bani, deși mă interesează sută la sută lucrurile astea, credeți-mă. Dar să fiu cu Eddie e... plăcut.

Și el *mă* place. Nu doar pe mine, cea inventată, îi plac și licăririle eului meu real pe care îl las să le zărească.

Vreau să-i arăt mai multe despre mine, cred. Și a trecut o grămadă de timp de când nu m-am mai simțit așa.

Întorcându-se la chiuvetă, Eddie își clătește cana și zice:

— Ce-ai în program astăzi?

Aștept acest moment de două săptămâni, sperând că mă va întreba cu ce îmi ocup ziua. Fiindcă tot mai scot nenorociții ăia de câini la plimbare. Stau eu în casa lui Eddie și mănânc mâncarea cumpărată de el, dar sunt pe cont propriu în alte privințe. Benzina, hainele, celelalte mărunțișuri. Încă trebuie să plătesc chiria.

— Câini, răspund scurt.

El ridică ochii și se încruntă ușor.

— Tot mai faci asta?

Ceva din căldura resimțită față de el se risipește. Dar ce credea că fac toată ziua? Zac și-l aștept pe el să se întoarcă acasă?

Îmi ascund iritarea, mă ridic de pe scaunul înalt și dau din umeri.

— Păi, da. Trebuie să produc cumva bani.

Se strâmbă și își șterge mâinile pe unul dintre prosopelele Southern Manors, împrăștiate prin bucătărie. Cel folosit de el are o felie de pepene imprimată, cu o mușcătură perfectă într-o parte.

— Ești bine-venită să folosești cardul meu ori de câte ori ai nevoie. Și te pot adăuga astăzi ca titular de cont. La contul meu personal, nu la cel de la Southern Manors. Ăla implică tot felul de nenorocite de hârtii, dar putem rezolva și asta până la urmă.

Încremenesc. Eddie se întoarce din nou, mototolește prosopul și-l aruncă în camera pentru spălat rufe, aflată chiar lângă bucătărie.

Oare așa de ușor merg lucrurile pentru bărbații ca el? Îmi oferă acces la mii și mii de dolari de parcă ar fi nimic, când eu aș putea să... îi iau pur și simplu. Să-i iau tot, dacă vreau neapărat.

Poate că tocmai asta e... nu-i trece nicio clipă prin minte că aș fi în stare de așa ceva. Că cineva, dar mai ales o femeie, ar putea face asta.

Dar, de vreme ce exact asta mi-am dorit, îi zâmbesc, dând aprobator din cap.

— Ar fi... ar fi grozav, Eddie. Mulțumesc.

— Ce sens are să am atâția bani, dacă fata mea nu-i poate cheltui, nu?

Ocolește barul, îmi înconjoară talia cu brațul și își îngroapă nasul în părul meu.

— Totodată, spune el înainte să se retragă, de ce nu te duci acasă la tine să-ți iei lucrurile și să le aduci aici? Așa, totul va fi oficial.

Îmi apăs pieptul cu mâna și îi arunc cea mai falsă privire de specialistă în flirt.

— Edward Rochester, îmi ceri să mă mut cu tine?

Zâmbește cu gura până la urechi, în timp ce merge cu spatele spre ușă.

— Cred că da. Accepți?

— Poate.

Se răsucește pe călcâie, iar zâmbetul i se lățește și mai mult.

— Îți las cardul la ușă! îmi strigă și aud sunetul fin al plasticului lovindu-se de marmură, înainte ca ușa să se deschidă și să se închidă, lăsându-mă singură în casă.

Casa mea.

Îmi mai prepar o cafea și mă duc la etaj, în baia masivă, partea mea preferată din vilă.

Aproape ca orice altceva, este supradimensionată, dar nu copleșitoare. Mâna lui Bea se simte și aici, firește. Dacă Eddie ar fi proiectat camera, probabil că ar fi fost mai șic, mai modernă. Sticlă, oțel și ceramică. În schimb, există marmură și cupru, cu o podea din mozaic și – șocant ce n-ai văzut! – o magnolie în centru.

Îmi frec degetul mare de la picior de una dintre plantele de un verde-închis și mă pregătesc să intru în cadă.

Aveam cadă și în apartamentul meu, dar trebuia să fiu drogată ca să fac baie în ea. Nu numai că e înghesuită și pătată cu mucegai negru pe la colțuri, dar gândul că trupul meu se atinge de locul unde face duș John era prea oribil ca să iau în calcul așa ceva. Nu, întotdeauna m-am spălat cât am putut de repede, crispându-mă de fiecare dată când perdeaua dușului se lipea de mine.

Să dea naibii dacă nu merit cada asta!

Mă așez pe marginea ei și mă aplec să răsucesc robinetul de apă caldă. Continui să țin cafeaua într-o mână și încerc apa cu degetele de la mâna cealaltă.

Am de gând să fac baie zilnic de aici înainte. Veșnic. Așa o să-mi petrec diminețile. S-a terminat cu condusul din Center Point.

S-a terminat și cu plimbatul câinilor.

Și, după ce termin cu îmbăiatul pe ziua de azi, mă voi îmbrăca și voi merge cu mașina la jegul ăla de apartament, pentru ca mai apoi să plec și să nu mă mai întorc niciodată acolo.

Iau ceea ce Eddie numește „mașina practică, de bun-simț“, un Mercedes SUV, și părăsesc enclavele umbrite din Mountain Brook, îndreptându-mă spre mallurile și complexul urât de apartamente unde se află vechea mea casă.

Mi se pare ciudat să parchez o asemenea mașină frumoasă în spațiul unde obișnuiam să-mi las Hyundaiul paradit și chiar mai ciudat să urc treptele de beton în noile mele sandale din piele, ale căror tocuri țăcăne atât de tare, încât mă surprind tresărind.

Numărul 234 arată și mai ponosit decât știam și scotocesc în geantă după chei.

Când le vâr în yală, îmi dau seama că ușa e descuiată și mă încrunt când pășesc înăuntru. John e un dobitoc, dar nu genul care să dea dovadă de o astfel de neglijență.

Apoi înțeleg că eu sunt aia neglijentă, pentru că ar fi trebuit să sun la biserică înainte să vin aici, să mă asigur că John a plecat la muncă și că nu face ce face acum, adică stă pe canapea învelit cu pătura mea, urmărind emisiunile plictisitoare ale dimineții.

— Și ea se întoarce, rostește el cu gura plină de cereale.

Ar putea înghiți cereale la orice masă, îmi trece prin minte, întotdeauna mărcile cele mai ieftine, pline de zahăr, care se fac pentru copii. Niciodată mărci serioase, ci „Fruity Ohs" și „Sugar Flakes". Orice-ar avea în gură acum, aproape că au înnegrit laptele și nu-mi ascund deloc dezgustul când întreb:

— N-ar trebui să fii la biserică?

John ridică din umeri, cu ochii lipiți de ecran.

— Am liber.

Grozav.

Se întoarce spre mine să mai adauge ceva și face ochii mari când mă vede.

— Ce porți?

Vreau să glumesc cumva și să-i sugerez să lase replicile astea pentru iubitele lui de pe internet, dar aș prelungi interacțiunea dintre noi și e ultimul lucru pe care mi-l doresc, așa că dau din mână a lehamite și mă duc în dormitor.

Ușa e deschisă, deși îmi amintesc clar că am închis-o și îmi mușc buzele, enervată. Patul este încă făcut și, când trag un sertar, toată lenjeria mea intimă pare să fie neatinsă. O ușurare, în sfârșit.

Mă aplec și scot de sub pat geanta mea sport boțită și trag fermoarul, înainte să mă opresc și să mă uit în jur.

Nu că n-aş şti cât de tristă e camera mea. Orice am încercat, a arătat mereu soioasă şi rece, aproape ca o celulă de închisoare.

Dar acum, după două săptămâni de stat în casa lui Eddie?

Nu e niciun lucru pe care l-aş lua cu mine.

Vreau să las toate astea în urma mea. Simplitatea deprimantă, materialele ieftine, marginile jerpelite.

Ba mai mult de atât.

Vreau să-i dau dracului foc.

Când ies din cameră, nu car nimic. Nici geanta, pe care am vârât-o la loc sub pat. Nici lenjeria, pe care acum John poate s-o folosească pentru perversiunile lui cât doreşte. Nici măcar micile fleacuri și comori pe care mi le-am însușit de prin casele din Thornfield Estates.

John a oprit televizorul și se uită la mine de pe canapea, pătura acoperindu-i genunchii ridicați. Îmi zâmbește răutăcios, probabil așteptându-se să i-o cer și e gata să scuipe ceva dubios, ceva care să mă facă să mă întreb dacă se poartă scârbos sau nu (răspunsul sigur e da).

Poate să țină și pătura, din partea mea.

— Mă mut, îl anunț fără niciun preambul, vârându-mi mâinile în buzunarele de la spate. Cu chiria sunt la zi, așa că...

— Dar nu poți să pleci așa, pur și simplu.

Furia mi se adună în piept, dar, peste ea, mai există ceva.

Bucurie.

N-o să-i mai văd niciodată fața imbecilului ăstuia. N-o să mai dorm niciodată în apartamentul ăsta deprimant și nici n-o să mai fac dușuri triste, cu apă călduță, care abia curge. N-o să mai scot niciodată bani din buzunar ca să-i dau lui John Rivers.

— Și totuși, *plec*. Nasol.

John mijește ochii.

— Îmi datorezi două săptămâni de preaviz, îmi zice.

Izbucnesc în râs, dându-mi capul pe spate.

— Nu ești proprietarul, John. Ești doar un băiețel trist, care credea că o să mă culc cu el dacă mă lasă să stau aici. Și mi-ai cerut prea mult pentru chirie oricum.

O roșeață i se întinde pe gât, pe ceafă, iar buza de jos i se răsfrânge puțin. Încă o dată, sunt ușurată că s-a terminat și că e ultima oară când mai vorbesc cu el.

Curând, oamenii ca John Rivers nu vor mai exista pentru mine. Abia dacă există în prezent.

— N-am vrut niciodată să mă culc cu tine, murmură el, pe un ton posomorât. Nici măcar nu ești sexy.

Pe vremuri, m-ar fi deranjat vorbele lui. Chiar și de la cineva precum John. Întotdeauna am fost conștientă de simplitatea mea plictisitoare, de nedescris. Și am simțit-o când am văzut fotografiile lui Bea, cu părul ei negru, lucios, ce-i încadra fața frumoasă, cu pomeți înalți și ochi mari. Corpul acela bine întreținut și voluptuos contrasta cu silueta mea sfrijită, băiețoasă aproape.

Dar Eddie m-a vrut. Așa mică, simplă și plictisitoare.

M-a făcut să mă simt frumoasă, în sfârșit. Și puternică.

Așa că mă uit la John și rânjesc.

— Continuă să te amăgești singur, zic și mă întorc ca să plec.

Nu sunt sigură dacă sunetul unei uși închise în urma mea mi s-a părut vreodată mai satisfăcător și, în timp ce mă îndrept spre mașină, păcănitul zgomotos al tocurilor mă încântă nespus.

Du-te dracului, rostesc sacadat în sinea mea cu fiecare pas. *Du-te dracului. Du-te dracului.*

Zâmbesc când ajung la Mercedes și scot cheile, apăsând pe micul lor buton ca să descui ușile. Îmi ia o clipă să-mi dau seama că vizavi, în parcare, se găsește o mașină roșie familiară și primul lucru care-mi trece prin minte este ciudățenia prezenței unei astfel de mașini frumoase în zona asta.

Abia când Eddie se dă jos de la volan și vine spre mine, creierul meu pricepe că e mașina lui și că el... e aici. În Center Point. În rahatul meu de complex rezidențial.

Să-l văd e atât de tulburător, că instinctul mă împinge să fug, să sar în mașina mea (mașina *lui*, îmi reamintește creierul meu nesuferit) și să plec naibii de acolo.

— Hei, frumoaso, îmi strigă el când se apropie cu cheile atârnându-i de degete.

— M-ai urmărit? mă reped, bucuroasă că port ochelari de soare și nu vede exact ceea ce gândesc.

Sunt zguduită, nu doar pentru că mi se pare complet nefiresc ca Eddie *să mă urmărească*, ci pentru că e *aici*. Acum a văzut locul ăsta, groapa asta mică și urâtă pe care m-am străduit atât să o ascund de el. Nu contează că aparține trecutului. Faptul că el știe de existența sa mă aduce în pragul unei crize nervoase.

Eddie oftează și își vâră mâinile în buzunarele de la spate. Vântul îi ciufulește părul și pare atât de neobișnuit să stea în parcarea asta, în genul ăsta de viață.

Senzația de amețeală devine mai puternică.

— Știu, spune Eddie. E o nebunie și ar fi trebuit să mă abțin.

Apoi îmi surâde sfios. Nu poartă ochelari de soare și mijește privirea ușor din pricina luminii orbitoare.

— Dar tu mă înnebunești, ce altceva să spun în apărarea mea?

Deși razele soarelui bat direct în noi, simt un fior pe șira spinării.

Neîndoielnic, Eddie e romantic. Și pasional. Dar purtarea lui de acum... parcă nu i-ar sta în fire.

L-ai cunoscut de vreo cinci minute, deci e posibil să nu-l cunoști așa de bine, îmi zic în sinea mea.

Nu-mi rămâne decât o soluție ca să fac față situației cu brio. Îi zâmbesc la rândul meu și-mi dau ochii peste cap.

— Ce siropos! exclam, dar am grijă să par încântată, mușcându-mi ațâțător buza de jos.

Probabil că m-am descurcat de minune, fiindcă umerii i se lasă ușor în jos, a ușurare, și face încă un pas spre mine ca să-mi înconjoare talia cu brațele.

Îmi apăs fruntea de pieptul lui și inspir adânc. *Ești chiar proastă*, mă cert singură. Sunt atât de obișnuită ca bărbații să mă mintă și să mă manipuleze, încât văd tot felul bazaconii chiar și când ele nu există. Poate Eddie e genul de tip care exagerează puțin când place pe cineva cu adevărat. Ar mai putea exista o grămadă de aspecte la el pe care nu le-am deslușit încă.

— Tu ești iubitul ei?

Ne întoarcem amândoi și-l vedem pe John pe scări, în tricou și în pantaloni largi de sport. E desculț, iar părul unsuros îi stă zburlit. Dacă îi pui unul lângă altul, îți vine greu să crezi că el și Eddie aparțin aceleiași specii.

— Așa se pare, răspunde Eddie calm, dar simt cum se încordează ușor.

— Grozav, murmură John, uitându-se când la mine, când la Eddie și încercând să înțeleagă ce se petrece.

Eddie încă îi zâmbește prietenos și relaxat, dar ceva întunecat și intens radiază dinspre el. Când îmi cobor privirea, remarc că strânge pumnii.

Însă John nu vede, coboară treptele și se oprește în dreptul nostru. Atât de aproape, că simt izul transpirației lui și aroma dulce a cerealelor pe care le mânca.

— Jane îmi datorează două săptămâni de preaviz dacă vrea să se mute, spune el.

Eddie ridică o sprânceană brusc.

— Ba deloc, îl contrazic. Nici măcar nu există așa ceva.

— Ce vorbești? insistă John.

Îmi dau seama cât e de disperat să preia controlul.

Nu înseamnă că situația e mai puțin nefericită. Mă înroșesc până în vârful urechilor de nervi și pulsul îmi bate nebunește în tâmple.

— Trimite-i documentele avocatului meu, spune Eddie, scoțându-și portofelul ca să-i dea cartea de vizită.

Continuă să-i zâmbească totuși când i-o întinde și John se uită când la cartea de vizită, când la fața lui Eddie, înainte să o accepte.

— Așa voi face, spune el.

Știu că e ultima oară când mai auzim de John Rivers. Manevrele lui jalnice abia dacă funcționează la femeile rămase fără opțiuni. Dar să te pui cu unul ca Eddie? Care are o mașină splendidă și folosește nonșalant un cuvânt precum „avocat"? John n-are nimic.

Însă nu se poate abține să facă o ultimă încercare.

— Noroc, omule, rostește el, privirea lui alunecând peste mine. O să ai de tras cu ea.

De ruşine, mi se pune un nod în gât, care amenință să mă sufoce. Urăsc faptul că Eddie îl cunoaşte acum pe cretinul ăsta şi că înţelege pe deplin cât de jalnic era totul în viața mea, înainte să mă găsească.

Eddie îmi înconjoară talia cu braţul şi mă strânge uşor.

— Janie, vrei să-mi aduci mobilul din maşină? Vreau să mă asigur că am numărul lui John în agendă, în caz că mai apar alte probleme.

Nu e deloc reacţia la care mă aşteptam şi poate tocmai de aceea încuviinţez din cap şi traversez parcarea spre maşina lui Eddie.

Când ajung în dreptul barei de protecţie din spate, mă uit peste umăr, la Eddie şi la John.

Stau foarte aproape unul de altul şi Eddie a aplecat capul pentru a-i vorbi lui John.

Nu îl atinge nicio clipă, nu-şi foloseşte înălţimea superioară ca să-l ameninţe, dar există ceva în fiecare linie a corpului său care emană violenţă. Asta mă face să cred că nu vrea decât să-l arunce pe John prin parbrizul celei mai apropiate maşini.

Iar John, oricât de prost ar fi, observă şi el. Se albeşte. Indiferent ce i-a zis Eddie, continuând să zâmbească, îl determină pe John să urce treptele cu spatele, ţinându-şi mâinile adânc vârâte în buzunarele pantalonilor de trening. În graba lui, se împiedică şi încearcă să se redreseze, dar Eddie nu face nicio mişcare să-l ajute, lăsându-l să cadă. John se îndreaptă repede. Îmi aruncă o ultimă privire ucigătoare, se răsuceşte şi se îndreaptă spre apartament.

Care e numai al lui acum. Va locui acolo singur. Eu, niciodată.

Eddie vine la maşină, din nou relaxat şi vesel, toată tensiunea dispărând de parcă n-ar fi existat vreodată.

Când ajunge lângă mine, întinde mâinile, le apucă pe-ale mele şi mi le strânge.

— Te rog, spune-mi că ticălosul ăla nu era fostul tău iubit, mă roagă, zâmbind ironic.

Aş minţi dacă aş susţine că nu m-a trecut un fior de dorinţă nebună. Oare e din cauza apropierii lui sau pentru că a fost excitant să-l văd cum mă apără de John?

În orice caz, nu mă prefac întru totul când mă lipesc de el și răspund:

— Te rog să ai o părere mai bună despre gustul meu la bărbați.

Încă surâzând, Eddie se apleacă și-mi sărută vârful nasului.

— Cum aș putea, când ești îndrăgostită de mine?

11

Mi-a luat o veșnicie să planific primea mea „întâlnire accidentală“ cu doamnele din Thornfield Estates. Momentul trebuia să fie perfect, în definitiv. Nu aveam decât o singură șansă și era obligatoriu să iasă impecabil. Mă gândisem să pun la cale ceva în sat, să dau peste ele la Roasted, poate când mă plimbam agale pe trotuar, cu brațele încărcate cu pungi de la cele mai scumpe buticuri.

Îmi petrecusem ore întregi imaginându-mi scenariul și, deși mă satisfăcea oarecum, nu avea impactul pe care mi-l doream.

Apoi, am zis să le trimit cu tupeu un SMS și să le invit la prânz acasă la Eddie, dar casa păstra încă prea multe din aerul lui Bea și mă temeam că aș arăta ca o palidă imitație stând în spațiul ei.

Într-un final, mi-am amintit că Emily Clark și Campbell Reed se dădeau în vânt după plimbatul pe jos, prin cartier, la primele ore ale dimineții și, brusc, am știut precis cum se va desfășura prima noastră întâlnire.

Așa că iată-mă aici, mergând pe trotuarele din Thornfield Estates, cu Adele, care mă trage după ea, de lesă.

Să plimbi un câine atunci când nu ești plătită e o activitate chiar amuzantă. Vremea e plăcută, Adele se poartă bine și îmi place cum se uită în spate, spre mine, ori de câte ori ochește ceva nou, dând din coadă și arătându-mi zâmbetul ei mic de cățel.

Sau poate o plac mai mult pur și simplu pentru că este a mea. A mea și a lui Eddie, cumpărată după ce Bea s-a dus de mult.

Sunt atât de preocupată de gândurile mele, de ideea că eu și Eddie avem ceva numai al nostru, încât aproape ratez momentul când Emily și Campbell mă zăresc.

Dar, de îndată ce ridic privirea, iată-le, amândouă purtând tenișii albi, cu dungi colorate strălucitoare, și ochelari de soare atât de mari, că le acoperă jumătate din față.

Ce păcat! Înseamnă că nu le voi vedea expresiile, așa cum mi-ar plăcea, dar deocamdată mă mulțumesc cu felul în care Emily își depărtează buzele ușor, iar mersul ferm al lui Campbell devine oarecum nesigur.

— Jane?

Emily face un pas înainte, mai iute decât Campbell, care se repede după ea, cu mâinile în șolduri.

— Ah, salut! spun, ridicând mâna.

Îmi dau părul după ureche, las privirea în pământ și mă prefac intimidată.

— Am crezut că ai renunțat la plimbatul câinilor! exclamă Emily, uitându-se la Adele.

Râd delicat, desfăcând o parte din lesa înfășurată în jurul mâinii.

— Așa e. O plimb doar pe Adele ca să facă puțin exercițiu fizic.

Aștept să le pice fisa. Trebuie să pună singure piesele de puzzle la un loc, deoarece, dacă le vâr adevărul pe gât, mă vor bârfi că sunt o parvenită cu nasul pe sus. În plus, vreau ca Emily, Campbell și Caroline McLaren să mă considere prietena lor la un moment dat, nu o inamică, și asta înseamnă că trebuie să fac un joc de Oscar în clipa în care mă vor vedea ca pe prietena lui Eddie și nu ca pe tipa care plimbă câini.

— Ți-a dat-o Eddie sau ceva de genul ăsta? întreabă Emily.

Îmi înăbuș un oftat. Dintre toate doamnele din cartier, Emily e cea mai amabilă, dar nu și cea mai isteață. Îmi doresc ca nesuferita de Caroline să fi fost aici. Aș avea mai puțin de furcă.

Din fericire, Campbell îmi sare în ajutor. Își ridică ochelarii pe cap și se holbează la mine.

— Așadar, tu ești necunoscuta misterioasă, zice ea, după care o înghiontește pe Emily. Îți amintești când credeam că Eddie se vede cu cineva?

Lui Emily îi cade falca și scoate un „oh" firav și comic.

Fac un gest cu mâna liberă și îmi mut greutatea de pe un picior pe altul.

— A fost ceva neașteptat, explic, și încă suntem la început, mi se pare stânjenitor și...

Vocea mi se stinge, gem ușor și îmi dau ochii peste cap.

— Acum *chiar* sunt stânjenită.

E un alt truc pe care l-am învățat în decursul anilor - să îi faci pe oameni să creadă că îți sunt superiori, deoarece capătă încredere în tine mai rapid. Deja văd cum expresia lui Campbell se înmoaie puțin și zâmbetul lui Emily pare sincer.

Nu sunt o amenințare și nici vreo escroacă. Sunt doar Draga De Jane Care A Avut Un Noroc Chior Și Ea Știe Asta.

Pot să se descurce cu așa ceva.

Emily se întinde și mă bate pe braț cu afecțiune.

— Obrăznicătură mică, mă necăjește ea.

Nu cred că am mai auzit pe cineva folosind cuvântul acesta, dar, din gura lui Emily, sună potrivit.

Apoi, exact cum sperasem, îmi face semn către casa ei.

— E o poveste grozavă și nu se cade să o ascultăm stând în mijlocul străzii. Haideți la mine!

Ca oaspete, mă simt diferit în casa lui Emily.

O las pe Adele în curte, cu Major și cu Colonel, zâmbind când câinii dau din coadă la vederea mea, apoi mă duc înapoi în bucătărie, unde Campbell și Emily așteaptă sprijinite de masa din mijloc. Clar au discutat despre mine - când intru, ridică privirile prea repede și se depărtează puțin una de alta -, dar nu par bănuitoare sau enervate. Probabil doar surprinse.

Și, ca să fiu sinceră, îmi place că am devenit subiect de conversație.

Emily pune bucăți de fructe într-un storcător, pornește motorul și obține un suc de un verde-închis, vâscos. Îl iau totuși și zâmbesc când sorb din el.

Are gustul a 300 de grame de ghimbir trântite peste niște verdețuri, dar asta beau femeile ca Emily și Campbell, așa că, pe toți dracii, mă voi obișnui cu el.

— Și zi așa, rostește tărăgănat Emily, proptindu-și bărbia în pumn de parcă ar fi o adolescentă la o petrecere în pijamale. Povestește-ne tot.

Râd și ridic din umeri.

— Serios, nu e nimic interesant. Am vorbit într-o după-amiază, m-a invitat la o cafea și apoi...

Mă opresc, surâd și îmi cobor privirea cu sfială prefăcută. Întotdeauna e mai bine să lași oamenii să-și folosească imaginația, decât să le dai toate detaliile.

Numai că nu merge așa cu Campbell, fiindcă ea vrea să știe tot.

— Și cum adică sunteți împreună? mă descoase, lovind cu unghiile în pahar.

Are un inel nou pe arătător, subțire, din aur, bătut în diamante și mă chinui din răsputeri să nu mi-l doresc.

— E serioasă treaba?

Îmi zâmbește când îmi întâlnește privirea, înclinându-și capul în poziția aceea conspirativă specifică fetelor care-și mărturisesc secretele și pe care am văzut-o de mii de ori la ea, la Emily și la Caroline. Totuși, văd în ochii ei un strop de duritate și un mușchi al maxilarului îi zvâcnește.

Atenție, atenție!

Preț de o clipă, mă gândesc să folosesc din nou calea inocentei neajutorate: „Ah, nu știu ce să zic, o luăm încet, pas cu pas“, știți voi, tot tam-tamul de rigoare. Însă o parte din mine nu vrea să facă asta. Îmi doresc ca ele să priceapă că sunt aici ca să rămân, așa că ar fi mai bine să accepte situația. Și repede.

Prin urmare, nu mai ridic din umeri. Gata cu bujorii în obraji. Mă uit direct în ochii lui Campbell și rostesc ferm:

— Da, este.

Emily chițăie ușor și se întinde să-mi strângă brațul.

— Ce *emoționant*!

Campbell îi aruncă iute o privire și o văd cum șovăie. Dacă Emily îmi oferă sprijinul ei, atunci ce mai poate face Campbell, dacă nu să procedeze la fel?

Probabil că înțelege și ea că e atitudinea potrivită, căci, în sfârșit, îmi zâmbește și zice:

— Foarte emoționant, într-adevăr. Felicitări, Jane!

Acum mă pot întoarce la chestia cu „nu e mare scofală".

— Doar ieșim împreună. Nu e ca și când ne-am căsători.

— Dar locuiți împreună, nu? întreabă Emily și, pentru că nu răspund imediat, continuă: Cel puțin asta am presupus. Dacă tot o plimbi pe Adele așa, de distracție.

— Da, îi răspund, coborând privirea, pretinzând că sunt stânjenită. Aveam un apartament în cealaltă parte a orașului, așa că a fost mai firesc să mă mut eu aici.

Surprind o privire scurtă între cele două, dar nu înțeleg exact semnificația ei. Oare mă consideră ușuratică pentru că m-am mutat cu un bărbat atât de repede? Oare îl consideră pe Eddie prost fiindcă mi-a permis?

Habar nu am și, înainte de a mai adăuga eu ceva, Emily ridică din umeri.

— Într-o zi, v-ați putea căsători. E foarte probabil.

Observ cum privirea îi fuge spre frigiderul masiv din oțel inoxidabil. Acolo e o fotografie cu Emily și Campbell la un grătar în curte, iar între ele stau Bea Rochester și Blanche Ingraham.

Toate zâmbesc cu gura până la urechi și Emily o ține pe Bea de talie.

Le las să bage de seamă că mă uit la fotografie, apoi îmi îndrept atenția spre ele.

— Probabil că vă este tare dor de ea. Și de Blanche.

Emily se încruntă abia sesizabil, ducându-și degetele la gât ca să se joace cu o cruce din aur, incrustată cu perle, în timp ce Campbell își termină sucul.

— E altfel fără ele prin preajmă, spune Emily într-un târziu.

Rostește cuvintele încet și se oprește încruntându-se și mai mult.

— Mai puțină dramă, cu siguranță, adaugă Campbell, apoi se uită la mine și gesticulează cu o mână. N-ar fi trebuit să zic așa ceva.

Ba chiar aș vrea să spună mai multe. Ce dramă?

Îngâmfarea mi se mai diminuează și mă dezumflu când mă așez. Îmi amintesc că aici există o lume întreagă plină de curenți ascunși, de povești, de legături și de viduri. Tocmai când simțeam că dețin controlul, apare ceva nou, un alt indiciu care să-mi aducă aminte că sunt nou-venită aici. Că sunt o străină.

— Poza aia... E ultima oară când am fost toate împreună, explică Emily, ducându-se la frigider. 4 Iulie. E ciudat, dar tot am senzația că o să primesc un SMS de la Blanche sau că Bea o să-mi trimită un e-mail despre Comitetul pentru Înfrumusețarea Cartierului.

Emily clatină din cap.

— Nu știu când o să mă obișnuiesc cu lipsa lor.

Pe toți dracii, conversația nu merge deloc în direcția în care speram. Simt cum bâjbâi, practic, să mă prind de o margine, să găsesc o cale prin care să întorc situația.

Din păcate, nu-mi vine altceva decât:

— Comitetul pentru Înfrumusețarea Cartierului?

Să dea naiba dacă știu cum mi-au ieșit vorbele astea din gură.

Emily ridică din sprâncene și face ochii mari.

— Ah, da. N-am mai avut o întrunire de când... ei bine, de când Bea și Blanche... Pentru că era prea bizar fără ele acolo. Dar acum, că vine vara, ar trebui să planificăm ceva. Ești de acord, Cam?

Campbell încuviințează din cap, se ridică de pe scaunul înalt și își duce paharul la chiuvetă.

— Categoric. Straturile de flori de la intrarea în cartier, unde e semnul, arată ca niște rahați de câine.

Tocmai trecusem pe acolo ieri și mi se păruseră încântătoare, colorate, puțin sălbatice. Însă acum o susțin pe Campbell cu ceva prea mult entuziasm:

— Bineînțeles!

Se lasă tăcerea, care se prelungește prea mult, în opinia mea, și mă trezesc aruncându-mă cu capul înainte.

— Știu că sunt nouă în cartier, dar, dacă aveți nevoie de cineva în comitet, mi-ar plăcea să ajut.

Ideea de a-mi petrece timpul discutând despre flori cu femeile din cartier aproape că mă face să-mi iau câmpii, dar, dacă Bea a făcut asta, atunci vreau și eu. Lasă-le să mă folosească. Pe ideea că nu voi pleca de aici foarte curând.

Remarc că draga de Campbell ar dori să obiecteze, probabil pentru că eu doar locuiesc cu Eddie și nu sunt proprietară sau cine știe ce altceva are în cap, gata să inventeze o regulă care n-a existat până în această secundă. În definitiv, cunosc genul ei foarte bine.

Însă Emily îmi surâde fericită.

— Ne-am distra atât de bine!

Campbell zâmbește și ea, dar îi ia prea mult și, când se uită la mine, am senzația că își arată dinții, mai degrabă.

— De minune!

12

MAI

Habar n-aveam că poți cheltui o mie de dolari pe niște nenorocite de lămpi solare care arată ca niște felinare. Dar iată-mă încărcând portbagajul SUV-ului lui Eddie cu pachete pline cu lămpi, în timp ce cartea lui de credit practic ia foc în portofelul meu. Știu că n-o să-i pese – mi-a spus să iau „tot ce consideră Emily că e musai, fiindcă, altfel, crapă“ –, dar eu mâncam niște ramen și cereale la fiecare masă cu doar câteva luni în urmă, așa că, atunci când l-am auzit pe casierul de la Home Depot spunând „vă costă 1023,78 dolari“, am simțit cum mi se „luminează“ pieptul de durere.

Prima mea săptămână la Comitetul pentru Înfrumusețarea Cartierului merge, evident, foarte bine.

Până acum, am avut o întâlnire acasă la Emily, unde am fost cinci – Emily, Campbell, Caroline, o femeie pe nume Anna-Grace, pe care n-o mai întâlnisem până atunci, și eu. Aproape toată lumea a băut vin alb timp de o oră și a scos sunete vagi cu privire la lucrurile care ar arăta bine în cartier și abia în ultimele zece minute Emily a sugerat lumini solare șic.

— Ar lumina stratul de flori principal atât de bine și, dacă luăm suficiente, le-am putea folosi chiar și pe trotuare!

Ca o idioată, m-am oferit să mă duc să le cumpăr, cumva izbutind să mă prind că însemna să plătesc pentru ele și să le aduc apoi în Thornfield Estates.

Acum, când tipul cu șorț portocaliu mă ajută să pun ultima pungă în mașină, îmi doresc să fi așteptat weekendul. Ar fi fost o excursie drăguță cu Eddie, dar e o după-amiază de miercuri, așa că el e la serviciu. Muncește mult în ultima vreme, deoarece trebuie să se ocupe atât de afacerea lui, cât și de biroul Southern Manors și, uneori, nu vine acasă decât noaptea târziu.

Sunt surprinsă că mi se face dor să-l am în preajmă. Crezusem că, dacă am acces la casa lui, la mașini și la bani, senzația de singurătate se va atenua, dar casa este... mare. Și încă plină de lucrurile lui Bea, fiindcă, Dumnezeu știe, eu n-am nimic al meu. Poate că acesta va fi următorul meu proiect.

Apăs pe butonul cheii ca să închid portbagajul SUV-ului și mă îndrept spre locul șoferului când aud:

— Jane!

John stă în parcare, cu o pungă de plastic în mână, mijindu-și privirea în lumina orbitoare a soarelui.

Pentru o secundă, am impresia că halucinez. Ce dracului să caute John aici? Apoi îmi amintesc că dinadins nu m-am dus la magazinele de bricolaj mai elegante din Mountain Brook, ci am condus până la Home Depot în Vestavia, crezând că o să fie mai ieftin.

Obiceiuri vechi, bănuiesc.

Iar biserica lui John e în Vestavia, ceva ce ar fi trebuit să-mi amintesc, dar, în săptămânile următoare mutării mele, a fost atât de simplu să uit de el complet.

Acum îl ignor, dar încep să mă agit și, când vreau să apăs pe buton ca să deblochez mașina, nimeresc alarma și sunetul ascuțit pare mai tare decât e.

— Fir-ar al dracului, murmur, încercând să o opresc.

Când găsesc, în sfârșit, butonul, John deja a ajuns lângă mine, atât de aproape, că îi pot mirosi deodorantul ieftin, probabil ceva care se numește „Mountain Lynx“ sau „Fresh Iceberg“.

— Mă bucur că am dat de tine, îmi zice.

Mă trag în spate, lovind cu umărul oglinda laterală a SUV-ului.

— Ei bine, faptul că am dat *de tine* mie îmi trezește sentimente exact opuse, așa că...

— A sunat cineva la apartament, te căuta.

Încremenesc și mă cuprinde amorțeala, urcă din vârful degetelor pe brațe. O prostie, la o adică, pentru că ar putea fi oricine. Poate că Roasted voia să-mi ofere vechea slujbă. Trecusem numărul de telefon fix din apartament la datele de contact, nu? Și îmi depusesem CV-ul pentru o grămadă de joburi de când mă mutasem aici. Se întâmplase cu mult timp înainte, dar firmele ar putea verifica printre CV-urile mai vechi. Un milion de oameni m-ar fi putut căuta. Nu trebuie să fie chiar *ei*.

Dar instinctul meu știe mai bine.

— Și ce? zic, dar fără tonul mușcător pe care l-aș fi dorit și fără nimic din obișnuitul „mi-se-rupe-în-paișpe“ pe care încercam să-l transmit.

Mă simt încolțită și speriată.

Sunt încolțită și speriată.

— Era cineva din Phoenix.

O greutate îmi apasă pieptul și inima îmi bate prea tare, prea rapid. Acum îmi amorțește și fața și, brusc, mă tem că n-o să mai pot scoate o vorbă.

— Încerca să dea de cineva care ar putea să cunoască o femeie pe nume Helen Burns.

John scoate limba ca să-și lingă buzele și urăsc faptul că nu-mi pot controla reacția. Urăsc faptul că el vede că mi-am ieșit din minți. Urăsc ideea de a-i oferi acest moment.

Însă numele acesta...

Mă răsucesc, bâjbâi să deschid ușa, fără să-mi mai pese de cheie acum. Nu vreau decât să-mi descui mașina (*mașina lui Eddie, e a lui Eddie, nimic din toate astea nu-ți aparțin*) și să scap de John.

— Nu cunosc pe nimeni cu numele ăsta, continuă el, apropiindu-se atât de mult, încât îmi prinde călcâiul cu vârful tenișilor și cauciucul lor îmi zgârie glezna. Dar, după cum vorbea tipul la telefon, jur că se referea la tine. Zicea că Helen are vreo douăzeci și ceva de ani. Scundă, șatenă, ochi căprui. Și o cicatrice pe mâna dreaptă.

Mă întorc, prinsă între el și portieră, metalul și sticla fierbinte arzându-mi spatele.

— Și ce i-ai zis?

John zâmbește. Nu mai arată jalnic și îngălat ca în ziua aia cu Eddie. Nu are pete pe haine și s-a pieptănat. Brusc, am un sentiment oribil că n-a dat de mine din întâmplare, ci că m-a urmărit și că a venit după mine până la Vestavia, doar fiindcă voia să mă înfrunte, voia să se asigure că totul merge în direcția dorită de el.

Simplul gând era mai rău decât toate rahaturile bizare pe care le făcuse cât am stat cu el.

El n-avea ce să caute în noua mea viață. El și tot ce se petrecuse în Phoenix trebuiau să rămână în urma mea, pentru totdeauna.

John mă face să-i aștept răspunsul care întârzie prea mult, secunde în care îmi apar goluri în stomac și inima mi-o ia razna. Îl urăsc, îl urăsc, îl urăsc.

Apoi, el dă din umeri.

— I-am spus că avea informații greșite. Nu cunosc pe nimeni cu numele ăsta sau pe cineva care să se potrivească descrierii.

Ușurarea care mă cuprinde e atât de dulce, că aproape mă doare, dar, când îmi dau seama că acum îi rămân datoare lui John Rivers, dulceața se transformă în amărăciune.

— Normal că nu m-a prea crezut, continuă John, vârându-și mâinile în buzunare și legănându-se când pe vârfuri, când pe călcâie.

Javra *se bucură.*

— Mi-a dat numărul lui de telefon și mi-a zis să-l sun dacă îmi amintesc ceva.

Se uită în jos, spre mine și rânjește.

— Iar acum, că am dat de tine azi, *mi-am amintit...*

— Ce vrei?

Lumina din ochi i se stinge puțin. Voia să mai tragă de timp probabil. Voia să mă vadă cum mă zvârcolesc neputincioasă. Eddie îl umilise în fața mea, iar acum îmi venise rândul să sufăr.

OK. Nu vreau decât să ies din situația asta și să-i dau cât mai puțină satisfacție.

— Chiria? continui eu, căutând în geantă.

Am un teanc de bancnote acolo - banii mei, nu ai lui Eddie. Resturi de la plimbatul câinilor și de pe urma rahaturilor furate și amanetate, bani pe care îi țin pe fundul genții și pe care plănuisem să nu-i cheltuiesc niciodată, deoarece voiam să-mi amintească de ce lăsasem în urmă, deoarece voiam să fiu genul de femeie care să aibă 200 de dolari în portofel și nici măcar să nu se gândească la ei și să nu fie niciodată nevoită să umble la ei.

Îi scot acum și îi vâr în mâna lui John.

— Poftim. E mai mult decât ți-aș fi datorat pentru *preavizul de două săptămâni*, așa că suntem chit.

John se holbează la bancnotele mototolite, apoi la mine. Nu știu ce vrea sau la ce se așteaptă.

Poate că nici el nu are habar.

Însă bani cu siguranță nu, fiindcă îl văd chinuindu-se să recapete din nou controlul asupra situației, chiar când bagă banii în buzunar.

— Mulțumesc, spune el zâmbind. Și, ce să vezi, iar nu-mi mai amintesc nimic.

Își lovește tâmpla cu un deget.

— Curioasă chestie, memoria asta. Vine și pleacă după cum i se năzare.

Probabil că a exersat nenorocita asta de replică în fața oglinzii și, în mod normal, m-aș lua de el, dar mă mulțumesc să intru în mașină. Mâinile îmi tremură când bag cheia în contact.

Mă uit în oglinda retrovizoare și îl zăresc pe John mergând spre mașina lui. Aștept până când dispare și îmi lipesc capul de volan, inspirând adânc pe nas.

John n-a știut niciodată despre Phoenix. Sau despre Helen. Tot rahatul ăla s-a întâmplat cu mulți ani înainte să-l întâlnesc, așa că, atunci când lucrurile au luat-o razna și nu aveam unde să mă mai duc, John mi se păruse o alegere lipsită de pericole.

Sau fără prea multe pericole.

Dar ar fi trebuit să-mi amintesc că nimic nu e lipsit de primejdii și nicio *persoană* nu e sfântă.

Cu excepția lui Eddie, îmi zic în sinea mea. *Cu Eddie, sunt în siguranță. Thornfield Estates e un loc sigur*. Ești *în siguranță acum.*

Cu toate acestea, până acasă, verific oglinda retrovizoare în permanență.

13

— Fată, dacă mai mănânc încă o sărățea, o să mor.

Emily mai ia una și îmi pasează farfuria, așa că nu sunt sigură dacă moartea ei e chiar iminentă, însă îi arunc un zâmbet plin de compasiune.

— La fel, zic, înainte să ignor „fată“ ăla o secundă prea târziu.

Din fericire, Emily nu pare să fi observat. Stăm pe podeaua sufrageriei ei: eu, ea, Campbell, Anna-Grace și Landry. Încă nu le cunosc numele de familie sau străzile pe care locuiesc, dar atât Anna-Grace, cât și Landry seamănă bine cu femeile pe care le știu aici, în Thornfield Estates. Frumușele, slabe, cu dinți buni, cu bijuterii atrăgătoare și o nonșalanță de a-și purta hainele pe care eu nu voi fi niciodată în stare să o imit. Singurul lucru care le deosebește de noi este că amândouă sunt însărcinate. Sarcina lui Landry e mai înaintată, pântecul ei rotund fiind vizibil pe sub topul albastru-deschis, în timp ce Anna-Grace arată de parcă tocmai a mâncat o felie de pizza în plus la prânz. Mai devreme, am auzit-o spunându-i lui Emily că hotărâseră să-și boteze copilul „Hilliard“, indiferent dacă era fată sau băiat, așa că îi arunc și ei o privire plină de compasiune când mă așez pe podea.

La ultima întâlnire, în cazul meu prima, purtasem o rochie Lilly Pulitzer și sfârșisem prin a mă chirci aiurea pe canapea, pe când celelalte se întinseseră grațioase pe podea, în colanți și în maiouri vaporoase, desculțe. Mă așteptasem la ceva mai formal și mai fițos, de aceea alesesem rochia, dar iată că, încă o dată, nu mă prinsesem cum stă treaba.

Totuși, astăzi, m-am îmbrăcat aproape la fel ca Emily. Amândouă purtăm culori neutre, Emily, o nuanță nisipoasă, iar eu, un crem mai aprins, despre care știu că mă face să arăt palidă, dar Anna-Grace și Landry nu se mai uită la mine de parcă aș fi venit de pe altă planetă. Bănuiesc că e o îmbunătățire.

Sau poate mi-am dovedit cumva valoarea cumpărând toate lămpile alea solare, fără să fiu atât de stângace încât să le prezint bonul.

În orice caz, stau și eu pe podea, alături de Emily, într-o parte a unui divan tapițat uriaș, pe care îl folosește pe post de masă pentru cafea. Pe el, e o tavă mare din lemn, cu o frapieră în care transpiră sticla noastră de vin alb. Mă gândesc că toate astea – divanul, tava, vinul pus la gheață, paharele pictate din care bem – vin de la Southern Manors.

Aproape că întreb, dar ultimul lucru pe care-l doresc este să readuc stafia lui Bea aici și acum. Nimeni nu spusese nimic la prima întâlnire, mulțumesc lui Dumnezeu, așa că nici nu-mi trecea prin cap să le dau ocazia să înceapă să compare lucrurile în care eram amândouă implicate.

— *Așadar...*, rostește Campbell în timp ce scoate dosarul cu monogramă pe care îl adusese săptămâna trecută. Scumpa de Jane ne-a adus lămpi solare noi. Ești cea mai tare, îți mulțumim, *Jaaaaane.*

Ridic paharul cu vin, surâzând.

— Nicio problemă.

Într-adevăr, nicio problemă, cu excepția amenințărilor fostului meu coleg de apartament, într-o parcare a magazinului Home Depot și a miei de dolari cheltuite de pe cardul de credit al lui Eddie, pentru niște idioțenii precum *lămpile.*

— Și, continuă Campbell, coborând degetul pe pagină, Anna-Grace ne-a spus că firma de amenajare peisagistică a socrului ei ne poate dona gazon pentru intrarea principală.

Își apasă pieptul cu mâna în dreptul inimii, plecându-și capul cu o expresie exagerat de tristă.

— Ești un înger coborât pe pământ.

Anna-Grace a dat un nenorocit de telefon și a obținut un rahat gratuit care nu prea justifică statutul ei de înger, dar ce știu eu?

Mai iau o sărățea de pe farfurie. Sunt nervoasă din cauza lui John, ceea ce mă face mai arțăgoasă decât de obicei. Se presupune că trebuie să le dovedesc femeilor din fața mea că sunt una de-a lor, că nu le consider adversare și e musai să-mi amintesc asta.

Campbell întoarce spatele dosarului și se așază din nou pe călcâie.

— OK, am bifat mare parte dintre obiectivele noastre pentru vară. Probabil ar fi recomandabil să mergem înainte și să ne gândim la toamnă.

— Fată, dacă rostești cuvântul *mămici*[1], eu plec, zice Landry, dându-și ochii peste cap și toate izbucnesc în râs.

Râd și eu, dar, încă o dată, o secundă mai târziu. Din ce văd, femeile vorbesc limbi străine.

— Nu, nu mămici, nu fi necioplită, Landry, o asigură Campbell cu un surâs.

Apoi își împletește degetele sub bărbie și inelele îi sclipesc.

— Mă gândeam că am putea face ceva amuzant legat de fotbal, adaugă ea. Cum ar fi o jumătate din straturi, cu flori în roșu și în alb, iar cealaltă jumătate, în portocaliu și în albastru.

Toate exclamă surprinse la auzul ideii și eu mă uit la ele zâmbind, dar fără să am habar ce se petrece.

Probabil că Landry mi-a observat nedumerirea prost ascunsă, fiindcă zâmbește ușor răutăcios și se apleacă în față.

— The Iron Bowl, spune ea, de parcă asta explică tot.

Ridic din sprâncene, continui să zâmbesc, dar sunt pierdută complet.

— Ești o Bammer sau o Barner? mă întreabă Anna-Grace, scoțând sticla de vin din frapieră.

E aproape goală, așa că Emily țâțâie, se ridică în picioare și se îndreaptă spre bucătărie.

---

[1] În original, *mum*, care înseamnă „mămică", dar și „crizantemă" (n. tr.).

— Jane nu e din Sud, le lămurește Campbell, tăind ceva de pe lista ei și uitându-se spre mine apoi. Auburn și Alabama, explică ea. Facultăți importante aici, rivalitate mare între echipele de fotbal. Cei mai mulți se declară fani ai uneia sau ai alteia încă de la naștere.

— Eu și Landry am absolvit la Alabama, zice Anna-Grace. Noi ținem cu Roll Tide.

— Eu am mers la Auburn, adaugă Emily, întorcându-se din bucătărie, cu o sticlă de vin deschisă. Hai, War Eagle!

Accept să-mi mai toarne niște vin, deși camera se învârte cu mine. Mă întreb de unde și până unde *fotbalul universitar* a devenit o treabă de care trebuie să-mi pese acum.

— Unde ai făcut școala, Jane? mă iscodește Anna-Grace.

Nu e la fel de frumoasă ca Emily și Campbell, are trăsăturile prea ascuțite și părul prea blond pentru pielea palidă. Când își încrucișează brațele, zornăindu-și brățările de la încheieturi, mă lupt cu dorința de avea și eu una. Nu una pe care să o cumpăr, ci una de-a *ei*.

Îmi trece prin minte să le mint. Să inventez un colegiu obscur de care n-au auzit niciodată. Dar deja am trântit multe minciuni și ceva din felul în care mă privește Anna-Grace mă face să cred că, odată ajunsă acasă, va căuta pe Google sau va scorni o prietenă imaginară care a mers și ea la aceeași școală.

Așa că le spun... OK, nu chiar *adevărul*, dar ceva care dă senzația de adevăr.

— Am mers la un colegiu de stat, apoi am făcut cursuri online. Munceam mult și se potrivea cel mai bine cu programul meu.

— Da, Campbell și Emily mi-au povestit că tu le plimbai câinii, nu?

Rostește cuvintele ca pe o întrebare, dar nu e cazul.

Zâmbesc.

— Corect.

— Așa l-ai cunoscut și pe Eddie?

— Mmmm...

Mai iau o sărățea, deși nu vreau. Firimiturile lasă pete micuțe, negre și unsuroase pe colanții mei noi, bej și cine le-a preparat a folosit prea mult ardei iute. Mă înțeapă nasul și ochii sunt pe punctul de a-mi lăcrima.

— Dumnezeule, dacă aș fi știut că, plimbând câini, poți să cunoști văduvi sexy și bogați, nu mi-aș mai fi pierdut timpul cu aplicațiile alea tâmpite pentru întâlniri, intervine Landry, și acum îmi amintesc că numele ei de familie îmi era familiar pentru că, în urmă cu câteva luni, Emily și Campbell bârfeau despre soțul ei, medic, care avea o relație extraconjugală cu o agentă de vânzări în domeniul medicamentelor.

— Bănuiesc că sunt norocoasă, zic, silindu-mă să schițez un zâmbet.

Nu îmi prea iese șmecheria cu sfioșenia prefăcută pe care am aplicat-o cu celelalte. Poate din cauza privirii ei, poate pur și simplu am obosit să folosesc astfel de rahaturi. Sunt aici, nu? Nu e suficient?

— Și unde ai fost înainte de Birmingham? întreabă Landry, săltându-se puțin și umflând perna de care se sprijină.

Mă așteptam la o asemenea întrebare și hotărâsem deja că un răspuns vag e cel mai nimerit.

— Oh, Doamne, într-o grămadă de locuri, zic, ridicând din umeri. Familia mea s-a mutat de multe ori.

De fapt, eu m-am mutat de la o familie la alta. Un văr aici. Un alt văr colo. În cele din urmă, asistenți maternali. Apoi, ultima casă, în Phoenix.

Amintirea îmi acrește vinul în gură, golurile din stomac devin insuportabile și așez paharul înapoi, pe tavă, neîndemânatic, gata să vărs pinot gris-ul peste tot.

— Dar n-am mai locuit niciodată în Sud, adaug, zâmbind din nou și străduindu-mă să ascund stânjeneala momentului. Altfel, aș fi știut să fac diferența între Roll Tide și War Eagle.

Asta le face să râdă, după cum și speram, și poate acum continuăm naibii să discutăm despre flori, steaguri sau orice altă tâmpenie similară. Voi cheltui încă o mie de dolari pe nenorocitele alea de ornamente pentru peluză dacă nu mai aducem vorba de mine.

— Dar nădăjduiesc că ai de gând să rămâi în Sud, spune Landry, pe un ton plin de sentimentalism. Acum, că tu și Eddie sunteți...

Nu termină propoziția și dă din mână.

Nu-i înțeleg limpede gestul, iar privirea ei nu e deloc pătrunzătoare ca a Annei-Grace, dar simt o întrebare plutind în aer.

Campbell îi ia vorba din gură.

— Chiar nu pricep de ce nu-i dă bătaie să te ia de nevastă, fată.

— Serios acum, spune Emily, încuviințând din cap și turnându-și din nou vin. Dacă tot te-a adus să stai cu el, cel puțin ar putea să-ți pună un inel pe deget.

— Caleb a vrut să locuim împreună înainte să ne căsătorim, intervine Anna-Grace, clătinând din cap, iar părul prins în coadă îi mângâie încet spatele. Și i-am zis: „Ce vorbești?“ Dacă un bărbat vrea ca o femeie să-i *fie* soție, atunci trebuie s-o *facă* soția lui.

Celelalte murmură aprobator, iar eu mă uit în jur, la aceste doamne care beau în miezul zilei, într-o joi oarecare, hotărând de comun acord că „a fi căsătorită“ e realizarea supremă a unei femei.

În sfârșit, am o revelație.

Pot să mă alătur tuturor comitetelor, să port toate hainele potrivite, să învăț ce e cu nenorocitul ăla de fotbal, să rostesc toate lucrurile corecte și nimic din toate astea să nu conteze.

Niciodată nu voi fi una de-a lor până când Eddie nu mă cere de nevastă.

14

În următoarea săptămână, încerc din răsputeri să nu mă gândesc la Emily sau la Campbell, să nu vreau mai mult decât am deja. Deoarece tot ce am, în definitiv, seamănă cu un câștig la loterie, pe toți dracii, și am învățat pe propria piele că, dacă vrei mai mult, o iei în barbă serios la un moment dat.

Însă gândul nu-mi dă pace, mă sâcâie – felul în care m-au privit, întrebările, insultele deghizate în glume.

Și nu e vorba doar despre doamnele din Thornfield. Mai e și John și cel care îl sună și îi pune întrebări. Simt că a primit ce și-a dorit în ziua aceea, în parcarea de la Home Depot – să mă domine, să mă vadă copleșită de teamă și de angoasă și să mai capete și 200 de dolari *pe deasupra*. Sigur a fost îndeajuns pentru el. Și, oricât de ciudat ar suna, am încredere în John.

OK, *încredere* nu e cuvântul potrivit.

Îl *cunosc*. Îi cunosc pe oamenii ca el. Pe cei ca noi, care am stat pe la tot felul de asistenți maternali, care ne-am întâlnit prin cămine sau prin adăposturi. John m-ar putea urmări și poate chiar o să mă sune într-una din zilele astea, bătând apropouri, dar nu mă va da pe mâna poliției.

Sau cel puțin așa cred.

Să devin doamna Rochester pare o altă cărămidă adăugată în zidul dintre mine și amenințările de acest gen. Poate că John nici nu va mai îndrăzni să încerce dacă știe că Eddie va fi și el implicat.

Așadar, acesta e planul. Noul plan.

Nu e suficient să stau cu Eddie. Să fiu iubita lui nu e o soluție. Trebuie să devin *soția* lui.

Ceea ce înseamnă că, mai întâi, trebuie să fiu logodnică.

Îl studiez pe Eddie câteva zile. Nu știu să recunosc semnele unui bărbat care se gândește să te ceară de soție – nici măcar n-am cunoscut vreodată pe cineva care s-a logodit. Oamenii întâlniți de mine sunt fie celibatari, fie deja căsătoriți și, nu pentru prima dată în viață, îmi doresc să fi avut o prietenă adevărată. Cineva cu care să vorbesc, o singură persoană care să știe adevărul despre tot.

Dar nu mă am decât pe mine.

După o săptămână de la întrunirea comitetului, Eddie vine acasă de la muncă mai devreme și întreabă dacă vreau să mergem cu Adele la Cahaba River Walk.

Parcul nu e departe de noi și reprezintă unul dintre locurile unde m-a dus când am început să ieșim. Îmi place liniștea lui, aleea șerpuitoare ce urmează calea apei, umbra copacilor și, de îndată ce îmi sugerează, starea mea de spirit se îmbunătățește.

Este un loc despre care el știe că îmi place. Este special pentru noi fiindcă am mai fost acolo.

Iar el nu vine niciodată acasă mai devreme.

Ideea că poate nu va fi nevoie să întreprind nimic ca să-l determin să mă ceară de soție mă amețește și, când ne dăm jos din mașină, aproape că merg țopăind.

Eddie râde și mă ia de mână, în timp ce Adele aleargă în fața noastră, lătrând la veverițe.

— Pari fericită, spune el.

Mă aplec să-l sărut pe obraz.

— Așa e, răspund.

Chiar sunt. Până când Eddie mă silește să ne așezăm pe o bancă de pe malul râului și scoate telefonul.

— Îmi pare rău, se scuză el.

Adele se întinde la picioarele noastre gâfâind.

— Mai am de trimis câteva e-mailuri și trebuie să le rezolv înainte de sfârșitul zilei.

S-a dus după-amiaza noastră frumoasă, petrecută în parc. Stau nemișcată, asudând și bodogănind în sinea mea, iar el tastează întruna. Pe râu, văd doi tipi într-un caiac.

Mulți oameni se plimbă și, când două femei trec de noi în pantaloni scurți și în maiouri sport asortate, observ cum le fuge privirea spre Eddie. Bruneta, care are același păr lucios și aceeași talie subțire ca a lui Bea, se uită la mine de parcă ar gândi: *Poftim? Ce-o căuta asta lângă el?*

Fața mi s-a înfierbântat și nu numai de la căldură. Stau aici și îmi pun întrebări. Ce mama dracului *facem* noi aici?

Eddie încă e absorbit de telefon și hotărăsc să fiu subtilă.

— Am nevoie de o manichiură, rostesc, oftând și fluturându-mi degetele. Când am fost la Emily zilele trecute, nu mi-am putut lua ochii de la unghiile lor perfecte. Mă rog, de la unghiile lor perfecte și de la tonele de bijuterii. Aș deveni agitată dacă aș purta mai mult de un inel.

OK, poate că ultima parte era departe de a fi considerată subtilă, dar trăiesc vremuri disperate, ce vreți?

Eddie pufnește, dar nu ridică privirea.

— Bea mereu le făcea neamuri proaste din cauza bijuteriilor fără număr. Mai ales că stau toată ziua acasă.

— Bine, eu nu trebuie să mă scald în diamante, dar ar fi recomandabil să-mi îngrijesc mai atent unghiile.

Tot cu ochii în telefon, Eddie îmi prinde mâna și o lipește absent de buzele lui.

Vreau să-mi spună să nu-mi mai bat capul cu unghiile sau ceva de genul ăsta, dar, în schimb, zice:

— Locul din sat se pare că e bun.

Încuviințez din cap, îmi retrag mâna și răsucesc cu degetele tivul cămășii.

— Acolo se ducea și Bea? întreb și, în sfârșit, îi captez atenția.

Își ridică privirea din ecran și clipește des.

— Din câte știu, da. Toate fetele din cartier se duc acolo.

— Femeile, îl corectez și, când se strâmbă, mă îndrept de spate mândră. Cele mai multe au peste 30 de ani. Nu mai sunt fete.

Chipul i se luminează și îmi oferă un zâmbet nemaivăzut până acum.

Nu e surâsul sexy și nici cel încântător care apare atunci când spun ceva care îl farmecă. Este... îngăduitor.

Ușor patern.

Și mă irită.

— Ai dreptate, scuze, spune el, îndreptându-și iar atenția spre telefon. *Femei.*

— Ascultă, înțeleg că ești mai în vârstă decât mine și că ai văzut mai multe în viața ta, dar nu trebuie să mă tratezi de sus.

Cuvintele ies înainte să le pot opri, înainte să-mi amintesc să fiu Jane cea închipuită, nu Jane cea reală.

Apoi îmi aduc aminte că, uneori, îi place Jane cea reală.

Eddie lasă telefonul deoparte și îmi acordă toată atenția.

— Mă port ca un cretin, nu?

— Puțin, da.

Zâmbetul lui obișnuit revine și îmi ia mâna din nou, strângând-o.

— Îmi pare rău. Am multe pe cap. Dar am vrut să petrec timp cu tine astăzi, să te mai scot din casă puțin. În ultima săptămână, nu ai prea fost în apele tale.

De la întâlnirea cu John.

Mintea îmi lucrează febril, întrebându-mă cât de mult aș putea să-i împărtășesc. S-a ivit o ocazie să amestec câteva minciuni cu o parte de adevăr. Îmi trece prin cap că aș putea chiar să obțin ce vreau mai rapid decât făcând aluzii la degete și la inele.

— Pur și simplu, mă gândesc la noi și la viitor, îi zic.

Eddie se încruntă și cuta dintre sprâncene i se adâncește. Pe râu, un caiacist îl strigă pe celălalt și alte două femei trec pe lângă noi alergând și aruncându-ne o privire.

— Îmi place să trăiesc cu tine, continui. Serios. Îmi place mult. Dar, când ai fost un caz caritabil mai toată viața, începi să urăști acest sentiment.

Eddie împinge telefonul mai încolo, se îndreaptă de spate și pune mâinile între genunchi.

— Ce vrei să spui cu asta?

Mă uit fix la râul din fața mea și la familiile care își plimbă bebelușii în cărucioare. La cuplul care trece ținându-se de mijloc.

— Ai văzut și tu unde locuiam. Știi cum era viața mea înainte să te întâlnesc. Eu... eu nu aparțin acestui loc.

Eddie pufnește.

— Bine. Dar tot nu pricep ce vrei să spui.

Mă întorc spre el, împingând ochelarii de soare în sus, pe cap.

— Vreau să spun că eu nu sunt nici Emily, nici Campbell și nici...

— Dar nici nu vreau să fii una dintre ele, zice, apucându-mă de mână. Te iubesc tocmai fiindcă nu ești ca ele. Fiindcă nu ești...

Glasul i se stinge și îl văd cum înghite în sec.

Vrea să spună *fiindcă nu ești Bea*. Știu sigur și el știe că eu știu, dacă privirea pe care și-o ferește brusc poate fi considerată un bun indicator. Însă, pentru prima dată, mă întreb ce vor să însemne toate *astea*. Este evident că a adorat-o, așa că de ce ar reprezenta un plus faptul că eu sunt diferită?

— Îmi pare rău.

Eddie îmi strânge degetele.

— Îmi pare rău dacă nu ți-am arătat suficient de clar cât de mult te vreau aici. Câtă nevoie am de tine și că, da, aparții locului.

Se răsucește spre mine, își lasă capul în jos pentru ca frunțile noastre să se apropie și buzele lui mai au puțin și se lipesc de ale mele.

— Pe toți dracii, Jane, sunt nebun după tine, murmură și vorbele lui îmi trimit un fior pe șira spinării.

Are răsuflarea caldă.

— Asta e tot ce contează. Cartierul, Emily, restul... sunt doar niște rahaturi. Zgomot de fond. Dar asta...

Ridică mâinile noastre împreunate între noi, strângându-le din nou pe ale mele.

— Asta e real. Și tot ce contează.

Eddie îmi sărută articulațiile degetelor, iar eu aștept, ținându-mi respirația, fiindcă, dacă ar exista un moment perfect ca să mă ceară în căsătorie, atunci acesta ar fi, în parcul unde soarele apune, când el mă privește așa, iar eu nici măcar n-ar trebui să mai joc rolul ochilor mari și umezi. Cum de nu mi-am dat seama mai devreme că îmi doream așa ceva?

Însă el îmi eliberează mâinile, se întoarce și oftează.

— O să încerc să nu mai stau așa mult timp plecat, OK? O să-i dau lui Caitlyn să se ocupe de mai multe lucruri la Southern Manors. Să conduci două afaceri e prea mult, dar nu pot să renunț la niciuna dintre ele deocamdată. Înțelegi, da?

Eu încă îi simt buzele lipite de degetele mele și mă întreb cum naibii am ratat momentul, de ce ne-am întors la subiectul muncii lui și cum de nu m-am logodit deja. Nu pot decât să încuviințez din cap și să îngaim un „da“ amărât.

Îmi dreg glasul și mă scutur puțin. Isuse, Jane, vino-ți în fire!

Mă dau mai aproape de el, îmi strecor mâna pe sub cotul lui și îmi las capul pe umărul lui. Dezamăgirea mi-a căzut ca un bolovan în stomac, greu și tare. Și nu doar pentru că statutul meu ca doamna Rochester s-a depărtat și mai mult.

Ci pentru că îmi doresc sincer ca el să mă vrea.

Ci pentru că îl vreau pe Eddie.

15

Următoarea întâlnire a Comitetului pentru Înfrumusețarea Cartierului se ține acasă la Eddie.

Acasă *la mine*. Așa mă gândesc uneori. Dar să gândești și să simți sunt două lucruri diferite. În timp ce car paharele de vin goale la chiuvetă, după terminarea întrunirii, nu reușesc să scap de sentimentul că m-am întors de unde am plecat: sunt o servitoare mai degrabă, nu stăpâna casei.

În mare, întâlnirea a fost inutilă și cred că doamnele au căzut de acord să vină doar ca să aibă șansa de a intra din nou aici. Cât am stat în sufragerie, discutând despre Pinterest și „Decoruri amuzante pentru o toamnă festivă", le-am simțit ochii catalogând tot ce a dispărut și tot ce e nou.

Campbell și Emily mai zăbovesc după plecarea celorlalte, susținând că vor să mă ajute, dar știu că nu le interesează decât să mai afle câte ceva.

— Locul arată grozav, mă laudă Campbell, așezând sticla de vin în cutia de reciclare. Adică a fost frumos întotdeauna, dar acum pare mai viu, nu-i așa, Em?

Emily încuviințează din cap, în timp ce soarbe ultima picătură din pahar.

— Categoric.

Casa nu are cum să arate altfel decât arăta ultima oară când au venit în vizită. Poate că lipsesc câteva fotografii, dar nu e ca și cum m-aș fi apucat de redecorat.

Nu-mi dau seama dacă sunt doar amabile sau caută să obțină informații, așa că hotărăsc să fiu eu aia care pescuiește date.

— Totul era atât de frumos, încât n-am vrut să schimb nimic. Bea avea un gust excelent.

Adaug un ușor râs autoironic pentru efect. Bănuiesc că în asta consta și cariera ei, să aibă un gust excelent.

Emily și Campbell schimbă iute o privire, dar mă prefac că nu observ.

— Știa, într-adevăr, să pună lucrurile la un loc, încuviințează Campbell într-un târziu, venind în bucătărie lângă mine să se sprijine cu coatele de suprafața din granit a insulei. Dar, ca să fiu sinceră, casa lui Blanche mi s-a părut mereu mai drăguță. Să nu te superi, Jane, adaugă ea grăbită.

Dau din mână că nu-i nicio problemă și mă gândesc la locuința soților Ingraham. Da, aveau lucruri drăguțe, cu siguranță, dar poate Tripp făcuse atâta mizerie, că nu reușisem să le văd.

— Dumnezeule, îți amintești cât de *ofticată* a fost Blanche când sufrageria lui Bea a primit spațiu în ediția de Crăciun a revistei *Birmingham Magazine*? întreabă Campbell și bag de seamă că Emily mă privește atent.

— Blanche era obsedată de Crăciun, răspunde ea delicat, iar Campbell se strâmbă.

— Blanche era obsedată de Bea.

Întorcându-se spre mine, Campbell își dă părul după ureche.

— Scuze. Ne aflăm în bucătăria ta, iar noi readucem pe tapet bârfe din epoca de piatră.

— Nu mă deranjează, o liniștesc și chiar așa e.

Am senzația că descopăr lucruri despre Bea și Blanche care nu se potrivesc cu ceea ce credeam eu că știu și vreau să aflu mai multe. Dacă aș putea să desenez un portret complet al lui Bea pentru mine, nu i-aș mai simți prezența.

N-aș mai avea impresia că, oricând, poate apărea după un colț.

Uneori, chiar așa se întâmplă. La fel ca săptămâna trecută, când a apărut o camionetă plină cu flori proaspete pentru casă.

O comandă regulată a lui Bea, una pe care Eddie nu o anulase până acum.

Dispăruse de aproape un an, dar aranjamentul cu magnolii și crini de pe masa de la intrare îi aparținea și, de fiecare dată când treceam pe lângă el, părea că am ratat să o văd, că ieșise abia de o secundă din casă.

Însă acum, atât Emily, cât și Campbell clatină din cap.

— Nu, te-am bătut destul la cap pentru o zi.

Emily ocolește insula și vine să mă sărute pe obraz.

— Mulțumesc mult pentru găzduire.

— Cu plăcere și oricând vreți, răspund.

Campbell zâmbește și mă bate ușurel pe braț.

— Ești atât de scumpă! Să-i transmiți și lui Eddie că îi mulțumim mult că ne-a permis să ne întâlnim aici.

Șiii... *voilà*. Nici ele nu o consideră casa mea.

Strâng din dinți, zâmbesc forțat și le conduc la ușă. Nu vreau să dovedesc o asemenea lipsă de subtilitate, dar nu sunt convinsă că am de ales. Simt cum totul se duce de râpă, încet, dar sigur. Dacă nu ne logodim curând, o să pierd orice teren câștigat în fața femeilor din cartier.

Așa că, atunci când Eddie ajunge acasă, o oră mai târziu, stau pe canapea cu iPadul în mână.

După cum bănuiam că va face, se apleacă peste canapea să mă sărute pe tâmplă.

— Fata mea cuminte, murmură și aproape simt când se uită la ecran.

În spatele meu, corpul i se încordează.

— UCLA?

Ridic din umeri, fără niciun efort să ascund iPadul sau să mă dau sfioasă. Dacă vreau ca totul să meargă brici, trebuie să creadă că am gânduri serioase.

— Ți-am zis doar că mă gândesc la facultate.

Stă drept ca un stâlp, dar cu mâinile încă lipite de brațul canapelei. Articulațiile degetelor i se albesc.

— În California?

Mă răsucesc, îmi las picioarele pe podea și ridic privirea spre el.

— Eddie, te iubesc și îmi place să stau aici. Îmi place să fiu cu tine. Dar trebuie să am grijă de mine. Sper că înțelegi.

Se dă un pas înapoi și își încrucișează brațele la piept.

— Pricep, dar am crezut... am crezut că m-am făcut înțeles când am zis că te vreau aici. Că aparții acestui loc. Lângă mine.

Mă ridic să-l înfrunt, săltându-mi puțin bărbia.

— Am depins numai de mine mai toată viața mea. Oamenii mi-au spus și înainte că mă iubesc și mi-au făcut promisiuni pe care nu le-au putut respecta.

Mai fac un pas și îl apuc de încheietură.

— *Eu* sunt singura persoană în care pot avea încredere, Eddie. Am învățat asta după multe eșecuri. Nu mă poți învinovăți că-mi fac planuri. Îmi stă în fire.

Un mușchi îi zvâcnește în zona maxilarului și aștept, aproape ținându-mi răsuflarea.

Se răsucește, pornind spre dormitor. Mi se înmoaie genunchii.

Am rasolit-o. Am pedalat prea tare și prea rapid, iar acum o să-mi dea papucii. Ce mama dracului, chiar nu mă pot *duce* la facultate, nici colegiul nu l-am terminat, ce sunt eu...

Eddie se întoarce în cameră cu o cutiuță din catifea în mână.

Sunt deja amețită de vârtejul emoțional în care m-am băgat, dar el răsare în fața mea, se lasă într-un genunchi, cutiuța se deschide...

— Căsătorește-te cu mine, îmi zice cu glas răgușit.

Mă holbez la inelul cu smarald sclipitor, o piatră imensă, verde, înconjurată de diamante.

— Ar fi trebuit să te cer cu câteva săptămâni în urmă, continuă el. Am vrut.

— Evident, rostesc și vocea îmi tremură.

El râde la replica mea și trăsăturile i se relaxează când se întinde să-mi ia mâna.

— Te rog, Jane. Fii soția mea.

Îmi strecoară inelul pe degetul de la mâna stângă. Simt metalul alunecos și fin, netezit de vreme, și mi se pare perfect.

Mă holbez la el fără jenă. Bijuteria asta splendidă pe degetele mele mici și urâțele, cu unghiile neîngrijite, cu oja roz sidefie sărită pe alocuri, îmi taie respirația și îmi face inima să-mi sară din piept. Vreau să cred că e satisfacție, victorie, *pe toți dracii, am câștigat*, însă e mai mult decât atât.

Mult mai mult. Mă sperie al naibii, dar, pentru prima dată, simt că mi se permite să vreau mai mult.

Că mi se cuvine să am așa ceva.

— Rahat, șoptesc.

Eddie rânjește, stând în continuare într-un genunchi.

— Să înțeleg că e un da?

Mă uit la el, la fața lui frumoasă și la ochii lui albaștri. Îngenunchez pe podeaua superbă din lemn tare și încuviințez din cap.

— Da, îi răspund.

Sare în picioare, mă cuprinde în brațe și mă sărută cu putere.

Sărutul aprinde ceva în mine și, curând, îl trag pe canapea, smulgându-i hainele și lipindu-mă de el.

După aceea, rămânem lungiți, ținându-ne în brațe, transpirați, dezbrăcați pe jumătate. Mă joc cu părul lui, care i s-a umezit la ceafă.

— Ar fi trebuit să te cer de soție într-un loc mai frumos, mormăie el, cu buzele lipite de clavicula mea. Să te scot la cină.

— Da, dar atunci n-am mai fi putut face asta, îl dojenesc, împungându-l cu coapsa. Sau am fi putut, dar cred că personalul de la restaurant ne-ar fi rugat politicos să ne cărăm și să nu ne mai întoarcem niciodată.

Râde încet, apoi își saltă capul ca să mă privească fix.

— Ești sigură? mă întreabă. Vrei să te măriți cu mine, chiar dacă sunt un dezastru?

Mă întind să-l sărut pe buze.

— Mă mărit cu tine *tocmai* pentru că ești un dezastru.

Râde din nou și se lipește iar de mine.

Zăresc sclipirea inelului peste umărul lui.

Doamna Rochester.

16

M-am logodit.

Pe toți sfinții, sunt *logodită.*

Mă holbez întruna la inel, la felul în care strălucește în lumina soarelui. Iubesc greutatea lui rece pe deget.

Ciudat, dar nu e doar un inel extraordinar.

Înseamnă că Eddie l-a cumpărat înainte să știu că vreau ca el să mă ceară de soție.

El a dorit asta. El *m-a ales.*

Nimeni nu m-a mai ales înainte. Mi-am petrecut viața împinsă de colo colo și neglijată, iar acum... asta.

Am trecut de zeci de ori pe lângă magazinul pentru mirese, care e atât de diferit de magazinele de haine de firmă din malluri și din centrele comerciale. M-am uitat în vitrina lui plată, la mostrele delicate de dantelă și de mătase expuse și, chiar dacă n-am fost niciodată o romantică, întotdeauna am simțit puțină... nostalgie.

Chiar și acum, când deschid ușa și clopoțelul de deasupra zornăie, inima îmi bate mai repede.

Nu există iluminat în tavan, ci doar lămpi strategic plasate, ferestre imense și o lucarnă. Iar rochiile nu sunt doar atârnate pe umerașe, rând după rând de poale grele și de corsete împodobite cu mărgele, atât de îngrămădite încât să nu le distingi.

Aici, unele rochii sunt expuse pe manechine demodate, iar altele acoperă piese de mobilier antic, de parcă mireasa tocmai s-a dezbrăcat și a aruncat relaxată rochia pe cel mai apropiat scrin.

Este genul de loc unde proprietarii nu se sperie că rochiile vor fi pătate – nimeni dintre cei care vin la cumpărături aici nu ar fi atât de neîndemânatic. Așa că nu e nevoie de kilometri de plastic care să protejeze rochiile de mâinile necioplite din magazinele mai ieftine.

Femeia care mă abordează are părul blond și moale, aranjat într-un coc elegant, și poartă o vestimentație care îmi amintește de fotografiile lui Bea. Este elegantă și feminină totodată, în rochia ei neagră, lucioasă. Perlele se asortează cu pantofii cu toc, pepit și cu o fundiță roz-aprins la spate.

O cheamă Huntley. Normal că trebuie să aibă un nume pretențios.

Observ cum îmi evaluează inelul și, deși pot jura că Huntley de aici nu ar fi niciodată atât de nepoliticoasă încât să înceapă să socotească în minte, zâmbetul devine ușor mai cald.

Știu că multe fete visează la ziua nunții lor, dar eu nu m-am numărat printre ele. Poate că mi s-a părut ceva de domeniul imposibilului sau poate că am avut mereu alte treburi mai importante de care să mă ocup.

Din câte se vede, *mă dau în vânt* după tot rahatul ăsta.

Ne plimbăm prin magazin, vorbind despre nuanțe de alb și de fildeș, despre diferența dintre crem și bej, despre cum mi-ar plăcea să-mi aranjez părul, lăsat sau ridicat, și ce tipuri de voaluri ar presupune fiecare variantă.

Când Huntley scoate un dosar plin cu mostre de materiale ca să mă uit la ele, aproape că leșin.

Când părăsesc magazinul, mi se învârte capul, dar sunt în al nouălea cer și nu doar din cauza celor două pahare cu șampanie pe care le-am băut cât am discutat cu vânzătoarea.

Mă mărit cu Eddie Rochester.

Voi fi soția lui și voi trăi în casa aceea superbă, iar după-amiezi ca aceasta, în care nu plimb câini, nu servesc la mese, nu conduc pentru Uber și nici nu pregătesc cafeaua altcuiva, nu reprezintă doar un răgaz. Ele vor fi viitorul meu.

— Jane?

Emily stă chiar acolo, cu paharul de cafea în mână și cu fața ascunsă în spatele ochelarilor de soare uriași.

Se uită în sus, spre paravanul de pânză al magazinului Irene și rămâne cu gura căscată.

— *Fată!* Spune-mi că ai intrat acolo cu un motiv serios.

Zâmbetul meu n-are nimic fals în el.

— Se pare că *mi-a pus* un inel pe deget până la urmă.

Chițăie entuziasmată și se repede să-și arunce brațele în jurul meu, trăgându-mă într-o îmbrățișare ce miroase a Santal 33.

Și eu miros la fel, de vreme ce am furat o sticlă din baia ei acum două luni.

— Lasă-mă să văd, lasă-mă să văd, zice când ne depărtăm, fluturându-și degetele spre mine.

Un alt sentiment năvalnic ce pare a fi bucurie mă cuprinde, dar probabil că e doar adrenalina dată de ideea că am câștigat.

Încă nu mi-am perfecționat mișcarea de a expune inelul și mă chinui să imit fetele văzute la televizor, cu încheietura arcuită de parcă aștept ca ea să-mi sărute inelul, nu să se holbeze la el.

În consecință, întind mâna pentru inspecție cu un gest stingher și, brusc, îmi dau seama cât de ridicol pare smaraldul sclipitor pe degetele mele boante, cu manichiura lor inexistentă.

Însă Emily oftează.

— E superb! Și tu, *la fel*!

Ridic mâna din nou, de data asta ca să-l studiez și eu.

— Încă nu mă pot obișnui, spun. Totul a fost o nebunie, dar inelul confirmă că totul e real, nu?

Ridică din sprâncene și mă întreabă:

— Tu l-ai ales?

Clatin din cap, privind smaraldul înconjurat de diamante.

— Nu. Eddie. E mai mare decât orice aș fi ales eu, dar îmi plac smaraldele, așa că nu am de ce să mă plâng.

Emily încuviințează.

— Are cel mai bun gust la bijuterii. Întotdeauna am crezut că...

Nu mai continuă , doar își țuguie buzele și știu că i-a rămas în gât un comentariu despre Bea. Dar nu vreau ca amintirea ei să-mi distrugă momentul, așa că mă reped.

— Am intrat puțin să arunc o privire, fiindcă încă nu suntem siguri de data nunții, rostesc degajat. Umerii i se încordează ușor.

— Aveți de gând să faceți ceva mare? mă întreabă. Cu toate rudele?

Până în acest moment, nu m-am gândit la cum ar arăta o nuntă cu Eddie. Am fost atât de prinsă de ideea de a mă mărita cu el, de a deveni doamna Rochester, încât am trecut cu vederea detaliile nunții în sine.

Dar acum numai asta văd, o biserică imensă, partea lui Eddie plină, toată familia lui din Maine fiind prezentă, iar a mea, complet goală, cu excepția lui John Rivers, care stă și mănâncă un bol plin cu cereale.

Imaginea e atât de grotescă și de oribilă, că scutur din cap ca să scap de ea, ceea ce lui Emily îi seamănă a răspuns.

— Mică, deci! zâmbește ea. Îmi place. Clasă, eleganță. Cum se cuvine.

Cu ochii la propria mână, îmi rearanjez pungile ca să acopere inelul și schițez cel mai modest surâs posibil, cel învățat de la ea, de la Campbell și de la Caroline McLaren.

— Exact, torc eu, toată numai lapte și miere, apoi arăt spre șosea. În fine, mai am niște treburi de rezolvat, așa că...

— Ah, desigur, spune Emily, fluturând mâna în semn de la revedere.

Inelul ei de logodnă este un solitaire cu diamant de cel puțin trei carate, care sclipește în lumina soarelui.

— Și stai liniștită, nu scot o vorbuliță!

— Nu e nicio problemă, răspund ridicând din umeri. Nu e un secret.

Ca să fiu sinceră, chiar aș vrea ca ea să răspândească vestea cu iuțeala focului, fiindcă îmi doresc ca toată lumea din Thornfield Estates să discute despre asta până la ora cinei.

Facem planuri vagi să ieșim la o cafea zilele astea și ne despărțim. Emily deja trimite SMS-uri. Până la următoarea întrunire a Comitetului pentru Înfrumusețarea Cartierului, toate vor afla, iar eu voi fi centrul atenției.

În drum spre casă, decid să mă opresc la Whole Foods, să fac niște provizii. N-am gătit nicio masă pentru Eddie de când ne-am cunoscut și ar putea fi un gest frumos din partea mea. E o zi de primăvară târzie, așa că mă gândesc la un meniu cu grătar.

Ideea mă face să zâmbesc când intru în parcare.

Magazinul este liniștitor, cu spații late între rafturi și muzică slow pe fundal. Nici nu se compară cu Piggly Wiggly, de unde îmi făceam în mod obișnuit cumpărăturile.

Împing căruciorul, întrebându-mă dacă Eddie ar băga de seamă că am ales și niște prostii nesănătoase. Îmi plac alimentele fițoase, ca oricărei fete de bun-gust, dar mi s-a cam luat de ele. Mai zilele trecutele, m-am trezit că poftesc la macaroane cu brânză, dar nu genul Annie Organics, nici măcar genul congelat, care sunt relativ decente, ci cutia albastră din carton care costă un dolar.

Pufnesc și pornesc pe alt culoar. Pe cine încerc să păcălesc oare? Asta e o băcănie cu ștaif, nu buticul de la colțul blocului. Mă holbez la cele cincizeci de varietăți de humus și tapenade cu măsline, întrebându-mă dacă n-ar fi mai bine să fac o oprire și la benzinărie în drum spre casă. Poate au macaroane cu brânză acolo?

— Ce surpriză să dau peste tine aici!

Recunosc vocea fără să mă întorc.

Tripp Ingraham stă în spatele meu, într-un tricou polo și în pantaloni scurți, cu un coș atârnat de braț.

Arunc iute o privire în el și văd un bax de bere și multe feluri de mâncare congelate și ostentativ de sănătoase.

Trip arată mai bine decât atunci când l-am văzut ultima oară. Încă e balonat, tricoul roz întinzându-se peste un stomac tulburător de rotund, dar nu mai are fața umflată și ochii nu mai sunt injectați. Ba chiar și-a periat și părul.

Poate că a reușit să ajungă până la prânz fără să bea nimic.

Zâmbesc scurt și îi fac cu mâna.

— Salut, domnule Ing... Tripp.

Colțul unei buze i se ridică strâmb, în încercarea de a surâde sarcastic.

— E în regulă, nu mai lucrezi pentru mine. Și am auzit că trebuie să te felicit.

Isuse, Emily a lucrat mai rapid decât am crezut!

— Mulțumesc. Suntem foarte fericiți. Mi-a părut bine că te-am văzut...

Dau să trec pe lângă el, dar Tripp nu se clintește din mijlocul culoarului. Deși mi-ar plăcea la nebunie să-l lovesc cu căruciorul, mă opresc, ridicând din sprâncene.

— Și când s-au întâmplat toate astea, mai exact? mă întreabă gesticulând cu mâna liberă. Tu și Eddie? Fiindcă trebuie să-ți mărturisesc, nu m-am așteptat în veci la așa ceva.

— Nici noi, răspund zâmbind, amintindu-mi că trebuie să fiu fata din închipuirea lui Tripp, o inocentă proaspăt ieșită din colegiu, care plimba câini și care a câștigat din senin la loterie.

Mă întreb când o veni momentul să termin cu spectacolul ăsta ieftin, când mă voi simți normal să fiu... doar eu.

— Știi, n-am priceput niciodată „fascinația" asta pentru Eddie.

Ridică mâinile ca să descrie în aer niște ghilimele și coșul i se leagănă pe braț.

Nu mă chinui să-l întreb ce vrea să spună, pentru că, în primul rând, clar dorește ca eu să-i pun întrebarea și, în al doilea rând, pur și simplu vreau să plec. Problema e că un amănunt precum lipsa de interes nu l-a oprit niciodată pe Tripp Ingraham, mai ales dacă e vorba despre o femeie.

— Da, e arătos, bănuiesc, și fermecător în genul agenților care vând mașini la mâna a doua, dar, Isuse, din felul în care femeile din cartierul ăsta au reacționat, ai fi zis că tipul are un penis de 30 de centimetri.

OK, poate că am greșit când am presupus că Tripp nu e beat.

Însă e bine. Acum mi-a dat toate motivele să împing căruciorul pe lângă el, să-mi țin capul sus de parcă aș fi jignită mortal și stânjenită dincolo de orice închipuire, în loc să fiu doar iritată.

Se dă la o parte înainte să fie lovit de cărucior și, când ajung la capătul culoarului, strigă în urma mea:

— Sper doar că nu-ți plac bărcile.

Când mă uit înapoi, spre el, mă privește cu o expresie acră, oribilă.

— Femeile au ghinion în jurul lui Eddie și al bărcilor lui, adaugă el, după care se răsucește și își târăște picioarele mai departe.

Mă duc în spate, în zona legumelor și a fructelor, unde îmi abandonez căruciorul pe jumătate plin și mă îndrept spre ieșire.

Drumul spre casă cu mașina nu e suficient de lung ca să scap de sentimentul de neliniște și de teama neașteptată pe care Tripp Ingraham – jegosul de *Tripp Ingraham*, închipuiți-vă – mi l-a trezit. Din nou, o văd pe Bea palidă și verzuie sub apă. Mi se întoarce stomacul pe dos când intru pe alee.

— Încetează, murmur, acoperindu-mi fața cu mâinile.

Soția lui Eddie s-a înecat accidental, împreună cu prietena ei. Eddie nici măcar nu era acolo, femeile s-au îmbătat și e posibil să fi existat și unele probleme nerezolvate între ele. Rahaturi se întâmplă mai mereu.

Încerc să mă gândesc la magazinul cu rochii de mireasă, la felul în care Huntley mi-a zâmbit și m-a tratat de parcă tocmai mă alăturasem unui club exclusivist, la cât de bine m-am simțit. La îmbrățișarea lui Emily și la zâmbetul ei strălucitor când a observat inelul.

Asta contează acum.

Când intru în casă, constat că Eddie deja a ajuns și s-a schimbat în pantaloni scurți și o cămașă. Acum, după ce i-am văzut șifonierul, știu că are zeci de astfel de cămăși, în diverse culori. Bărbații își permit să facă asta – să găsească un lucru care arată bine și să-l poarte tot restul vieții.

— A venit fata mea, rostește el vesel când apar.

Îi zâmbesc când îl salut, dar e clar că par supărată, fiindcă se încruntă imediat.

— Totul e în regulă?

Mă arunc în brațele lui, oftând când îmi aranjez capul chiar sub bărbia lui.

— A fost o zi lungă. M-am uitat după rochia de mireasă.

Chicotește și mă mângâie pe spate cu mișcări prelungi și calme.

— Pare epuizant. Vrei o bere? mă întreabă.

Accept, deși am o ușoară durere de cap de la cele două pahare de șampanie de mai devreme, ca să nu mai menționez că e abia trei după-amiază.

Eddie mă sărută pe frunte și se duce la frigider. Eu îmi las geanta și îl urmez la bucătărie, de unde înșfac două limete dintr-un bol de argint.

— Sigur n-ai nimic? mă iscodește Eddie, frecându-mi spatele cu mâna.

Mă forțez să-i surâd și tai limetele în patru pentru berile noastre.

— Nu, n-am nimic, spun, apoi clatin din cap și îmi dau o șuviță la o parte de pe frunte. Doar că m-am pomenit nas în nas cu Tripp Ingraham astăzi și s-a purtat ciudat.

Eddie încremenește și se uită fix la mine.

— Cum adică ciudat?

Nu prea știu cât de mult să-i povestesc. Încă am nervii întinși și mă tem că Eddie și-ar face o idee greșită dacă îi spun adevărul. Ar putea crede că vorbele lui Tripp despre el și despre bărci m-au speriat.

Îmi zic în sinea mea că nu e cazul.

Așa că zâmbesc și las cuțitul pe blat.

— Oh, îți închipui și tu. Genul de lucruri la care te aștepți de la unul ca el.

Îi înconjor gâtul cu brațele, lipindu-mi trupul de al lui.

— Crede că mă mărit cu tine pentru bani.

De pe chipul lui Eddie se șterge îngrijorarea și mă prinde de talie, odihnindu-și palmele pe șoldurile mele.

— Sper din inimă că i-ai zis motivul real. Că-ți place sexul cu mine.

— Evident, răspund și, când se apleacă să mă sărute, îi mușc buza de jos și uit instantaneu de Tripp Ingraham și de tâmpeniile lui.

17

Mai târziu, stăm afară, în curte, în scaunele mari de lemn Adirondack. Focul trosnește de zor în inelul de piatră din fața noastră. Alături, grătarul scoate fum și mirosul de carne friptă îmi amintește de nopțile de vară din Phoenix, când aerul era atât de calm și de uscat, încât aveam senzația că o simplă scânteie se va transforma într-o vâlvătaie.

Grătarul s-a răsturnat, cărbunii încinși s-au împrăștiat peste pietrișul din curte, Jane, Jane cea reală plângea. Domnul Brock avea fața roșie, o bere rece într-o mână și o pereche de clești în cealaltă.

Șorțul lui cu „SĂRUTĂ-L PE BUCĂTAR" avea o broască uriașă în față. Domnul Brock și-a țuguiat obscen buzele roșii. Eram răstignită peste pietre, mână mă ardea, fața mă înțepa și nu mă gândeam decât la ce stupid e șorțul lui. Ce prostie, ca un asemenea bărbat să aibă atâta putere asupra noastră.

Nu m-am mai gândit la asta de mult timp. Am împins amintirea urâtă cât mai adânc, dar iat-o aici, în locul visurilor mele.

Privesc în jos și îmi studiez inelul de logodnă din nou, răsucindu-mi mâna pe toate părțile ca să strălucească în lumina flăcărilor.

S-a terminat. Nu te mai poate atinge. Orice-ar spune John.

Lângă mine, Eddie oftează și își întinde picioarele cât sunt de lungi.

Arată foarte bine în seara asta. Îmi amintesc că era cam neîngrijit când l-am cunoscut și apreciez cât de mult s-a cizelat în ultimele luni. Simt un fior mic de satisfacție. *Eu am făcut asta*, mă gândesc. *L-am făcut fericit. E așa numai datorită mie.*

Și, curând, voi fi soția lui.

Îmi vine în minte rochia de mireasă pe care am văzut-o azi și voalul din vitrină pe care dorisem așa de mult să-l așez pe cap.

— Cred că ar trebui să fugim în lume.

Nu conștientizez că vorbesc decât atunci când vorbele îmi ies pe gură, dar apoi îmi dau seama că nu vreau să le retrag.

Eddie se oprește cu berea aproape de buze. Ia totuși o gură din ea, înghite și coboară brațul înainte de a mă privi ca să-mi spună:

— Nu trebuie să facem nimic din ce nu vrei să facem.

— Eu... ideea e că n-am o familie mare, îi explic. Și abia dacă știu pe cineva în Birmingham, iar pe cei pe care-i cunosc, clar nu mi-i doresc la nunta noastră.

Eddie zâmbește compătimitor, ridicând din sprâncene.

— Nici eu nu-l vreau pe măgarul ăla de John la nunta noastră.

Se întinde spre mine, îmi ia mâna și degetul lui mare începe să deseneze cercuri în palma mea.

— Janie, doar un cuvânt din partea ta și mâine mergem la starea civilă și ne căsătorim. Sau mergem la lac. La naiba, plecăm în Tennessee, dacă vrei, și închiriem o cabană montană din aia grețos de romantică. Cred că au capele pentru nunți de tip drive-through chiar și în Gatlinburg.

Zâmbesc, dar nu zic nimic, ignorând golurile bizare din stomac, pe care le simt la ideea de a mă mărita cu un bărbat ca Eddie, dar de a avea o nuntă cum numai fetele ca mine primesc. Ieftină, rapidă, kitsch. Când i-am sugerat să fugim în lume, mi-am imaginat jurăminte rostite pe o plajă cu nisip alb, o noapte a nunții intimă, într-un pat mare, cu o plasă fină împotriva țânțarilor. Nu m-am gândit să oprim lângă o fereastră de parcă am cumpăra niște cartofi prăjiți, pentru ca mai apoi să ne ducem la un motel cu parcare gratuită și reclamă luminată cu neon.

Totuși, știu în mod cert că nu mă pot mărita aici. Nu am cum să merg, purtând o rochie splendidă, pe culoarul dintre bănci, într-o biserică mare, și să le văd pe de-alde Caroline și Campbell, prietenele lui Bea, comparându-mă cu ea.

Duc în casă sticlele goale de bere. Când trag ușa glisantă, aud un sunet undeva, deasupra mea.

Încremenesc în prag, cu atenția îndreptată spre tavan, așteptând.

Un duduit înfundat, apoi încă unul și încă unul.

Închid ușa după mine și arunc o privire în spate, spre Eddie.

Încă stă pe scaun, cu mâinile la ceafă acum, cu fața spre cerul întunecat. Mai fac câțiva pași mici.

Sunetele sunt ritmice acum, un *buf buf buf* constant, ca bătaia unei inimi.

Mă gândesc la povestea pe care ne-au pus s-o citim în timpul gimnaziului, cea cu bărbatul îngropat sub podea, în care criminalul credea că încă poate auzi inima bătrânului și, pentru o clipă îngrozitoare, creierul meu o invocă pe Bea.

Apoi, sunetul se oprește.

Stau așa, practic ținându-mi respirația, iar sticla de bere goală îmi atârnă între degete, în timp ce eu aștept.

Trei ciocănituri puternice în ușa principală mă sperie în asemenea hal, că scap una dintre sticle și aceasta se sparge pe podea. Scot un sunet ciudat, ceva între un țipăt și un geamăt.

Sunetul vine de la ușa casei, nu de sus. Cineva bate la ușă.

— Jane?

Îl văd pe Eddie prin ușa glisantă transparentă. M-a strigat fără nicio bănuială, peste umăr, abia întorcându-și capul spre mine.

Mă încrunt, uitându-mă la ceafa lui și la părul ciufulit și perfect.

— Nu-i nimic, îi strig. E cineva la ușă.

Urmează un alt ciocănit exact când ajung în vestibul și, când deschid, dau cu ochii de o femeie.

Poartă pantaloni și cămașă albastră, iar la centură are prinsă o insignă.

E polițistă.

Inima îmi bate atât de tare, încât am senzația că observă și ea. Duc mâna la baza gâtului, brusc extrem de recunoscătoare că am inelul cu smarald și cu diamante pe deget, ca să îi transmit că nu sunt o oarecare.

Îmi zic în sinea mea că nu am niciun motiv să mă tem. Femeia care stă pe verandă nu o vede în mine pe fata care am fost și nu știe ce lucruri am făcut. Nu mă privește bănuitor, nu are nici ochii mijiți, nici buzele strânse. Vede doar o femeie care aparține acestei case, o femeie care poartă Ann Taylor și bijuterii reale, o femeie al cărei păr blond spălăcit nu e prins într-o coadă nepieptănată, o femeie care e machiată cu produse scumpe, ce o fac să pară că nu e machiată deloc.

Asta vede ea – pe viitoarea doamnă Jane Rochester.

Însă corpul meu pare să nu înțeleagă ideea. Inima îmi bubuie în piept, stomacul mi se întoarce pe dos, genunchii mi se înmoaie.

— Bună seara!

Îmi zâmbește și-mi întinde mâna.

— Sunt detectiv Laurent, iertați-mă că v-am întrerupt cina.

Are palma caldă și cu bătături. I-o scutur, dar mâna mea stângă rămâne lipită de baza gâtului.

— Nu eram la masă.

Mă gândesc la Emily și la Campbell. La felul în care s-ar purta cu un detectiv apărut în pragul lor, într-o seară de primăvară.

— S-a întâmplat ceva? întreb, încruntându-mă îngrijorată, dar și confuză.

Un ofițer de poliție care ar veni acasă la ele le-ar provoca o oarecare confuzie, în definitiv. Nu din motive personale, fiindcă, bineînțeles, ele nu ar fi greșit cu nimic. În Thornfield Estates, nimeni nu se teme de poliție. Poliția e de încredere și întotdeauna de partea ta.

Laurent se încruntă și, de-o parte și de alta a buzelor, i se formează două cute adânci, ca niște paranteze. E mai bătrână decât am crezut inițial și acum văd și firele de păr alb printre cele negre.

— Domnul Rochester e acasă? mă întreabă.

Gura mi se usucă. Gata, s-a întâmplat. John a sunat pe cineva, ei știu, de aceea mi-am amintit de Phoenix mai devreme, pentru că am simțit cumva că vor veni după mine, că totul s-a terminat și...

— Doamnă detectiv Laurent!

Eddie e în spatele meu. Îmi înconjoară talia cu brațul, lăsându-și palma grea pe șoldul meu. Atingerea lui mă face să mă simt mai bine și urăsc puțin treaba asta. N-am fost niciodată genul care se ascunde după un bărbat, dar trebuie să recunosc că e plăcut să-l am lângă mine când ochii femeii coboară spre Rolexul lui Eddie și după aceea, spre picioarele lui desculțe pe marmura holului.

— Mă bucur să vă văd din nou, adaugă el zâmbind.

Clipesc des și ridic privirea spre el.

Eddie e nervos.

O fi trupul lui relaxat, așa cum stă lipit de mine, dar știu că Eddie nu se poartă așa. Nu face pe șarmantul dacă n-are motiv.

Când mă uit la gâtul lui bronzat, încadrat de verdele-aprins al cămășii, îi zăresc pulsul rapid care bate într-o venă.

Femeia îi zâmbește, dar e un gest mai degrabă reflex, de complezență, decât o expresie sinceră.

— Am mai avea câteva întrebări, dacă nu vă supărați, zice ea. Despre soția dumneavoastră.

PARTEA A PATRA

BEA

Bea nu-și dorește să ia cina cu Blanche și cu Tripp în seara asta, dar tradiția e tradiție și în cazul lor – în fiecare joi, toți patru se întâlnesc undeva. Acum, e un local nou, în Homewood, cu barbecue fantezist și cu băuturi exagerat de scumpe. Stau afară, în curte, la o masă din fier forjat, înconjurați de lumini feerice, ascunse prin copaci, și Bea se străduiește din răsputeri să nu-și verifice telefonul din zece în zece minute.

A început să-și dea seama cât de puține mai are în comun cu Blanche în ultima vreme și numai Dumnezeu știe că Eddie și Tripp chiar nu au despre ce discuta. Epuizează fotbalul ca subiect de conversație înainte de sosirea primelor băuturi și apoi Tripp se lansează într-o diatribă despre o familie nouă care s-a mutat în cartier și care și-a instalat un coș pentru baschet, așa că el are de gând să se plângă la HOA[1]*.*

Eddie îi zâmbește, dar, în voce, i se simte iritarea când îi răspunde:

— Ori poate nu e nicio problemă să-i lași pe copii să se joace pe terenul lor. Nu e o opțiune mai sănătoasă?

— Așa i-am zis și eu, intervine Blanche, dând ochii peste cap și trăgându-i un ghiont lui Tripp.

Nu apăruse pe jumătate beată în seara asta și paharul ei de vin încă e plin, ceea ce reprezintă un semn pozitiv pentru Bea.

---

[1] Acronim în limba engleză pentru Homeowners' Association, „Asociația Proprietarilor" (n. tr.).

Bea bagă de seamă totodată că Blanche pare mai drăguță decât de obicei. S-a machiat subtil, dar frumos, iar rochia simplă, roz și subțire, îi face tenul să strălucească.

Alt semn pozitiv.

Bea știe că Blanche e nefericită, știe că s-a plictisit de Tripp, de Thornfield Estates și de viața ei, că toate comitetele și consiliile din care face parte nu umplu golul din ea, dar nu au reușit niciodată să vorbească despre asta. De fiecare dată când încearcă, Blanche schimbă subiectul sau, dacă a băut deja prea mult vin, trântește un comentariu acru despre cum Bea muncește tot timpul.

Dar, în seara asta, e relaxată, fericită și Bea e ușurată să o vadă așa. Poate că vechea Blanche încă n-a dispărut cu totul.

Tocmai li s-a adus primul fel de mâncare, când Blanche spune:

— Știi, am fost atât de inspirați de tot ce ați făcut cu casa voastră, încât eu și Tripp ne-am gândit să ne apucăm de renovare.

Ce surpriză! Bea știe că pe soții Ingraham nu i-au prea dat banii afară din casă în ultima vreme, dar nu poate comenta cu voce tare.

Dar se pare că nu e singura surprinsă.

— Așa ne-am gândit? întreabă Tripp.

E deja la al treilea bourbon și se sprijină de spătarul scaunului. Și-a lăsat mâncarea aproape neatinsă și obrajii i s-au înroșit. Încă e chipeș în felul lui, dar, de fiecare dată când cinează împreună, Bea nu se poate opri să nu remarce cât de bine arată Eddie prin comparație.

Blanche gesticulează spre Tripp s-o lase baltă.

— Am discutat chiar, spune ea. Probabil ai uitat. Sau nu erai atent. Ori poate erai beat.

Și iată și înțepătura pe care Bea se obișnuise s-o audă în vocea lui Blanche ori de câte ori vorbea despre Tripp.

Tripp s-a obișnuit și el, așa că se mulțumește să pufnească și să mai ia o gură de băutură.

— Fă ce vrei, iubirea mea, îi zice soției. Oricum, tu mereu procedezi cum te taie capul.

Blanche îl ignoră și se apleacă în față, concentrându-se asupra lui Eddie.

— Și desigur că pe tine am vrea să te angajăm.

Eddie rânjește în timp ce feliază carnea din farfurie.

— Tocmai voiam să spun că sper să fi adus vorba de asta pentru că intenționezi să mă angajezi pe mine, altfel, ar fi foarte stânjenitor.

Izbucnesc cu toții în râs și Bea se întinde ca să-și pună mâna pe coapsa lui Eddie, strângând-o ușor.

— Programul tău e plin acum, scumpule, îi amintește ea și vede cum Blanche aruncă o privire spre locul în care mâna ei se odihnește pe piciorul lui Eddie.

Nu-și poate explica de ce nu vrea ca Eddie să lucreze la casa lui Blanche. Vrea să creadă că e din cauza banilor pe care Blanche și Tripp nu-i au, că va fi o pierdere de vreme pentru toată lumea și că, în plus, de vreme ce ea i-a dat lui Eddie capitalul ca să-și înceapă afacerea, are tot dreptul să decidă ce proiecte să preia.

Însă e mai mult decât atât. Se întâmplă ceva aici, ceva pe care nu reușește să-l identifice cu precizie.

E ceva aspru în privirea lui Blanche, chiar și atunci când îi zâmbește.

Eddie îi mângâie mâna și se întoarce la mâncarea lui.

— Pentru prieteni, îmi pot face întotdeauna timp, rostește el relaxat.

Zâmbetul lui Blanche se lățește.

— Grozav! Deja am, Dumnezeule, vreo sută de idei!

Restul cinei trece într-un fel de ceață pentru Bea. Consumă mai mult alcool decât de obicei și continuă să se holbeze la Blanche, întrebându-se ce se petrece, luptându-se cu dorința de a da pe față tot ce știe despre problemele financiare ale lui Blanche și ale lui Tripp.

Îi vine să trântească un comentariu răutăcios când o aude pe Blanche zicând: Mereu mi-a plăcut bucătăria voastră deschisă. Poate facem ceva asemănător. *Simte cum vorbele îi apasă vârful limbii cu greutatea lor.*

Firește că Blanche vrea ceea ce au ei. Firește că ei au o casă mai frumoasă. Firește că Blanche nu suportă ideea că Bea a ajuns în vârf după atâția ani.

Seara se încheie ca de obicei cu Tripp care a băut prea mult. De data asta, atât de mult, că Eddie trebuie să îl ajute să ajungă la mașină.

Bea și Eddie au parcat pe stradă, iar Tripp și Blanche, în parcarea micuță din spatele restaurantului, așa că Bea se duce singură la mașina lor, cu cheile în mână.

Abia când deschide portiera din dreapta, o copleșește un sentiment neașteptat și ocolește grăbită localul, îndreptându-se spre mașina prietenilor lor.

Îi zărește clar pe Eddie și pe Blanche în lumina de pe stradă, lângă SUV-ul masiv al lui Tripp. Eddie probabil că l-a pus deja pe Tripp pe bancheta din spate, fiindcă sunt doar ei doi afară. Soțul ei și cea mai bună prietenă a ei stau față în față.

Blanche e mult prea aproape de Eddie. Mult prea aproape, în opinia lui Bea. Chipul ei strălucește în lumina portocalie. Îi zâmbește lui Eddie și el îi întoarce zâmbetul.

Același zâmbet pe care i l-a oferit în Hawaii, cald, care îi scoate în evidență ridurile de la coada ochilor, zâmbetul care i-a încălzit sufletul, fiindcă a înțeles cumva că el nu zâmbea așa oricui.

Zâmbetul despre care a crezut că îi aparține doar ei. Iar acum e și al lui Blanche.

Bea se îndepărtează, simțindu-se goală pe dinăuntru. Tocurile ei pocnesc ușor pe asfalt.

Așadar, asta vrea Blanche. Asta se ascundea în spatele renovării.

Nu vrea casa lui Bea.

Îl vrea pe soțul lui Bea.

SEPTEMBRIE, DOUĂ LUNI DUPĂ BLANCHE

O să pară bizar (în definitiv, ce nu e bizar în toată povestea asta?), dar am căpătat o rutină aici.

Amândoi avem o rutină.

Eddie nu vine în fiecare zi, ci o dată la trei zile. De fiecare dată, se întâmplă la fel. Îmi aduce suficientă mâncare și apă ca să-mi ajungă până data viitoare când apare. De fapt, mai mult decât suficientă. Am sticle de apă în plus, înșirate lângă perete.

În primele săptămâni, le-am strâns cu disperare, raționalizând hrana și apa, în caz că nu se mai întorce, însă – un alt lucru bizar – am început să am încredere că nu mă va lăsa aici, sus, să mor de foame.

Tot nu vorbește cu mine și am un milion de întrebări pentru el. Dar nu lucruri evidente precum „de ce dracului faci asta?“, ci lucruri mărunte. Vreau să știu ce le-a spus tuturor despre mine, vreau să știu ce s-a întâmplat cu Southern Manors.

Le este oamenilor dor de mine? Dar de Blanche?

Trebuie să existe o metodă să-l fac să deschidă gura.

Cred că, dacă nu vorbesc curând cu cineva, o să-mi pierd mințile.

Astăzi, în sfârșit, o luminiță la capătul tunelului.

Și ce să vezi? Mulțumită unei cămăși.

Când a venit Eddie să-mi aducă provizii, am observat că purta cămașa albastră pe care i-am luat-o la ultima noastră aniversare. Este exact aceeași nuanță ca a ochilor lor și de aceea i-am și cumpărat-o. Tot bine arăta în ea. În general, arată mai bine în ultima vreme, și-a mai venit în fire.

— Îți stă bine, i-am zis.

L-am surprins. În loc să-mi întoarcă spatele, și-a cercetat ținuta de parcă tocmai și-ar fi dat seama cu ce se îmbrăcase. Parcă ar fi înțeles semnificația cămășii.

— Mulțumesc, a rostit într-un final. Am uitat că tu mi-ai luat-o.

— Eu ți-am luat majoritatea hainelor, am replicat, cu excepția acelei cravate pepit oribile. Aia e ta întru totul.

Eddie a surâs și i-am zărit ridurile de la coada ochilor.

— Îmi place cravata aia.

Ei bine, presupun că acum o poți purta tot timpul.

Aveam cuvintele în minte, o replică viguroasă, genul de lucru pe care îl aprecia la mine. Dar mi-am ținut gura, fiindcă știam că l-aș face să plece. Iar eu nu voiam asta.

— Îți stătea bine cu ea, am zis. O chestie foarte enervantă.

Eddie a pufnit, s-a îndreptat spre ușă și a plecat. Îmi dorisem ca el să mai zăbovească, să discute cu mine și mi-am înfrânt cu greu dezamăgirea. Însă, atunci când a plecat, avea un aer relaxat pe care nu l-am simțit când intrase.

Tot e ceva.

OCTOMBRIE, TREI LUNI DUPĂ BLANCHE

Eddie s-a întors astăzi, lucru care m-a surprins. Mă vizitase ieri și mă obișnuisem să aștept trei zile între vizite, ținând socoteala timpului cât de bine pot eu aici.

A adus mâncare și apă, deși încă aveam destulă, și, după ce le-a lăsat, a rămas lângă ușă mult timp, cu mâinile vârâte în buzunarele de la spate.

— Vrei să-ți mai aduc cărți? m-a întrebat într-un târziu.

Mi-a luat cam un minut să răspund.

— Ar fi nemaipomenit, am zis cu toată sinceritatea.

Nu știe că o folosesc pe asta ca jurnal și chiar mi-ar prinde bine ceva nou de citit.

A încuviințat din cap și a plecat spunând „pa, Bea".

Nu a mai făcut asta înainte. E prima dată când îmi aud numele după săptămâni întregi.

O altă zi, o altă vizită din partea lui Eddie. Vine zilnic acum. Nu stă mult și, de două ori până acum, a fost aici în timp ce dormeam. Mă întreb dacă vine și noaptea. Nu mai am un simț extraordinar al zilelor și al nopților, dar dorm totuși și presupun că mi-am păstrat un program relativ regulat. Nu știu de ce, dintr-odată, a început să vină în timpul nopții.

Dar nu, îmi spun în sinea mea că nu pot face așa ceva, nu pot încerca să-i ghicesc motivele și să-i înțeleg logica. Dacă procedez așa, o să înnebunesc definitiv.

Fiindcă deja înnebunesc.

Eddie a stat o oră astăzi. Poate și mai mult.

Nici măcar nu s-a sinchisit să aducă apă și mâncare și, pentru prima dată de când m-am trezit aici, am simțit că mi se ia o greutate de pe piept și că pot să respir din nou.

A venise cu mai multe cărți, după cum promisese și, de îndată ce a intrat în cameră, am luat una dintre ele, un thriller politic pe care îl citea el cândva, din câte îmi aminteam.

— Asta cred că a fost cea mai proastă carte pe care am citit-o, i-am zis.

Eddie a traversat încăperea, mi-a luat-o din mână și s-a apucat să-i studieze coperta.

— E aia în care îl înlocuiesc pe președinte cu o clonă?

— Pe vicepreședinte, l-am corectat, dar da, aia.

A întors-o, a citit textul de prezentare și a zâmbit ușor.

— Am cumpărat-o în aeroport. Nimeni nu poate fi judecat pentru cărțile cumpărate în aeroporturi.

— Îmi amintesc, am spus și chiar așa era.

Ne duceam la o conferință în Atlanta. Mă rog, eu mă duceam. Eddie mă însoțea ca să vadă un meci de fotbal acolo, în weekend.

— „Femeile și arta conducerii, conducerea și feminitatea", am adăugat. Un workshop de genul ăsta. Trei zile de discursuri cu titluri precum „O mână blândă: cum să impui respect fără frică" și „Femeile în top".

Eddie a surâs.

— Urai rahaturile alea.

— Așa e, am replicat, încuviințând. Dar conferința aia a fost una proastă rău.

M-am așezat pe marginea patului și m-am gândit la weekendul ăla, la cum stăteam acolo nefericită și plictisită, îmbrăcată la patru ace, doar ca să-mi pierd vremea.

Încă mi-o aminteam pe una dintre femeile care conduceau workshopurile pentru grupuri, cum stătea în picioare în fața noastră, cu părul ei scurt, albit prematur, cu un pulover din cașmir crem care aproape îi înghițea trupul micuț.

— Reținem foarte multe lucruri, spusese ea. Mai multe decât bărbații. Lor li se permite să-și facă griji doar în privința afacerilor, în vreme ce noi trebuie să avem grijă atât de afaceri, cât *și* de familiile noastre. De copiii noștri. Pun pariu că, dacă ar fi să întreb un director general „cât lapte aveți în frigider acasă *în secunda asta*?", habar n-ar avea. Dar voi toate știți.

Femeia zâmbise larg, apoi își coborâse glasul, șoptind cu un aer conspirativ:

— Voi toate știți, nu-i așa?

Urmase un val de chicoteli și de încuviințări, iar eu mă uitasem în jur, întrebându-mă: *Pe toți dracii, voi sunteți reale?*

I-am povestit și lui Eddie acum, iar el a râs, încrucișându-și brațele la piept.

— Corect, și totuși, în fiecare zi, când mă întorceam în cameră și te întrebam cum a decurs ziua, tu mereu spuneai că bine.

Am ridicat din umeri.

— Și ce-ai fi vrut să zic? Eu alesesem să particip. Nu voiam să recunosc că aveai dreptate și că era o pierdere de vreme.

Nu am adăugat și faptul că existau tensiuni între noi. Că ne certam mai mult decât de obicei, chiar înainte de Blanche și de renovările ei.

Nu am vrut să-și amintească asta.

— În weekendul acela, nici pe mine nu m-a dat distracția afară din casă. Am sfârșit prin a renunța la biletul meu pentru jocul cu Falcons, pe care i l-am dat unui client, așa că, mare parte din timp, m-am uitat la ESPN în camera de hotel și m-am îndopat cu mâncare proastă de la room-service.

Eddie s-a uitat în jur, căutând un loc unde să se așeze.

Dar firește că nu există așa ceva, pentru că ăsta nu e salonul meu, ci o temniță.

O temniță făcută de el.

Fără să stau prea mult pe gânduri, am bătut cu palma în pat, aproape de mine.

— E neașteptat de comod, i-am zis, schițând un zâmbet.

Niciodată nu mai vorbisem atât de mult și îl voiam așa, relaxat și puțin mai deschis.

Eddie a ezitat și, pentru o clipă, am crezut că o să plece.

Apoi s-a așezat.

Salteaua s-a lăsat sub greutatea lui, făcându-mă să mă aplec spre el. Am simțit parfumul săpunului și, dincolo de acesta, mirosul curat, cald ce îl caracterizează pe Eddie.

Weekendul acela în Atlanta nu fusese pe de-a-ntregul prost. În ciuda tensiunii dintre noi, profitaserăm de patul mare al hotelului în fiecare noapte.

Sexul fusese întotdeauna grozav pentru amândoi.

Eddie m-a privit cu ochii lui albaștri și gura mi s-a uscat.

Nu s-a uitat la mine ca și cum m-ar fi urât, ca și cum m-ar fi vrut dusă pentru totdeauna. Pesemne că există un motiv pentru care încă sunt aici.

Blanche a murit, dar eu sunt vie.

Sigur înseamnă ceva.

— Ar fi trebuit să mergem în mai multe vacanțe, am zis, coborându-mi privirea spre buzele lui. Poate înapoi în Hawaii.

L-am privit drept în ochi și expresia de pe chipul lui s-a înseninat în sfârșit. Avea ochii calzi, buzele, întredeschise, era Eddie al meu pe care îl cunoșteam.

Eddie pe care îl înțelegeam.

Brusc, singura cale prin care aș putea ieși de aici a devenit limpede ca lumina zilei.

Nu venise în Hawaii să cunoască un tip. Venise să stea la soare și să bea cocktailuri cu gheață și exagerat de scumpe. Să privească Oceanul Pacific pe care nu-l mai văzuse înainte de această călătorie. De fapt, singurul loc unde fusese vreodată să vadă apele unui ocean, al Atlanticului, însă, fusese Golful Mexic, în vara în care familia lui Blanche o invitase la locuința lor din Orange Beach.

Blanche nu aprobase excursia ei în Hawaii.

— E prea kitsch, îi spusese, strâmbând din nas și dându-și părul după ureche. Și îți permiți lucruri mai bune. Mergi în Bali. Poate chiar în Fiji.

Însă Bea își dorise Hawaii și acolo plecase, iar Blanche putea să se ducă la dracu', cu expresia ei sentențioasă și cu opiniile ei inutile. Oricum, era doar geloasă. Tripp n-o dusese nicăieri după luna lor de miere în Italia și Bea știa sigur că el tot nu acoperise gaura de pe cărțile de credit.

Însă ea stătea pe șezlong zi după zi, privind oceanul – albastru, așa cum și-l închipuise – și cuvintele lui Blanche îi răsunau în minte. Oare ar fi trebuit să se ducă într-un loc puțin mai exotic? Undeva unde se ajungea mai greu? Undeva unde nu și-ar fi petrecut zilele evitând familiile și cuplurile de îndrăgostiți?

Mereu era vorba de un echilibru, separarea dorințelor fetei care fusese pe vremuri de dorințele femeii care era în prezent.

Un alt Mai Tai, prea dulce, dar l-a băut oricum. Nu, Hawaii era frumos. Hawaii era accesibil și asta vindea și Southern Manors, nu?

Clasă, dar într-un mod comod. Poate ar trebui să facă o colecție completă dedicată Hawaii-ului, în vara următoare. Flori de hibiscus pictate pe pahare. Inele pentru șervete în formă de ananas. Imprimeuri cu o hula girl *obraznică.*

Gândurile legate de muncă o calmară ca întotdeauna, i-au silit creierul să iasă din vârtejul constant în care căuta mereu să descopere unde greșise sau unde ar putea greși. Nu era niciodată nesigură și neîncrezătoare în forțele proprii când venea vorba de afacerea ei.

Și-a scos iPadul din geanta de plajă, unde se găseau trei reviste și două cărți cumpărate de la aeroport, deși știa că nu va citi.

În câteva minute, încropise deja o pagină cu idei pentru colecția de vară și acum se concentra să găsească un nume pentru ea, amuzant, ușor de reținut, dar nu exagerat de drăgălaș. O altă chestie fină pe care o rezolva tot timpul, dar mai ușor.

Era la a treia încercare (Ceva cu Hawaii cel albastru? Prea la modă?), *când o umbră a căzut peste șezlongul ei și a auzit pe cineva întrebând:*

— Muncă la plajă? Nu sunt sigur dacă ar trebui să mă inspire sau să mă deprime.

Zâmbetul lui a fost cel care a cucerit-o încă din prima clipă. Când și-a ridicat privirea spre bărbatul care stătea în picioare, îmbrăcat cu pantaloni scurți în dungi și cu un tricou alb, cu o mână vârâtă în buzunar, cu ochelari de soare pătați de apa sărată a mării, cu o șuviță căzută peste sprânceană, de parcă ar fi fost eroul unei comedii romantice, pur și simplu, a lăsat garda jos.

Bea i-a zâmbit, fără să gândească. Mai târziu, avea să înțeleagă cât de bine se pricepea el la așa ceva. Să-ți doboare zidurile înainte să ai măcar șansa să le ridici. Însă, în după-amiaza aceea însorită, șarmul lui nu sugera nimic sinistru.

— E mai tare aici decât la birou, s-a auzit replicând și zâmbetul lui s-a lățit, dând la iveală o gropiță în obrazul stâng.

— Beau pentru asta, a zis el, după care i-a întins mâna, cu un surâs mai strălucitor decât al soarelui de deasupra lor. Mă cheamă Eddie.

Eddie. Un nume de băiat, s-a gândit Bea, dar i se potrivea, pentru că zâmbetul lui avea un aer ștrengăresc.

Îi plăcea asta. Suficient încât să-l lase să stea în șezlongul liber de lângă ea și să-i accepte invitația la cină pentru seara respectivă.

De ce nu? Nu era, oare, genul de lucru care se potrivea cu noua ei viață? Vacanțe scumpe, cocktailuri pretențioase și o cină alături de un străin arătos?

Au mâncat la restaurantul hotelului, lângă fereastra imensă ce dădea spre mare, sub cerul pictat violent în amestecuri de roz, violet și portocaliu, cu o lumânare pâlpâind între ei și cu un vin scump, care se odihnea în frapiera de lângă masă.

Privind retrospectiv, Bea vedea acum că totul fusese aproape prea perfect, un ditamai clișeul romantic, dar, atunci, i se păruse captivant și... cum se cuvine. De parcă primea, în sfârșit, tot ce merita.

Au discutat și a surprins-o cât de ușor a decurs totul. Cât de firesc se simțea în preajma lui. Se născuse în Maine și iubea bărcile. Se afla în Hawaii fiindcă avea un prieten care încerca să intre în afacerile cu croaziere pe iahturi și amândoi cercetau celelalte companii ca să vadă cum se procedează.

Ea i-a mărturisit că își petrecuse copilăria în Alabama, lăsând totuși deoparte aspectele sudice mai gotice, concentrându-se asupra școlii moderne cu internat, a debutului ei în societate și a colegiului pentru fete pe care îl absolvise în Carolina de Sud. Pe măsură ce își depăna povestea, își dădea seama că făcea din nou același lucru, lipea părți din viața lui Blanche peste părțile mai puțin savuroase ale vieții ei, dar obiceiul îi intrase în sânge și cu greu îl mai observa rațional.

La desert, chicotind sfios, frecându-și ceafa cu mâna, Eddie i-a zis:

— Ești al naibii de frumoasă.

Apoi a clătinat din cap și a adăugat:

— Iar eu sunt al naibii de beat.

Dar mințea. Nu băuse decât un pahar de whisky mai devreme și vinul lui rămăsese neatins.

Poate ar fi trebuit s-o alarmeze ideea că el se prefăcea amețit ca o scuză pentru a spune așa ceva unei femei pe care abia o cunoscuse.

Însă nu o alarmase. O interesa bărbatul. A interpretat vorbele lui drept indiciul unei urme de slăbiciune la un tip care, din câte constata ea, nu avea niciun motiv să fie slab. Arătos, isteț, plin de succes...

Bea urma să afle că el nu ajunsese în Hawaii cu afaceri, *așa cum susținuse, că ideea cu croazierele pe iaht reprezenta mai degrabă un vis decât un fapt concret, dar era prea târziu și oricum nu-i mai păsa.*

— Sunt sigur că auzi asta de multe ori, a continuat el și Bea l-a privit cu atenție.

Ochii lui erau albaștri și avea doar o umbră de roșeață pe pomeți, probabil de la soare, dar în niciun caz din cauza băuturii sau a stânjenelii.

— Da, a replicat ea, pentru că era adevărat, dar și pentru că voia să audă ce răspunde el.

Dacă scenariul din capul lui presupunea ca ea să joace rolul creaturii fabuloase despre care cântă băieții, fata frumoasă care nu știe că e frumoasă.

Dar el nu a părut deloc stingherit. A mijit ochii și a închinat paharul spre ea.

— Așadar, și frumoasă, și suficient de deșteaptă ca să știe asta.

— Și bogată, a adăugat ea.

De asemenea, adevărat și, din nou, o spusese ca să-i surprindă expresia.

Spre lauda lui, nu s-a dat de gol. S-a mulțumit să zâmbească.

— Atunci, o amenințare triplă. Ce noroc pe capul meu!

Bea a izbucnit în râs, dându-și părul după urechi, sincer fermecată poate pentru prima dată în seara aceea. I-a plăcut că el n-a făcut pe grozavul și nici n-a pretins că nu e nicio scofală. Probabil că deja știa, desigur – mai târziu, Bea își va pune multe întrebări despre prima lor întâlnire –, dar ceva din felul în care el s-a descurcat în situația respectivă a încântat-o. El o acceptase din start. Ea își construise imaginea unei persoane ideale și Eddie era pesemne primul om care o înțelegea cu adevărat.

Poate și pentru că el însuși era mai mult o imagine.

PARTEA A CINCEA

JANE

18

Eddie iese cu polițista în curte. Nu îl duce la secție, nu îl așază pe bancheta din spate a mașinii, așadar, îmi spun în sinea mea că nu e nimic serios. Chiar nimic.

Dacă *ar fi* ceva, nu i-ar oferi femeii o sticlă cu apă, zâmbind.

Rămân în bucătărie și șterg blaturile absentă, pun paharele în mașina de spălat, fac orice ca să-mi țin mâinile ocupate și să par la fel de relaxată ca Eddie acum.

Însă eu nu sunt Eddie și, când detectivul Laurent se întoarce în casă, abia mă abțin să nu mă duc în dormitor și să nu încui ușa după mine.

Pare stupid, dar credeam că bogăția și stilul lui de viață te feresc de asemenea lucruri... să apară poliția la ușa ta, cu întrebări și cu priviri reci.

Totuși, polițista e destul de prietenoasă când îmi întinde sticla goală.

— Reciclați? mă întreabă.

Îi iau sticla din mână și surâd de parcă n-aș avea nicio grijă pe lume.

Ea se sprijină lejer de masă și întreabă:

— De cât timp vă vedeți?

Habar n-am dacă mă întreabă asta în calitate de polițist sau doar de dragul conversației, iar palmele îmi asudă când îmi aranjez părul.

— De câteva luni? Eu și Eddie ne-am cunoscut în februarie și am început să ieșim prin martie parcă?

Grozav, acum îmi pun singură întrebări ca să par o fetiță nesigură pe ea, nu genul de femeie care locuiește într-o astfel de casă.

Însă femeia îmi zâmbește. Are ochii negri și calzi și multe riduri la coada lor.

— Logodnicul dumneavoastră afirmă că obișnuiați să plimbați câini, mă informează ea, strâmbând din nas și gesticulând. I-am zis și eu: „La ce naiba au nevoie oamenii din cartier de cineva să le plimbe câinii?“ Dar a fost un avantaj, nu?

Râd împreună cu ea, încuviințând, chiar dacă inima îmi bate năvalnic și mâinile continuă să îmi tremure.

— Sunt de aceeași părere, dar a fost o slujbă bună și iubesc câinii.

Nici dacă m-aș fi străduit, n-aș fi scos ceva mai insipid, dar asta e și ideea, nu? Să o fac să creadă că nu merită să discute cu mine. Indiferent de natura *acestei* nebunii, n-are nicio legătură cu mine. Banala Jane, care se contopește cu fundalul iarăși.

Laurent dă aprobator din cap și bate în blat cu unghiile - delicate, scurte, pătrate. Nu poartă decât o verighetă subțire din aur.

— Trebuie să facem tot ce putem ca să ne descurcăm, spune ea, dar pe un ton înțelegător, după care își verifică telefonul prins la curea. A venit momentul să plec. Încă o dată, scuze că v-am întrerupt seara.

— Nicio problemă.

Mor de curiozitate să o întreb despre motivul vizitei ei, despre ce a discutat cu Eddie, dar, în același timp, îmi doresc să plece și să mă prefac că seara asta n-a existat.

— Dați-mi voie să vă conduc, mă ofer, dar ea refuză cu un gest scurt.

— Nu e nevoie.

Își vâră mâna în jachetă, scoate o carte de vizită și mi-o întinde. Spre deosebire de cartea de vizită pe care Eddie i-a dat-o lui John cândva, aceasta este subțire, din hârtie ieftină. Are ștanțată emblema poliției din Mountain Brook și numele ei – detectiv Tori Laurent –, precum și un număr de telefon.

— I-am zis domnului Rochester să mă sune dacă are întrebări. E valabil și pentru dumneavoastră, în regulă?

Apoi pleacă, iar pantofii ei modești scârțâie pe podea. Se aude ușa din față deschizându-se și închizându-se.

De parcă ar fi așteptat ca ea să plece, Eddie intră pe ușa glisantă din spate și oftează adânc, răvășindu-și părul cu mâinile.

— Ești OK? mă întreabă.

Mă silesc să-i zâmbesc când îi înconjor talia cu brațele.

— Da, sunt bine, răspund, chiar dacă nu e așa. Ce voia?

Eddie se dă mai aproape de mine, sprijinindu-și bărbia de creștetul meu.

— Să vorbim despre Blanche. Și despre Bea.

— Au găsit-o? întreb gâtuit.

E o întrebare terifiantă, o imagine oribilă... s-o găsească pe Bea după ce a stat în apă atâta timp...

— Nu pe Bea, răspunde Eddie cu glas răgușit. Pe Blanche. Au găsit-o pe Blanche.

— Isuse, murmur, încercând să nu mă gândesc la ce au găsit mai exact când mă retrag din îmbrățișarea lui.

Pielea lui a căpătat o nuanță cenușie și un mușchi i se tot zbate în zona maxilarului. Arată ca Eddie pe care l-am văzut prima dată și simt un gol în stomac.

— Mai e și altceva?

— Blanche avea... avea o fractură craniană. De parcă fusese lovită de ceva. Sau de cineva.

Îmi întoarce spatele, frecându-și ceafa, iar eu rămân încremenită, procesând veștile, pendulând între șoc și teama de a înțelege ce înseamnă asta.

Acum, nu numai că mi-e greață, dar m-a luat și cu frig. Aproape că am amorțit când îmi duc degetele la buze.

— A fost omorâtă? întreb în șoaptă.

Eddie stă tot cu spatele la mine. Are umerii încordați și nu mă pot abține să adaug:

— Şi Bea?

— Poliţia consideră că e vorba de dublă omucidere acum, spune el. Despre asta voiau să discute cu mine. Să mă anunţe că dispariţia ei e anchetată drept crimă.

Am senzaţia că mi se întunecă privirea şi mi se înmoaie genunchii brusc.

— Dumnezeule, Eddie!

Nu ştiu ce aş mai putea să zic.

Începeam în sfârşit să facem pace cu stafia lui Bea. Suntem *logodiţi*, pe toţi dracii! Vorbeam despre nuntă. Una e să-ţi pierzi soţia într-un accident tragic, alta, să afli că a fost omorâtă intenţionat, nu? Ăsta e coşmar.

Atunci, un nou gând prinde contur în mintea mea.

— Cumva ei cred că...

Nici măcar nu vreau să termin propoziţia. Nu vreau să existe aşa ceva între noi.

— Că am făcut-o eu? completează el, răsucindu-se pe călcâie.

E încă palid, dar expresia de pe chipul lui nu mai e aşa de intensă.

— Nu, voiau doar să mă informeze că lucrurile s-au schimbat. Îmi vor mai pune întrebări, desigur, dar am impresia că mă consideră văduvul îndurerat, nu un suspect.

Pe măsură ce vorbeşte, Eddie cel normal, cel cu care sunt obişnuită, începe să-şi recapete culoarea în obraji şi să-şi regăsească vocea. Văd cum practic cealaltă personalitate a lui îl învăluie încet şi subtil ca o carcasă. Sau ca o mască.

Mă priveşte încruntat.

— Hristoase, Jane, îmi pare atât de rău!

— Îţi pare rău?

Păşesc spre el şi îi iau mâinile într-ale mele.

— Pentru ce?

Oftând, Eddie mă trage în braţele lui.

— Pentru că totul e un dezastru nenorocit şi nu vreau să ai de-a face cu aşa ceva. Nu vreau ca tu... nu ştiu... nu vreau să te văd într-o cămăruță, răspunzând la întrebări despre ceva ce s-a întâmplat naibii înainte să mă cunoști.

Îmi închipuiam că m-am speriat deja cum nu se poate mai tare, dar, acum, o nouă teroare mă copleșește. Gura mi se usucă insuportabil când ridic privirea spre el.

— Crezi că o să mă ia la întrebări și pe mine?

— Au menționat deja asta, zice el, neatent. Că trebuie să mă însoțești când mă cheamă pe mine.

Mi-am petrecut ultimii cinci ani ferindu-mă de atenția altora, de întrebări și mai ales de polițiștii. Futu-i, dacă sapă în viața lui Eddie, vor săpa și în a mea. Logodnica lui. Fata care s-a logodit cu el la mai puțin de un an de la dispariția soției.

John, apelul din Phoenix și acum asta. Deja simt dinții unei capcane pregătindu-se să mă înhațe și închid ochii, lipindu-mi fruntea de pieptul lui Eddie și inspirând adânc.

Mâna lui îmi freacă încet ceafa.

— Nu te îngrijora prea tare totuși.

— În niciun caz, răspund automat, dar el îmi zâmbește trist și îmi cuprinde obrazul cu palma.

— Janie, ești albă ca varul.

Îi prind mâna înainte să și-o retragă și o țin lipită strâns de fața mea. Pielea lui e atât de caldă! A mea tot înghețată a rămas.

— E mult pentru tine, știu, îmi zice. Încă încerc să înțeleg ce se petrece. Dar vreau să știi că nu ai de ce să-ți faci griji, în regulă? Nu plec nicăieri și vom trece amândoi prin asta cu bine.

Îmi vorbește pe un ton cald, măsurat, dar nu mă ajută. De fapt, cred că îmi înrăutățește starea, așa că mă dau un pas în spate și îmi trec degetele prin păr.

— Eddie, soția ta a fost omorâtă, rostesc ferm. Nu are cum să fie totul bine. E *imposibil*.

Nu trebuia să se întâmple asemenea lucruri aici. Trebuia să fiu la adăpost, locul ăsta trebuia să fie sigur.

Și chiar dacă Blanche și Bea dispăruseră înainte ca eu să ajung în Thornfield Estates, o parte din mine simte că e și vina mea. Eu am adus necazul? Sordidul, violența? Se agață de mine ca un fel de virus, infectându-i pe toți cei apropiați mie?

E un gând prostesc, egoist, care n-are niciun sens. Dar și mai puțin sens are gândul că Bea și Blanche s-au băgat în ceva ce le-a adus moartea. Cine ar fi vrut să le facă rău? Și de ce?

Și cum de este Eddie atât de calm?

— Știu, e îngrozitor, încuviințează el cu un oftat. Crede-mă, știu.

Închide ochii și își strânge partea de sus a nasului între degete.

— Dar nu e nimic de făcut deocamdată. Îngrijorarea nu va schimba lucrurile.

Îngrijorarea nu va schimba lucrurile. Vreau să îi strig că e al naibii de normal să te îngrijorezi în privința celui care le-a vrut moarte pe soția ta și pe prietena ei cea mai bună, dar ceva mă oprește.

Eddie mă apucă de mâini.

— Concentrează-te asupra nunții, mă îndeamnă. Asupra vieților noastre. Nu asupra acestei chestii.

— Doar că... Nu-mi place deloc poliția, îi mărturisesc.

El se încruntă nedumerit.

— De ce nu?

A vorbit fix ca un bărbat alb și bogat, îmi zic în sinea mea.

Îmi formulez cu mare atenție răspunsul. E un alt moment în care simt că puțin adevăr n-ar strica.

— Am stat în plasament la o familie din Arizona. Nu făceau treaba asta de dragul copiilor, dacă mă înțelegi.

Când îl privesc din nou, ține brațele încrucișate și se uită la mine, cu capul ușor aplecat. Atitudinea lui când ascultă ceva cu atenție.

— În fine, când aveam 16 ani, au crezut că fur de la ei și au chemat poliția.

Chiar furam de la ei, dar, pentru că foloseau banii primiți de la stat numai pentru ei, în loc să aibă grijă de mine și de ceilalți doi copii, nu mi s-a părut cine știe ce scofală.

— Polițistul pe care l-au trimis era un prieten de-al tatălui meu de atunci, așa că m-au dus la secție și a fost...

Îmi amintesc cum am stat acolo, adulmecând mirosul de cafea arsă și de Pine-Sol și tremurând din toate încheieturile. Eram atât de mânioasă, că abia puteam să deschid gura. Dar lui Eddie nu-i pot povesti despre furie. Nu ar înțelege.

— A fost înfricoșător, rostesc într-un târziu. Și bănuiesc că n-am trecut niciodată peste momentul respectiv.

Nu e povestea întreagă, desigur. Nicio vorbă despre Jane cea reală. Sau despre ultima noapte în Phoenix.

Însă el nu trebuie să știe toate astea.

Eddie scoate un sunet de nemulțumire, își desface brațele și mă îmbrățișează din nou.

— Dar ce se întâmplă acum n-are nicio treabă cu mine, spun și îmi las capul pe spate ca să mă uit în ochii lui. Îmi pare rău.

— Prostii, mă liniștește el, sărutându-mă pe frunte. Și nu-ți face griji. Bea și Blanche s-au dus. Nu schimbă cu nimic situația noastră.

Dar, când îmi dă drumul și se întoarce, îi zăresc mâna dintr-o parte. Strânge și desface pumnul ritmic.

19

Caserolele cu mâncare încep să apară chiar de a doua zi. Mai întâi, vine Caroline McLaren cu pui Divan și o îmbrățișare caldă.

— Dumnezeule, treaba asta e pur și simplu *oribilă*, îmi zice, înainte să bată cu degetele în folia ce acoperă tava din sticlă. Să nu o bagi la mașina de spălat.

Emily și Campbell întârzie doar două ore. Aduc trei pungi mari de hârtie pline cu produse cumpărate de la magazinul gourmet din sat, locul unde se vând preparate fițoase, care pot trece cu ușurință drept gătite de tine.

În timp ce bag toate recipientele învelite în folie în congelator, Emily și Campbell stau la masă, sorbind din cafelele cu gheață pe care le-au adus cu ele. Ce păcat, tare aș fi vrut să beau ceva astăzi. Știu că sunt nerăbdătoare să-mi pună un milion de întrebări și mi-ar prinde bine o tărie.

— Cum se simte Eddie? întreabă Emily când închid congelatorul și mă întorc spre ele.

Afară, a început să plouă și îmi amintesc de ziua în care l-am cunoscut pe Eddie, cu cerul ei gri și cu drumurile alunecoase.

— Nu prea bine, răspund. Cred că e încă în șoc.

— Și noi, la fel, spune Campbell, jucându-se cu paiul din pahar. Adică... nu ne-am închipuit nicio clipă că ele au fost *omorâte*. N-am cunoscut pe nimeni care să fie ucis.

Pentru prima dată, bag de seamă că are ochii roșii și că Emily nu s-a machiat deloc. La naiba!

Fir-ar al dracului!

Eram atât de sigură că veniseră aici ca să sape după mizerii, încât uitasem că Bea și Blanche fuseseră, totuși, prietenele lor. Două femei pe care le iubiseră și ale căror decese păruseră tragice, dar puse pe seama unui accident. Când au aflat că fuseseră omorâte, probabil că s-au simțit îngrozitor și iată-mă și pe mine bănuindu-le că nu vor decât să bârfească.

— Voi două cum vă simțiți? întreb, sprijinindu-mă de marginea blatului, iar ele se uită una la alta.

— Ah, scumpo, nu e vorba despre noi, spune Emily, dând din mână.

— Totuși, nu grozav, adaugă Campbell.

Se privesc din nou și Emily oftează încuviințând din cap.

— Sunt multe de asimilat. Cineva le-a vrut moarte, o idee oribilă, plus faptul că poliția a început brusc să dea târcoale, să pună întrebări...

Începe să-mi devină prea familiară senzația de gol în stomac și de val rece ca gheața care mă copleșește ori de câte ori o informație nouă și urâtă este dezvăluită.

— Vă chestionează și pe voi?

Campbell oftează când se îndreaptă de spate.

— Încă nu, dar am o întâlnire programată cu ei săptămâna asta, mai târziu. Em?

Emily încuviințează din nou.

— Da, vineri.

Mi le imaginez stând la secție și răspunzând la întrebări despre Blanche și despre Bea.

Și despre mine.

Pentru că detectivii sigur le vor întreba, nu? De unde vin, cât de repede a început relația mea cu Eddie.

Vor verifica dacă am fost în zonă vara trecută și, brusc, vreau să plece amândouă, vreau să mă ghemuiesc pe canapea până când totul va dispărea cumva prin magie.

Însă Emily se apleacă peste masă și îmi strânge mâna.

— Urăsc faptul că trebuie să treci prin toate astea.

Primul impuls este să mârâi la ea, să caut pe chipul ei un semn că îi place de fapt situația, dar, când o privesc, nu zăresc nimic de acest gen. Mă privește cu simpatie și cu căldură și îmi amintesc toate momentele când serveam prânzul la mese, trăgând stânjenită de tivul tricoului cu Salvation Army, știind că nu conta despre ce pantofi vorbeau oamenii sau ce CD-uri doreau să-și cumpere, eu oricum nu aveam să mi le permit niciodată.

Întotdeauna am crezut că nu-mi doresc decât bani, dar, văzând-o pe Emily acum, știu că și asta îmi doresc. Oameni cărora să le pese de mine. Care să mă accepte.

Și, deși e ciudat ca la balamuc, dintre toți oamenii din lume, tocmai soțiile Stepford[1] m-au primit cu brațele deschise.

Le sunt recunoscătoare.

— Mulțumesc, răspund, strângându-i mâna la rândul meu.

Telefonul meu începe să sune și, când arunc o privire spre el, atât Emily, cât și Campbell se ridică în picioare.

— Răspunde, iubito, mă îndeamnă Emily. Noi plecăm și nu e nevoie să ne conduci.

Le aud cum ajung la ușa de la intrare și mă uit pe ecranul mobilului.

Un număr cu 205, ceea ce înseamnă Birmingham.

Poate fi chiar și poliția.

Dacă ar fi găsit ceva rău, ar fi fost deja aici, îmi zic și ating cu degetul ecranul ca să răspund. *Fii normală. Fii calmă.*

— Alo!

Vocea mă trădează ușor la vocala finală.

— Jane!

Nici poliția, nici doamna detectiv Laurent. E javra de John Rivers.

— Ce vrei?

Parcă îl și văd rânjind.

---

[1] Referire la filmul *The Stepford Wives* – „Neveste perfecte" (n. tr.).

— Și mie îmi pare bine să te aud.

— John, chiar nu..., încep, dar el mă întrerupe.

— Știu că ești ocupată cu ceea ce fac nevestele acolo, în Mountain Brook, așa că voi fi scurt. Biserica strânge bani pentru un nou sistem audio și m-am gândit că ai vrea și tu să contribui.

Sunt încă atât de zguduită de tot ce se întâmplă, că, la început, nu văd amenințarea din spatele cuvintelor. Creierul meu are nevoie de câteva secunde ca să le proceseze și să le înțeleagă semnificația.

— Am crezut că suntem chit după ce ne-am văzut ultima oară, răspund, strângând cu putere marginea mesei.

John nu îmi dă o replică rapidă și îl aud cum înghite ceva. Mi-l închipui în bucătăria apartamentului său, bând Mountain Dew și îmi stăpânesc fiorul de scârbă, fiindcă tipul ar fi trebuit să nu mai existe în viața mea. Se presupunea că puteam să uit de el, dar el continua să-și facă simțită prezența întruna, cea mai jalnică fantomă din lume.

— Păi, da. Dar detectivul ăla din Phoenix a sunat din nou și m-a deranjat foarte tare, Jane. Aveam de gând să-l ignor, dar apoi am văzut în ziar că tu și prietenul tău v-ați logodit.

Fir-ar! Nu auzisem niciodată de oameni care-și anunță logodna, dar Emily se ocupase în numele nostru, susținând că „așa procedează toată lumea".

Și o lăsasem pentru că voiam să fiu și eu ca toată lumea.

— Atunci mi-am zis în sinea mea că, dacă Jane tot se mărită cu unul cu bani, probabil că i-ar plăcea să mă ajute. Să mă răsplătească pentru că am primit-o la mine în casă.

O altă pauză.

— Și pentru că îi păstrez secretele.

— Știi un rahat despre secretele mele, John, îi răspund furioasă, dar în șoaptă.

— Dar știu că ai secrete, adaugă el iute. Și cred că e suficient.

La fel ca atunci, în parcare, simt cum mă sufoc, ca și cum cineva m-ar strânge de gât cu un ștreang. Îmi doresc să nu-l fi cunoscut niciodată pe John Rivers, să nu fi fost niciodată atât de disperată încât să-i trimit un mesaj pe Facebook, din biblioteca din Houston, acum doi ani. Îmi doresc să nu-i fi acceptat oferta de a sta cu el.

Dar, dacă nu aş fi procedat aşa, nu aş mai fi aici acum. Nu l-aş fi întâlnit pe Eddie.

Pe Eddie, cu soţia lui ucisă cu tot.

Scrâşnind din dinţi, îmi plec fruntea, apăsându-mi un ochi cu dosul palmei.

— Cât vrei?

— 2 500.

Tresar, chiar dacă ştiu că e o sumă mică pentru Eddie. Probabil că nici n-ar observa lipsa lor.

— De preferat, cash, continuă John, iar adresa ţi-o aminteşti.

Încuviinţez din cap, deşi nu mă vede.

— Îi trimit prin poştă săptămâna asta, spun şi aproape că îi aud rânjind.

— Eşti o sfântă, Jane. Biserica îţi va aprecia gestul.

— Să nu mă mai suni niciodată. Am terminat definitiv.

— Nici măcar ca să văd ce mai faci? Ca prieten?

— Noi doi nu suntem prieteni, răspund şi închid telefonul cu degetele tremurându-mi.

Poliţia îmi pune întrebări. John îmi cere bani.

La mijloc, sunt eu. Şi secretele mele.

20

IUNIE

— Ar trebui să mergem la lac în weekend.

Stau la masa din bucătărie, răsfoind altă revistă pentru mirese, când Eddie îmi propune asta pe un ton lejer, în timp ce își toarnă cafea.

A trecut o săptămână de când Tori Laurent a apărut acasă la noi și, cum nici eu, nici el nu am mai pomenit de asta, vizita ei plutește între noi, ca o a treia prezență permanentă.

Iar acum, Eddie vrea să mergem la lac? În același loc unde Blanche și soția lui au murit? Pardon, unde au fost *omorâte*?

— La casa de acolo? întreb fără rost.

El zâmbește ironic.

— Asta e ideea, da. Ar fi frumos să mai ieșim din oraș puțin. Și n-ai văzut niciodată casa.

Pentru o vreme, rămân încremenită de uimire, păstrând tăcerea. În cele din urmă, spun:

— Ești sigur că e o idee bună?

Eddie mă fixează cu privirea. Încă surâde și postura lui e relaxată. Cumva mă sperie mai tare decât dacă l-aș vedea furios.

— De ce n-ar fi?

Am senzația că mă provoacă. Nu, *chiar* mă provoacă. Vrea să mă audă întrebând cu voce tare despre ancheta poliției. Oare se întreabă dacă m-a speriat vizita polițistei, dacă îl bănuiesc de lucruri necurate? Ca să fiu sinceră, nu știu ce să mai cred. Pe de altă parte, am bizara convingere că lacul mi-ar putea oferi ceva claritate.

— OK, zic. Să mergem la lac.

Plecăm vineri după-amiază, după ce Eddie termină munca mai devreme. Drumul cu mașina până la lacul Smith durează cam o oră de la casa din Mountain Brook și e frumos, purtându-ne departe de suburbii, prin părțile mai rurale ale Alabamei. Dealurile se ondulează blând, iar cerul e albastru senin.

Ne oprim într-un orășel numit Jasper ca să luăm prânzul. Eddie se simte în largul lui atât la un local oarecare cu barbecue, cu mese din plastic și cu role de prosoape din hârtie în loc de șervete din pânză, cât și la restaurantul franțuzesc cochet din sat. Îl privesc cum mănâncă un sandvici cu mult sos, fără să scape nicio picătură pe cămașa lui albă ca neaua. Izbucnesc în râs, scuturând din cap.

— Te potrivești în orice loc, îi spun.

Se uită la mine întrebător.

— E un compliment? mă chestionează.

Chiar așa am intenționat să fie. Dar, nu pentru prima dată, îmi vine în cap trecutul lui. Rareori vorbește despre el, de parcă ar fi răsărit în lume, gata maturizat, când a întâlnit-o pe Bea.

— Nu, dacă voiam să te complimentez, ți-aș fi spus cât de sexy arăți cu sosul de barbecue prelins la colțul buzelor.

Zâmbește și îmi face cu ochiul.

— Așadar, crezi că sunt sexy.

Dau din umeri și lovesc cu paiul felia de lămâie din ceaiul meu dulce.

— În cele mai multe zile, ești decent, dar acum, da.

Asta îl face să râdă și aruncă spre mine șervețelul mototolit.

— De-aia te iubesc, Jane. Nu mă lași să mi se urce la cap.

Deși ar fi o prostie cât casa de mare, aproape că vreau să-i spun numele meu real. Doar ca să-l aud rostindu-l.

În schimb, termin de mâncat și ne înapoiem la mașină. Nu mai avem mult de mers.

Șoseaua șerpuiește sub umbra copacilor, iar lacul strălucește în depărtare. Sunt o grămadă de case, dar, pe măsură ce înaintăm, se răresc până când nu mai rămân decât pădurea, lacul și, după ce Eddie cotește la un moment dat, casa lui.

Nu e la fel de mare ca vila din Thornfield Estates și clar a fost construită ca să *arate* ca o cabană rustică, genul de loc unde îți aduci copiii să pescuiască, dar tot e impresionantă și simt cum moleșeala de după prânz începe să se risipească.

E atât de liniște aici! Un spațiu atât de izolat!

Și locul în care Bea și-a petrecut ultimele ore din viață.

Când scoate gențile din portbagaj, cred că și Eddie simte ceva asemănător, fiindcă e destul de tăcut și nu-mi spune decât:

— Codul de intrare e același ca acasă.

6-12-85. Ziua de naștere a lui Bea.

Îl tastez pe ecran, la intrare, și pășesc înăuntru.

Și mai multe asemănări cu casa lui Eddie - cu casa *noastră*. Casa e decorată cu lucruri scumpe, dar e proiectată să locuiești în ea confortabil. Lemn mai întunecat, mobilă mai întunecată, întregul spațiu e mai mult masculin și mai puțin... Bea.

Așa cum stau lângă ușa masivă de la intrare, probabil că pe chipul meu se citește surprinderea, fiindcă, atunci când trece pe lângă mine cu lucrurile noastre, Eddie mă întreabă:

— Ce e?

— Nimic, doar că...

Această casă seamănă foarte mult cu el. Chiar dacă Bea a murit aici, fantoma ei nu pare atât de prezentă.

— E un loc... foarte bărbătesc, rostesc într-un târziu.

Văd cum i se ridică un colț al buzelor, în timp ce aruncă geanta din piele pe canapeaua din stofă ecosez, albastru cu verde.

— Cabana a fost cadoul de nuntă al lui Bea pentru mine, spune el. Așa că m-a lăsat s-o decorez.

Un alt zâmbet, de data asta strâmb.

— Așa că am spus da la tot ce a ales ea.

Așadar, mâna lui Bea se vede și aici, doar că e versiunea ei despre ceea ce credea că i-ar plăcea lui Eddie. Sau ce ar fi trebuit să-i placă.

Mă duc în living, urmărind totul prin ochii ei, imaginându-mi cum îl vedea ea pe Eddie. Chiar dacă e o casă pe malul lacului, și nu la ocean, remarc o temă marină. Picturi cu goelete, decorațiuni din frânghie groasă, ba chiar și un ceas Chelsea vechi pe perete.

— Am lucrat pe bărci cu vele când eram mai tânăr, în nord. Vase de croazieră în Bar Harbor, genul ăsta de lucruri, zice el, arătând cu o mișcare din cap spre peisajul marin de deasupra șemineului. Bănuiesc că Bea voia să-mi amintească.

— Pentru că ți-a plăcut sau pentru că nu?

Întrebarea îmi scapă de pe buze înainte să-mi dau seama că e o prostie și că poate dezvălui multe lucruri.

Tresare și capul i se dă ușor pe spate, de parcă întrebarea ar fi fost o lovitură fizică, și mă privește printre gene.

— Adică?

Simt cum mă înroșesc până în vârful urechilor. Dau din umeri și mă joc nervoasă cu marginea unui covor.

— Nu mi-ai pomenit niciodată de asta, așa că am crezut... poate încercai să uiți? La trecut mă refer. Poate că un obiect care să-ți reamintească de trecut nu a fost un gest tocmai frumos.

— Crezi că Bea era o astfel de cățea? mă întreabă.

Dumnezeule, chiar am dat-o în bară!

— Bineînțeles că nu.

Spre surpriza mea, el râde și scutură din cap.

— Nu te pot învinovăți. Îmi închipui că ai auzit tot felul de mizerii cât ai lucrat în cartier.

Mă simt ușurată că nu-mi consideră întrebarea foarte ciudată și că mă înțelege totodată. Poate nu sunt eu mereu sinceră cu Eddie, dar el tot reușește să-mi ghicească uneori și aceste părți negative și îmi place.

Mă face să cred că, deși am jucat un anumit rol, el a izbutit să mă vadă pe mine, cea reală.

— A fost o prostie din partea mea oricum, îi spun acum, apropiindu-mă de el.

Peste umărul lui, zăresc o ușă de sticlă care dă spre o verandă închisă; dincolo de ea, coboară o peluză verde, urmată de un ponton îngust și de lacul întunecat. La ora asta, soarele trimite mici scântei aurii ce dansează pe suprafața apei.

E greu de crezut că apa aceasta frumoasă, strălucitoare, i-a luat viața lui Bea. Și a lui Blanche. Și mai greu de crezut este că Eddie ar vrea să fie atât de aproape de ea din nou. Cum să stăm aici la noapte, să bem vin și să *nu* ne gândim la asta?

Însă Eddie mă lovește cu palma peste fund, împingându-mă spre holul ce pornește din living.

— Du-te înainte și aranjează-te, iar eu o să despachetez cumpărăturile.

Dormitorul principal nu e nici pe departe la fel de mare precum cel de la Thornfield, dar e drăguț, intim și comod, la fel ca restul casei. Pe pat, e o cuvertură în nuanțe albastre, iar fotoliul mare așezat lângă fereastră are o vedere bună spre lac.

Mă așez în el și privesc apa.

După douăzeci de minute, tot nu văd pe nimeni.

Nicio barcă, niciun un skijet, niciun înotător. Nu aud decât clipocitul valurilor mici, care se lovesc de ponton, și vântul printre frunzele copacilor.

Când ies din cameră, Eddie toarnă vin în două pahare.

— E foarte liniște aici, îi spun.

El încuviințează, uitându-se spre ușa din spate, care dă spre lac.

— De aia am și ales-o, îmi răspunde și oftează adânc. M-a scos din minți. După Bea.

Ridic privirea, surprinsă. Nu mă așteptam să o pomenească din nou după gafa mea de mai devreme.

— Liniștea, continuă el. Când mă gândesc la noaptea aceea și la cât de liniște trebuie să fi fost, cât de întuneric...

Eddie nu-și dezlipește privirea de lac.

— Știi, e foarte adânc în larg. Cel mai adânc lac din Alabama.

Nu știam asta și nu spun nimic. Nici măcar nu sunt sigură că vorbește cu mine, sinceră să fiu. Parcă ar discuta cu el însuși, holbându-se la suprafața apei.

— Au inundat o pădure ca să-l facă, adaugă el. Sunt copaci sub apă. Înalți. În unele locuri, au și 18 metri. O ditamai pădurea sub apă. De aceea au crezut că n-o vor găsi niciodată. Au crezut că era undeva, prinsă în copaci.

Imaginea îmi stăruie în minte. Bea, cu pielea ei albă, cu trupul captiv între ramurile încâlcite ale pădurii subacvatice. E atât de îngrozitor, încât scutur din cap. Mă întrebasem de ce fusese oare atât de greu să le găsească trupurile, iar acum, că știam, mi-aș fi dorit să nu fi aflat niciodată.

Mi-aș fi dorit să nu fi venit aici.

Un mușchi zvâcnește pe maxilarul lui Eddie.

— În fine...

— Îmi pare rău, zic, masându-i ușor spatele. Dacă e prea mult...

— Nu, mă întrerupe el, după care ia o gură de vin. Nu.

De data asta, a vorbit ferm.

— Am iubit locul ăsta, ea a iubit locul ăsta și o amintire urâtă nu-l poate păta o veșnicie.

Vreau să subliniez că nu e doar o amintire urâtă - e vorba de moartea soției lui, de moartea unei prietene apropiate, însă imediat, vorbele lui se cristalizează în mintea mea, tăindu-mi răsuflarea.

O amintire urâtă.

Eddie nu a fost aici în noaptea aia. Nu are cum *să-și amintească.*

OK, nu, mă port prostește. Așa vine vorba, nu s-a referit chiar la o amintire reală, ci doar la *gândul* că tot ce se întâmplase aici reprezenta o amintire urâtă. Nu?

Însă vocea îmi tremură când întreb:

— Ai mai fost aici de atunci?

Eddie nu-mi răspunde imediat.

— O dată.

E tot ce îmi spune, apoi se răsucește pe călcâie.

— Hai să mâncăm în oraș, diseară. De partea cealaltă a lacului, au un restaurant grozav.

Trece pe lângă mine, îndreptându-se spre dormitor, lăsându-mă tăcută, în timp ce privesc soarele care luminează lacul.

21

Cina e plăcută. Un local cu specific pescăresc, cu un decor relativ kitsch și cu ghirlande de beculețe de Crăciun încă atârnate peste tot. Însă mâncarea e bună și Eddie pare mai relaxat, așa cum fusese mai devreme, înainte să ajungem la casa de lângă lac.

Nu mai vorbim despre Bea, ci doar despre noi și, pe drum, când ne întoarcem acasă după apusul soarelui, Eddie se întinde să mă ia de mână și să-mi mângâie degetele.

Însă, cu cât ne apropiem de casă, cu atât îl simt mai tensionat și, după ce intrăm, sfârșim prin a ne uita la televizor și a bea și mai mult vin. Poate prea mult în cazul meu, deoarece, când mă bag în pat, aproape de miezul nopții, capul mi se învârte și mă simt încinsă și transpirată. Iar când Eddie încearcă să mă cuprindă cu brațul, mă feresc de el.

Cad într-un somn adânc imediat și, când mă trezesc, sunt singură.

Stau nemișcată o clipă, cu mâna întinsă peste locul unde ar fi trebuit să doarmă Eddie. Așternutul e cald încă.

Apoi, aud un zgomot în living.

Ceva parc-ar zgâria parchetul. Gura mi se usucă brusc și nu doar din cauza alcoolului.

Când îl aud din nou, mă dau jos din pat.

Ies din dormitor, cu ochii arzând și destul de amețită. Eddie stă pe vine în living, privind podeaua.

— Eddie?

Tresare puternic.

— Hei, spune el, sărind în picioare.

Poartă aceiași boxeri cu care s-a culcat, e desculț și, deși în casă e frig acum, pare acoperit de sudoare.

— Ce faci? îl întreb.

Șovăie. Ezitarea e scurtă, abia sesizabilă, dar eu o simt. În același moment, el începe să zâmbească timid, ducând mâna la ceafă. Însă, înainte să-și vină în fire, îi zăresc în ochi sclipirea de enervare. L-am deranjat.

Eu.

Fiindcă îl văd. Fiindcă îl întrerup.

— Iartă-mă, zice. N-am vrut să te trezesc, dar mi-am amintit că, mai devreme, am scos de pe inelul cu chei cheia de la adăpostul pentru barcă și nu-mi mai aminteam unde am pus-o. M-am întrebat dacă nu cumva am scăpat-o pe jos. Știi când încerci să dormi și un lucru mărunt nu-ți dă pace?

Știam. Ce amuzant cum dispariția viitorului tău soț din pat, în creierii nopții, te aduce exact într-o astfel de situație.

— Și ai găsit-o? întreb, prefăcându-mă mai adormită decât sunt.

Dar știu că minte. Secunda aceea de furie din ochii lui, momentul acela în care clar și-ar fi dorit să nu mă fi dat jos din pat și să nu-l fi descoperit.

Mă speria.

Eddie mă speria.

— Nu, spune el. Probabil că e pe alee. O să verific mâine.

Îl văd cum mă cercetează. Port un tricou larg care îmi atârnă până la genunchi. N-am făcut sex când ne-am băgat în pat și îi surprind interesul brusc în ochi.

M-aș putea folosi de asta, să-i zâmbesc la rândul meu și să-i trântesc o replică siropoasă cum că i-aș oferi ceva care să-l ajute să doarmă.

În schimb, mă răsucesc pe călcâie și mă îndrept spre dormitor.

Mai târziu, când stau întinsă lângă el, nu-mi iese din cap expresia lui și mă întreb dacă măcar există o cheie pentru adăpost.

— Ai scos bani din cont?

Stau pe ponton în următoarea după-amiază, privind apa. Practic, asta am făcut toată ziua. Am dormit până târziu și am citit de când m-am trezit, străduindu-mă să ignor felul în care Eddie se tot învârte pe lângă casă atunci când crede că nu sunt atentă.

Soarele îmi arde umerii, dar mă ia cu frig când mă întorc și dau cu ochii de el. Poartă costum de baie, are privirea ascunsă în spatele ochelarilor de soare lucioși și se uită încruntat în jos, spre telefon.

Futu-i. Credeam că m-am descurcat bine cu banii lui John, scoțând 300 de dolari de la un bancomat din sat, primind 100 de dolari rest la băcănie, împărțindu-i pe parcursul câtorva zile ca să nu vadă ieșind din cont o sumă mare de bani. Cum naiba a observat?

Încă mă privește, așteptând.

— Chestii pentru nuntă, spun și dau din mână, chiar dacă adevărul e că n-am făcut nimic pentru nuntă decât să admir niște rochii. Habar n-ai pentru câte lucruri trebuie să dai un avans.

Eddie încuviințează din cap, dar adaugă:

— De fapt, am. M-am mai însurat o dată, nu?

Eddie zâmbește în stilul lui specific, care îi adâncește gropițele, dar sesizez o oarecare încordare și, brusc, îmi amintesc că exact așa îi zâmbea lui John în după-amiaza când m-am dus la apartament să-mi iau lucrurile.

Mie niciodată nu mi-a zâmbit așa.

— Normal, răspund, chicotind oarecum jenată. Tu știi totul despre lucrurile astea. În orice caz, mi s-a părut mai simplu să folosesc cash. Am vrut să-ți spun, dar excursia mi-a distras atenția.

Încerc să-i arăt fața mea bosumflată, dar el deja e cu ochii în telefon din nou.

— Am priceput. Ideea e că băncii i s-a părut suspect și a înghețat contul.

Mă înroșesc până în vârful urechilor. Și eu, care credeam că sunt isteață și subtilă! Banca, în schimb, n-a văzut decât un nenorocit de hoț ordinar.

— Rahat! exclam. Îmi pare rău.

— Nu-i nimic, zice el, dând din mână. O să-i anunț că sumele scoase sunt corecte și situația va reveni la normal. Doar că...

Ridică din nou privirea spre mine.

— Folosește cardul de credit pe care ți l-am dat, OK?

— Sigur.

Eddie încuviințează din cap și se duce înapoi în casă, în vreme ce eu rămân acolo, roșie ca racul, cu un gol în stomac și aproape tremurând.

Seara, ieșim din nou la cină, dar, de data asta, nu mai beau atât de mult. Din păcate, nu contează. Niciunul dintre noi nu se poate relaxa și am senzația că Eddie mă urmărește cu aceeași atenție cu care îl urmăresc eu. Când îmi sugerează să plecăm devreme duminică, accept imediat. Locul ăsta îmi dă fiori.

Plecăm înainte de nouă și, când mă așez pe scaunul din dreapta, îmi spun în sinea mea că nu mă voi mai întoarce niciodată aici, că vom vinde casa și vom cumpăra ceva nou.

— Ar trebui să iau altă barcă, zice Eddie când ne îndepărtăm, lăsând casa și lacul în urmă.

Își așază o mână pe genunchiul meu și mi-l strânge.

— Ți-ar plăcea?

Tripp Ingraham se ițește în mintea mea, cu coșul pe braț, strâmbându-se. Alung imaginea cu un efort și mă forțez să-i zâmbesc lui Eddie.

— La nebunie.

22

În următoarele două săptămâni, nu mă pot gândi decât la felul bizar în care s-a învârtit Eddie în jurul casei de lângă lac și mă trezesc că fac același lucru în Thornfield Estates. Merg pe holuri, verific toate camerele peste care dau, merg apăsat de la un capăt la altul.

Stau în fața ușilor închise.

Pentru prima dată de când am început să mă văd cu Eddie, mă simt singură.

Îmi închipui cum mă întâlnesc cu Emily sau cu Campbell, mergând prin cartier și încep: „Hei, fetelor, Eddie m-a dus la casa de lângă lac unde a murit soția lui. Ciudat, nu?“

La dracu'!

Dar oamenii încă bârfesc, știu sigur.

Când reușesc totuși să plec de acasă, chiar dacă doar până la Roasted pentru o cafea, aud două femei pe care nu le cunosc discutând despre Bea.

Sunt două doamne în vârstă, care stau la o masă, lângă fereastră; una are mobilul în mână.

— Am comandat lucruri de pe site-ul ei la fiecare Crăciun, îi spune prietenei sale. Era o scumpete de femeie.

Mă dau mai aproape și o aud pe cealaltă zicând:

— Soțul ei a fost, știi și tu.

— Îhî, încuviințează prima, vorbind în șoaptă. Întotdeauna e soțul.

Dar *care* soț? Sunt doi implicați aici și unul sigur e pe cale să devină soțul *meu*.

Apoi, doamna cu telefonul adaugă:

— Ce păcat că a fost prinsă în chestia asta! Știi că așa s-a întâmplat. Probabil că n-a vrut să le ucidă pe amândouă, dar, cum erau împreună acolo...

— Și ce-ar fi putut face? întreabă prietena ei. Era singura opțiune.

De parcă „a ucide pe cineva“ e ca și cum ai spune „sigur, Pepsi e OK“ când tu vrei să comanzi Cola de fapt.

Ce javre de oameni!

Continui să ascult, încercând să pricep dacă se referă la Tripp sau la Eddie, la Bea sau la Blanche, așa că barmanul trebuie să strige „Latte cu soia și alune pentru Jane?“ de trei ori înainte să-mi amintesc că *eu sunt* Jane.

Nu mai pot să continui așa.

Trebuie să stau de vorbă cu cineva. Trebuie să știu ce s-a întâmplat acolo, la lacul ăla.

Cartea de vizită a lui Tori Laurent se află încă în geanta mea și mă gândesc să o sun, să o întreb ce mai face și să văd dacă o pot ajuta cu ceva, dar nici măcar eu nu pot să simulez un asemenea nivel de încredere în propria persoană.

Nu, cu cât mai puține contacte cu poliția, cu atât mai bine.

Mă hotărăsc totuși să discut cu o persoană pe care o detest la fel de tare.

Când Tripp mi-a acceptat invitația la prânz, trimisă prin SMS, am rămas ușor surprinsă, dar iată-ne stând în cârciuma satului, cea în care n-am fost niciodată, fiindcă mi s-a părut întotdeauna genul de local pe care numai indivizii ca Tripp l-ar frecventa.

— Sunt sigură că te întrebi de ce te-am invitat la masă, îi spun, alegând atitudinea tipică unei „studente timide“.

Nu mi-am prins părul astăzi, ca să mi-l pot da după urechi nervoasă și, deși nu port blugii și tricourile pe care le purtam mereu când lucram pentru el, am ales o ținută lejeră cumpărată după ce m-am logodit, o rochie bej simplă, despre care știu că nu mă avantajează deloc.

Pufnind, Tripp își ridică sandviciul Rueben și îi mai adaugă niște sos Thousand Island.

— Dă-mi voie să ghicesc, spune el. Cineva ți-a povestit bârfele despre Blanche și despre Eddie și acum vrei să știi dacă e adevărat.

Șocul meu nu are nimic prefăcut. Clipesc nedumerită și mă bâlbâi exact ca școlărița pe care am întruchipat-o de atâtea ori.

— Poftim? rostesc într-un final.

El ridică privirea. Ochii lui Tripp sunt pătrunzători.

— Stai puțin, nu despre asta e vorba?

Se încruntă ușor, lingându-și sosul de pe degetul mare.

— Rahat. Bine. Atunci, care-i treaba? Voiai să ne pierdem vremea împreună?

Iau o gură de bere ca să mai câștig timp. Urăsc sentimentul că n-am niciun control, că toată chestia asta *pusă la cale de mine* s-a dus dracului.

— Am vrut să stăm de vorbă, pentru că știu că treci prin același lucru ca Eddie și doream pur și simplu să văd cum te descurci, ca să fiu sinceră.

Am folosit un ton rece și rănit totodată. M-am uitat fix în ochii lui, după care mi-am ferit privirea. Încă mai pot controla asta, deși nu vreau decât să mă reped peste masă și să-l scutur bine până când îmi spune tot despre Eddie și despre Blanche.

Ceva din aerul superior al lui Tripp se risipește, își pune sandviciul pe masă și ia berea.

— Mda. Era... diferit când am credeam că s-a înecat. Acum... acum e iadul pe pământ.

Dă pe gât aproape jumătate din bere, pune halba pe masă și râgâie în șervet, deloc discret.

— Cum se simte Eddie?

Mă privește intens și văd acum că și el are propriile motive să-mi accepte invitația, iar acestea nu au nicio legătură cu amabilitatea dintre vecini.

— Nu pot să vorbesc în numele lui, răspund grijulie, jucându-mă cu cartofii din farfurie. Dar știu că s-a oferit să coopereze cu poliția. Face orice ca să fie de ajutor.

Ceea ce este adevărat. Eddie s-a dus la secție de două ori ca să răspundă la întrebări, întrebări pe care nu mi le-a descris în detaliu, și mă întreb dacă Tripp nu cumva vrea să afle exact asta: cât de multe a mărturisit Eddie, ce anume spune... Nu pentru prima dată mă întreb dacă nu e mai periculos decât mi-am închipuit să mă întâlnesc cu el. Și nu doar pentru că ne-ar putea vedea cineva.

Tripp bate darabana cu degetele pe masă, încuviințează din cap, dar cade pe gânduri. Stăm așa, într-o tăcere îngrozitoare, prea mult timp. În sfârșit, el e cel care vorbește primul.

— N-a fost nimic. Între Blanche și Eddie. Doar obișnuitele noastre amabilități idioate, tipice cartierului. Firma lui Eddie avea o lucrare acasă la noi, eu aveam treabă, așa că am lăsat-o pe Blanche să se ocupe. Au petrecut mult timp împreună, dar eu și Blanche ne înțelegeam bine. Sincer să fiu, chiar dacă aș fi crezut că mă înșală, în niciun caz n-ar fi trădat-o pe Bea.

Se strâmbă înainte să adauge:

— Deși Bea n-a meritat niciodată o asemenea loialitate, dacă e să-mi ceri mie părerea, însă...

Vocea i se stinge, așa că îl presez puțin.

— Mi-ai zis că Bea... s-a inspirat mult de la Blanche.

— Practic i-a luat toată viața, dar amândouă au sfârșit în același loc, nu? Pe fundul căcatului ăluia de lac Smith.

Tripp înclină capul și oftează.

— În orice caz, dacă Emily Clark, Campbell sau oricare dintre boarfele alea încearcă să-ți spună că Eddie și Blanche și-o trăgeau, să știi că sunt doar bârfe. Probabil că muierile își doreau să fie adevărat, având în vedere că n-am fost niciodată prea popular în ochii lor.

Îmi dau seama că nu mai am ce să scot de la Tripp. A alunecat din nou în brațele amărăciunii și, când comandă încă o bere, îmi verific ceasul cu gesturi exagerate.

— Ah, la naiba, am o programare la coafor, îi zic.

— Firește că ai.

Tonul lui e sarcastic, dar nu insistă și, când încerc să las o bancnotă de 20 de dolari care să-mi acopere consumația, el îmi face semn să nu.

Întoarsă acasă, mă duc la computer și intru pe pagina de Facebook a lui Emily, ca să caut poze cu Blanche și cu Eddie, dar nu găsesc nimic. Nici pe pagina lui Campbell nu am mai mult succes. Și, deși Blanche e clar etichetată în câteva fotografii, linkul către profilul ei nu funcționează. Presupun că cineva din familia ei l-a dezactivat.

Am făcut o asemenea fixație pentru Bea, că nu mi-a trecut niciodată prin cap să o analizez cu atenție și pe Blanche.

Acum pare o greșeală.

Eddie vine acasă foarte târziu. Eu sunt în cadă, cu clăbucul până la bărbie, dar îl aud cu mult înainte să-l văd – ușa de la intrare descuiată, pașii pe hol, ușa de la baie deschizându-se.

Apoi apare în prag, se sprijină de perete și mă privește.

— Ai avut o zi bună? îl întreb.

În loc să-mi răspundă, îmi pune și el o întrebare.

— De ce ai luat prânzul cu Tripp Ingraham azi?

Surprinsă, mă ridic puțin și apa clipocește. Îmi place de mor cada asta, atât de adâncă și de lungă, că aș putea sta la orizontală în ea dacă aș vrea, dar acum îmi doresc să nu fi fost în ea, goală și vulnerabilă. De obicei, diferența de mărime dintre noi mă excită. Eddie e zvelt, dar vânjos – are ditamai mușchii, de genul celor pe care îi obții atunci când depui muncă fizică, nu când te duci la sală. Mă face să mă simt și mai mică și mai plăpândă decât sunt.

Însă, pentru prima dată, îmi dau seama ce ușor i-ar fi să mă rănească. Să mă copleșească fizic cu forța lui.

— De unde știi? întreb și îmi dau seama pe loc că am greșit.

Eddie nu se încruntă, dar face chestia aia din nou. Se forțează să pară relaxat, de parcă această conversație nu înseamnă mare lucru pentru el, deși practic zvâcnește din cauza încordării.

— E un oraș mic și, crede-mă, oamenii s-au dat peste cap să-mi spună că te-au văzut în oraș cu el. Mulțumesc, totuși. SMS-urile primite au fost de-a dreptul amuzante.

Enervată, mă ridic în picioare și mă întind spre prosopul care atârnă lângă cadă.

— Chiar crezi că mă interesează vreun pic Tripp Ingraham?

Oftând, Eddie se întoarce.

— Nu, admite el, dar trebuie să te gândești la cum par lucrurile din afară. Mai ales acum.

Se îndreaptă spre dormitor și eu rămân aici, încă goală, ținând prosopul în mână, cu apa picurând pe jos, uitându-mă după el.

Am muncit atât de mult să-i prezint o anumită versiune a mea lui Eddie, tuturor... Dar acum izbucnesc.

— Cum *par*? repet.

Dau să-l urmez, trăgând prosopul după mine.

— Nu, Eddie, nu m-am gândit la cum par.

— Normal că nu te-ai gândit. Ia să vedem, nu te-ai gândit nici la cum *pare* dacă logodnica mea îi dă o grămadă de bani tipului cu care a locuit.

Încremenesc, am un gol în stomac. Sunt prea zguduită ca să încerc să mint.

— Poftim?

Eddie mă privește cu o expresie pe care nu o cunosc.

— Credeai că nu știu, Jane? Nu ți-a trecut nicio clipă prin minte să vii la mine?

Cum? Cum dracului aflase? Prima dată când i-am dat bani, erau ai mei. A doua oară, da, erau banii lui Eddie, dar manevrasem lucrurile cu grijă. Fusesem foarte atentă.

— M-a sunat și pe mine, spune Eddie, punându-și mâinile în șold și înclinând capul. Mi-a înșirat niște baliverne cu niște oameni din Phoenix care te caută.

Așa ceva nu se întâmplă; n-are voie să știe. Nu mai pot respira.

— Ți-a zis de ce? întreb cu vocea gâtuită.

Eddie se uită din nou la mine cu asprime.

— N-am întrebat, l-am zis să se ducă dracului, adică exact ce ar fi trebuit să faci și tu când te-a sunat.

Se apropie de mine atât de mult, încât simt căldura radiată de corpul lui. Nu mă mișc și nici măcar nu mă înfășor cu prosopul. Îl țin între mâini și tremur din toate încheieturile și nu doar din cauza frigului.

— Asta faci când oamenii te amenință, Jane. Când încearcă să-ți facă zile fripte. Nu cedezi în fața lor, nu le dai ce vor, ci le reamintești că tu ai controlul, tu ești cea care stabilește regulile.

Se întinde și mă apucă de umeri. Pentru prima dată de când îl cunosc, mă încordez sub atingerea lui.

El simte și colțurile buzelor îi coboară, dar nu îmi dă drumul.

— Nu mă interesează deloc că nu știu cine din Phoenix se chinuie să dea de tine. Nu îmi pasă decât că, atunci când a venit la tine cu rahatul ăsta, nu ai avut suficientă încredere în mine ca să-mi spui.

Nu știu ce replică aș putea să-i ofer, așa că stau în picioare, cu privirea plecată, dorindu-mi să mă lase în pace, să plece. Într-un târziu, Eddie oftează și brațele îi cad.

— Știi ce? rostește el, dându-se înapoi și scotocind în buzunarul de la jachetă. Poftim.

Scoate o foaie de hârtie și mi-o îndeasă în mână.

Pielea mea umedă aproape că șterge cerneala, dar constat că e un număr de telefon, unul cu prefixul zonei Phoenix.

— E numărul celui care îl sună pe John.

Tresar, clipind des.

— Ți l-a dat ție?

Eddie îmi ignoră întrebarea.

— Ideea e, Jane, că port numărul ăsta cu mine de aproape o lună. *De dinainte* să te cer de soție. Și n-am sunat niciodată acolo. Nici măcar o dată. Știi de ce?

Clatin din cap, chiar dacă îmi dau seama ce urmează să spună.

— Fiindcă am încredere în tine, Janie.

Se răsucește pe călcâie, se îndreaptă spre ușa băii, apoi se oprește, privindu-mă.

— Ar fi frumos ca și tu să ai încredere în mine.

Cu asta, dispare, iar eu mă las pe marginea căzii. Genunchii îmi tremură incontrolabil.

Nu din cauza numărului pe care îl țin în mână. Și nu pentru că știu acum că Eddie l-a avut în tot acest timp și că în orice moment ar fi putut să sune și să afle... totul.

Ci din cauza vorbelor lui. A felului în care arăta când le-a rostit.

Asta faci când oamenii te amenință, Jane.

Ochii lui fuseseră atât de reci. Tonul lui, atât de neutru.

Îl privisem în ochi și nu-l recunoscusem deloc.

Le aud din nou pe femeile de la cafenea. *Întotdeauna e soțul.*

Pentru prima dată, cred sincer că la el se refereau.

Nu la Tripp, care a stat în fața mea la prânz. Ușor amețit, ușor agresiv. Neîndemânatic și aiurit.

Nu seamănă deloc cu Eddie.

23

— Fată, mă jur că ești și mai slabă!

Emily zâmbește când îmi spune asta și cred că e un compliment, dar abia dacă izbutesc să-i zâmbesc la rândul meu. Suntem în curtea deschisă a Primei Biserici Metodiste. Oamenii se îngrămădesc în jurul nostru și conștientizez puternic atât căldura insuportabilă a serii – chiar dacă soarele a apus –, cât și ținuta complet nepotrivită.

În apărarea mea, trebuie să precizez că habar n-aveam ce naibii ar trebui să porți la o licitație tăcută ce are loc la biserică, într-o miercuri seară, iar negrul mi s-a părut o alegere sigură – sofisticat, respectabil. Însă toate celelalte femei sunt în culori strălucitoare, cu imprimeuri florale, genul ăsta de lucruri, iar eu mă simt ca o cioară în mijlocul unui stol de flamingi.

Probabil că Eddie știa că m-am îmbrăcat greșit, dar n-a scos o vorbă și abia mă abțin să-i arunc o privire furioasă, așa cum stă acolo, discutând cu reverendul.

Îmi netezesc rochia peste coapse și răspund:

— Emoțiile dinaintea nunții.

Emily încuviințează și mă bate ușurel pe braț, plină de compasiune.

— Ești norocoasă. Când m-am măritat cu Saul, răspunsul meu la stres a fost să mănânc tot ce-mi apărea în cale.

Soțul ei s-a oprit lângă un tufiș uriaș cu azalee, unde pălăvrăgește cu soțul lui Campbell, Mark, și cu soțul lui Caroline, Matt.

Îmi dau seama că rareori îl văd pe Eddie cu tipii ăștia și că nu pomenește niciodată de ei. Oare vecinii răciseră relația cu el după tot ce se întâmplase cu Bea și cu Blanche sau îi consideră și el la fel de nesuferiți?

OK, nu toți sunt așa de antipatici. Emily e chiar drăguță, mă conduce de la un grup de oameni la altul, prezentându-mă drept logodnica lui Eddie, și nu pomenește niciodată de treaba cu plimbatul câinilor.

Aproape că mă face să-mi pară rău că i-am furat atâtea lucruri.

Articolele pentru licitație sunt în Centrul pentru Viața de Familie al bisericii, dar, în ciuda căldurii, toată lumea se strânge aici, în curte, probabil pentru că e mai frumos și plin de verdeață.

Poate ar trebui să ne căsătorim aici, în loc să fugim în lume, în definitiv.

Însă planurile de nuntă par aproape imposibile când Eddie abia dacă îmi mai vorbește.

Au trecut două nopți de la cearta noastră din baie, două nopți în care Eddie a dormit în cine știe ce loc din casă și două zile în care a plecat la muncă devreme și s-a întors acasă târziu.

Cea mai rea parte este că m-am simțit ușurată că a fost plecat atâta timp. E mai simplu când el nu e acolo și nu mai sunt nevoită să-l privesc, întrebându-mă dacă răceala și asprimea lui vor apărea din nou pe neașteptate.

Numărul pe care mi l-a dat se află încă în geanta mea. Nu voi suna niciodată, dar îl vreau aproape de mine ca să-mi reamintesc cât de rău am dat-o în bară și cât de puțin îl cunosc pe Eddie.

Dar iată-ne la mica petrecere organizată de biserică, socializăm într-o grădină și bem limonadă, deoarece, chiar dacă metodiștii nu sunt baptiști, nimeni nu vrea un bar deschis în fața lui Isus, bănuiesc. Tocmai mă pregătesc să iau un alt pahar, când Caroline se apropie de noi, cu părul blond fluturându-i pe spate.

— Pe toți dracii, șoptește ea, surprinzându-mă, căci n-am mai auzit-o înjurând în nicio situație, darămite în prezența lui Isus.

Eu o să ajung sigur în iad pentru tot felul de măgării, dar până și *eu* reușesc să fiu cuvioasă la biserică.

Mă apucă de braţ şi unghiile ei mi se înfig în carne.

— Tripp Ingraham a fost arestat.

Ultimul cuvânt îl şuieră mai degrabă, dar nu contează. Văd alţi oameni cum ne privesc, iar Emily şi-a scos deja telefonul şi se încruntă uitându-se la ecran.

Eddie încă discută cu reverendul. Am îngheţat pe dinăuntru, iar picioarele mele, cocoţate pe tocuri mult prea înalte, parcă s-au lipit de iarba moale.

— Poftim? rostesc într-un târziu.

Caroline aruncă o privire spre soţul ei.

— Matt tocmai a primit un SMS de la prietenul lui care lucrează la procuratură. Cică au găsit ceva la autopsie. Ori poate în casă? Nu ştiu exact, dar i-am scris lui Alison care locuieşte pe aceeaşi stradă şi mi-a zis că o maşină de poliţie a venit cu sirena pusă şi l-au luat în cătuşe.

Acum, Emily se uită la mine şi văd cum se formează mici grupuri şi cum bârfa se propagă prin mulţime. Toate gândurile cu privire la strângerea de fonduri au fost înlocuite de cea mai nouă veste, cea mai suculentă poveste apărută în cartier de când Bea şi Blanche au murit, presupun eu.

Când mă întorc spre Eddie, îl zăresc privindu-mă fix. Chiar dacă e în partea cealaltă a curţii, sesizez ce simte.

E uşurat.

Casa e întunecată şi liniştită când intrăm, căzuţi pe gânduri amândoi.

Când îi spun lui Eddie că o să fac un duş, aştept ca vechea scânteie să se reaprindă, zâmbetul lui viclean să reapară şi el să vină după mine.

Însă el încuviinţează din cap, fără să-mi dea atenţie, continuând să-şi verifice telefonul. Abia dacă mi-a vorbit pe drumul de întoarcere, confirmându-mi că da, auzise şi el acelaşi lucru, că îl arestaseră pe Tripp; că da, avea legătură cu noaptea în care Bea şi Blanche au murit; că nu, nu ştia care sunt acuzaţiile.

În dormitorul principal, îmi dau jos rochia, dar nu mă obosesc s-o pun pe umeraș, o las să cadă pe podea. Probabil că n-o s-o mai port oricum.

Apa este foarte fierbinte și îmi dă o stare de bine după ce în mașină m-au trecut niște fiori reci, ciudați. Când ies din duș, baia e plină de aburi.

Mă înfășor în prosop și mă duc la oglindă, ștergând-o cu mâna.

Chipul care se holbează la mine e urât și neobișnuit de palid. Am părul ud și dat pe spate.

Ești bine, îmi zic în sinea mea. *Ești în siguranță. Tripp a fost problema tot timpul. Firește că el era.*

Dar asta nu-mi îmbunătățește dispoziția și mă încrunt chiar când Eddie intră în baie.

Se dezbracă rapid și nu mă pot abține să-l urmăresc în oglindă. E atât de frumos, masculin, perfect, dar nu simt nicio dorință când mă uit la el, iar el nu-mi caută privirea.

Îmi iau halatul din cârligul de pe ușă și mă înfășor cu el, în timp ce Eddie pornește dușul. Mă așez pe taburetul cu ciucuri din fața măsuței de toaletă și îmi pieptăn părul mai mult decât e necesar.

Aștept.

În sfârșit, apa se oprește și Eddie iese, cu un prosop în jurul taliei. Caut agitată în sertar crema scumpă pe care am cumpărat-o deunăzi.

— Noaptea în care ne-am certat... Ți-a fost frică de mine?

Rămân nemișcată și-l privesc în oglindă. Stropii de apă încă îi acoperă corpul, și-a dat părul pe spate și ceva din ochii lui nu-mi place deloc.

— Ai crezut că era vorba de mine? Că eu le-am omorât?

Clipesc des, încercând să revin cu picioarele pe pământ.

— Ultimele săptămâni au fost complicate, rostesc într-un târziu, adăugând puțin tremur în glas, pentru un efect mai intens. Totul era perfect și eram atât de fericiți, apoi...

— Apoi ai crezut că le-am omorât pe soția mea și pe prietena ei cea mai bună, continuă el nemilos.

Ridic brusc capul.

Nu așa trebuie să meargă lucrurile. Lui ar trebui să-i pară rău fiindcă s-a răstit la mine și a sugerat că eu aș fi putut gândi așa.

Dar el încă mă privește fix, cu brațele încrucișate și, de vreme ce genele plecate și vocea tremurătoare nu funcționează, mă întorc să mă uit direct în ochii lui.

— Da, spun și, sincer, mă simt bine că nu mint. Așa e. Deși mai degrabă am crezut că exista posibilitatea ca tu să fi făcut-o.

Oftează lung, lăsându-și capul pe spate să se uite în tavan, după care spune:

— Ei bine... Cel puțin ești sinceră.

Fac un pas în față, îl apuc de încheieturi și îi trag brațele în jos.

— Dar m-am înșelat, insist. Evident. Și îmi pare rău, Eddie. Îmi pare atât de rău!

Și chiar îmi pare rău. Îmi pare rău fiindcă l-am crezut implicat în moartea lui Bea și a lui Blanche și nu pentru că aproape am stricat totul.

Eu sunt cea care îl minte, eu sunt cea care a furat de la el și de la toți cei de care m-am apropiat. Eu sunt cea care pretinde că e altcineva și nu cea reală.

Eu sunt cea care a făcut ceva îngrozitor.

Îmi lipesc fruntea de pieptul lui umed, adulmecând mirosul de săpun.

— Îmi pare rău, repet și, după o secundă lungă, îi simt mâna odihnindu-se delicat pe ceafa mea. Aveai dreptate noaptea trecută. Ar fi trebuit să-ți povestesc despre John, ar fi trebuit să vin la tine...

— E în regulă, murmură el.

Dar mă tem că minte. Mă tem că am lăsat bănuielile și neîncrederea să distrugă lucrul perfect pe care l-am găsit, viața mea nouă.

— Crezi că Tripp a fost criminalul? îl întreb, stând în brațele lui.

Aștept să-mi răspundă că da, el a fost. Că e oribil, dar explicabil. E o persoană pe care poți da vina ușor.

— Nu vreau să cred că a fost în stare de așa ceva, zice el. De atâtea ori l-am avut aici, în casa mea, sau am jucat golf cu el, pentru Dumnezeu!

Un alt oftat, unul pe care îl aud, dar îl și simt.

— Dar el și Blanche aveau probleme. Iar el e un bețiv notoriu. Dacă era beat și s-au certat...

Vocea i se stinge. Îmi amintesc cât de prost m-a făcut să mă simt Tripp. Nu îl considerasem niciodată o amenințare, dar asta nu însemna că nu era. Cine știe cu adevărat de ce e în stare o persoană?

— Poliția își face datoria, adaugă Eddie, continuând să mă mângâie pe spate. Dacă ei cred că a fost Tripp, sunt sigur că au motive serioase.

— Îmi pare rău. Eddie...

Dar el îmi caută buzele și mă sărută.

— Șșșt, murmură el. Nu contează, Janie.

Mă sărută din nou, mai apăsat de data asta, și eu îi înconjor talia cu brațele, ținându-mă strâns nu doar de el, ci și de această clipă, de această șansă căreia aproape că i-am dat cu piciorul.

Când ne depărtăm unul de altul, Eddie își pleacă fruntea, lipind-o de a mea.

— Spune-mi că ai încredere în mine, rostește el răgușit.

Și, pentru prima dată în viața, spun „am încredere în tine". Și cred în vorbele mele.

PARTEA A ŞASEA

BEA

NOIEMBRIE, PATRU LUNI DUPĂ BLANCHE

Eddie n-a șovăit astăzi.

A intrat și s-a așezat lângă mine, cu coapsa lipită de a mea. I-am mirosit aroma mentolată a răsuflării când m-a întrebat: „Te simți bine aici, sus?"

Dintr-un motiv inexplicabil, lucrurile mi s-au părut mai ușoare. Știind că s-a spălat pe dinți înainte să vină să mă vadă, că el aștepta – spera? – asta?

Dar și eu mă pregătisem. Nu am multe produse de machiaj, dar făcusem un duș, îmi ciupisem obrajii să le dau puțină culoare, îmi periasem părul. E mai lung acum, mai aproape de felul în care arăta când ne-am cunoscut și mi-am închipuit că nu putea decât să mă ajute să fac ce trebuie făcut.

Încă de la ultima vizită, când expresia de pe fața lui s-a schimbat imediat ce am pomenit de Hawaii, am știut că vom ajunge aici. Cea mai ușoară și mai bună metodă să rămân în viață, amintindu-i că are nevoie de mine, era singurul lucru care nu ne dezamăgise.

Sexul.

Dar una e să iei în calcul seducerea bărbatului care ți-a ucis cea mai bună prietenă, care te ține încuiată, pe care credeai că-l cunoști și cu care te-ai măritat, și alta e să pui în practică intenția.

I-am luat mâna într-a mea, mângâindu-i palma bătătorită, amintindu-mi că mereu îmi plăcuse asta la el, că lucra mult cu mâinile și nu era ca tipii precum Tripp Ingraham, cu degete fine și palide.

Eddie era frumos.

Întotdeauna fusese.

M-am concentrat pe acest aspect, trăgând adânc aer în piept și continuând să-mi trec degetele peste ale lui.

Nu puteam să mă gândesc că acele mâini o înhățaseră pe Blanche și că mă târâseră pe mine în această cameră. În schimb, mi-am amintit toate momentele când dorisem atingerea lor, când credeam că mor fără ea.

Așa a fost încă de la început.

— Bea, ce faci? a murmurat el când m-am aplecat și mi-am lipit buzele de urechea lui.

— Mi-e dor de tine, am răspuns și mi-am dat seama imediat cât de adevărat era.

Chiar îi dusesem dorul.

Nu lui Eddie, cel care o omorâse pe Blanche. Nu-l cunoșteam pe acel Eddie. Dar îmi fusese dor de Eddie de dinainte, de cel care îmi furase inima cu zâmbetele lui calde, cu farmecul lui, cu felul în care știa exact ce-mi doresc înainte ca *eu însămi* să știu.

M-am concentrat asupra acelor zile. De dinainte să ne mutăm aici, înainte ca lucrurile să devină atât de întunecate.

— Îți amintești prima noapte din Hawaii? l-am întrebat.

M-am ridicat de pe pat ca să stau în fața lui, punându-i mâinile pe umeri.

Palmele lui s-au lipit de talia mea, parcă din reflex.

— M-am invitat singur în camera ta, a zis el, iar eu am coborât mâinile de pe umerii lui pe piept, dându-mă și mai aproape pentru ca el să-și depărteze picioarele, lăsându-mă să pășesc între ele. Ai spus că tu nu ești una dintre fetele de genul ăla.

Colțul gurii i s-a ridicat ușor și gropița i s-a adâncit. M-am aplecat s-o sărut și am simțit cum inspiră adânc.

— Nu eram, am răspuns. Până ai apărut tu.

Apoi l-am sărutat.

Partea asta s-a dovedit mai ușoară decât îmi închipuisem, poate pentru că, întotdeauna, să-l sărut pe Eddie a fost unul dintre lucrurile mele preferate.

Sau poate pentru că am recreat prima noastră noapte, mi-a fost ușor să acționez. Voiam ca Eddie să uite unde ne aflam, ce se întâmplase, ce făcuse, dar și ce făceam eu.

Să uit.

Să ignor.

Gura lui se potrivea perfect cu a mea și i-am înconjurat gâtul cu brațele, trăgându-l spre mine, înfigându-i degetele în pă...

— Nu, nu, Isuse, Bea! Chestia asta e sucită rău.

M-a împins și a început să gâfâie.

M-am îndepărtat de pat când s-a ridicat iute în picioare, aproape împiedicându-se.

Avea fața roșie și ochii i-au sclipit când și-a trecut mâna prin păr.

— Nu putem, mi-a zis.

M-am dezumflat.

— N-ar fi trebuit să vin azi, a continuat el, ocolindu-mă. Nu știu ce dracului am avut în cap, chiar nu știu...

M-am întins spre el, înainte să apuce să iasă, iar el s-a oprit, privindu-mi degetele prinse de încheietura lui. Energia din cameră s-a schimbat. A devenit încordată, explozivă.

M-am apropiat de el, i-am cuprins obrazul în palmă, iar el nu s-a ferit.

— E în regulă, am șoptit blând. E în regulă.

— Nu e deloc, a protestat el, dar nu s-a mișcat.

M-am aplecat spre el.

— Dacă nu vrei, nu trebuie s-o facem, am zis pe un ton ferm. Dar eu vreau. Vreau să înțelegi asta. Vreau, Eddie. Te vreau *pe tine*.

Și chiar îl doream.

Cu mâna pe inimă, recunosc.

Ceea ce a fost partea cea mai rea a momentului.

Nu m-am înfrânat când l-am sărutat din nou. N-a mai fost doar o ațâțare a buzelor și a limbii. L-am sărutat așa cum am făcut-o în prima noapte, iar el a cedat, așa cum știam că se va întâmpla.

A fost uimitor cât de simplu s-a derulat totul. Cât de repede trupurile noastre s-au regăsit.

Mă iubești, i-am spus cu fiecare sărut, cu fiecare atingere, cu fiecare geamăt.

Amintește-ți că mă iubești, că tot ce avem este bun și că merită să luptăm pentru asta.

Amintește-ți că ești al meu.

Dar încercând să-l fac să-și amintească, mi-am amintit și eu.

Cât de grozav e. Cât de mult îl iubeam.

Cititorule, i-am tras-o.

Și, când s-a terminat, am rămas întinși pe pat, sudoarea lui lipindu-i pielea de a mea, iar ceva din liniștea încăperii m-a făcut să întind mâna și să-l mângâi pe piept în dreptul inimii.

— Știi că încă te iubesc, am șoptit. Știi că nu te-aș răni niciodată.

Am vrut ca el să audă ce încercam să-i transmit. *Dacă mă lași să ies, nu voi spune nimănui ce s-a întâmplat. Găsim noi o soluție.*

Dar am greșit.

Eddie a oftat din rărunchi, s-a dezlipit de mine și și-a căutat hainele, căzute grămadă lângă pat.

Am văzut din mișcările lui rigide că întinsesem coarda prea tare. Auzise ce spuneam și nu-i plăcuse deloc.

Iar când a ieșit fără nicio o vorbă, m-am întrebat dacă trebuie să o iau de la capăt.

Bea își alungase din minte momentul cu Eddie și cu Blanche, dar acum îi vede luând prânzul împreună, în sat. Trebuia să fie la birourile Southern Manors, de lângă Homewood, dar a vrut mai întâi să treacă pe la unul dintre buticurile din Mountain Brook, ca să verifice vitrinele.

În loc de asta, își zărește soțul și cea mai bună prietenă stând la masă într-o cafenea, hlizindu-se unul la altul peste bolurile cu salată, de parcă ar fi într-o nenorocită de reclamă Cialis, și furia aproape că o sufocă, șocantă în intensitatea ei.

Nu e vorba doar că sunt împreună – problema e că sunt în public și că oricine îi poate vedea, că oamenii sigur o să-i vadă *și o să bârfească.*

Probabil că oamenii o vor și compătimi.

Rămâne pe trotuar, sub un paravan de pânză, ascunsă de ochelarii de soare. În mintea ei, Bea observă cum ceilalți se întorc spre ea, observă tot mai multe expresii de milă amestecată cu puțin Schadenfreude[1]*. Brusc, mâinile îi tremură, picioarele i se mișcă și traversează strada ca să se proțăpească în dreptul mesei lor, bucurându-se scurt, dar sălbatic atunci când amândoi tresar la salutul ei voios.*

Pe masă, între cei doi, zărește niște schițe. Firma de construcții a lui Eddie (afacerea pentru care ea plătise, afacerea pe care ea

---

[1] Sentiment complex care reflectă plăcerea de a fi martor la ghinionul altei persoane (în lb. germană în original) (n. tr.).

i-o dăruise) face niște modificări la casa lui Blanche. Totul pare nevinovat. E doar un prânz amical de afaceri, pentru a revizui unele detalii.

Dar nu se rezumă totul la prânzul ăsta. De când Blanche a avut ideea ca Eddie să le renoveze casa, el stă numai acolo.

Sau Blanche vine acasă la Bea și se așază pe veranda din spate cu Eddie, bând vinul lui Bea și arătându-i lui Eddie secțiunea „bucătăria ei de vis" de pe Pinterest.

Iar Eddie îi zâmbește, îi face pe plac.

O scoate și la masă, din câte se vede.

— M-ai făcut de rușine, îi spune Eddie mai târziu, în timp ce pregătesc cina în bucătărie.

Bea e deja la al treilea pahar de vin, iar sistemul audio se aude cam prea tare.

— De fapt, continuă el, tu singură te-ai făcut de rușine.

Bea nu răspunde, fiindcă știe că asta o să-l înfurie și așa se și întâmplă.

Pufnind, Eddie aruncă șervetul ținut pe umăr și se îndreaptă spre veranda din spate, luându-i paharul cu vin.

Nu mai discută despre asta, dar, curând, Blanche și Bea se întâlnesc la o cafea. Blanche își cere scuze, îi zâmbește frumos și apoi...

— Întotdeauna reacționezi exagerat, Bea.

Bea se gândește mult timp la vorbele ei, la propoziția aia aruncată așa, din senin, în timp ce Blanche amestecă muntele de frișcă de deasupra cafelei cu un bețișor de lemn. Cuvintele ei fuseseră ușor caustice, Blanche o judeca în sinea ei.

Însă două zile mai târziu, Bea ia telefonul lui Eddie – nu are parolă, nici măcar nu consideră că e nevoie, tipic pentru Eddie – și îi vede SMS-ul.

Blanche i-a trimis un selfie. Nimic dubios sau sexy, nimic de prost gust, doar o poză cu ea încruntându-se exagerat.

Mi-a fost dor de tine azi!

Bea se holbează la textul acela, apoi derulează în sus.

Din nou, o scoate din minți lipsa dovezilor concrete. Nu e niciun lucru definitoriu care să-i confirme că au o aventură, nimic spre care să arate cu degetul și să-i distrugă pe amândoi și totuși, pe ansamblu...

O serie de momente, de conversații. O apropiere pe care amândoi au negat-o. Ziua proastă a lui Blanche, frustrarea lui că Bea pleacă prea des. Fraze amuzante care n-au niciun sens, glume știute numai de ei, instantanee împărtășite care n-au nicio legătură cu ea.

Sincer, nu i-a trecut niciodată prin minte că Eddie ar fi în stare s-o înșele, dar trădarea lui Blanche este cea care o deranjează cel mai tare.

De fapt, care o doare.

Așa că e normal ce se petrece între Bea și Tripp.

Sunt toți la Caroline acasă, la un grătar, și Tripp, ca de obicei, e beat mort înainte ca soarele să apună.

— Se împacă de minune, așa-i? îi spune el, în timp ce îi urmăresc pe Eddie și pe Blanche pălăvrăgind lângă grătar.

Eddie bea bere, iar Blanche are un pahar cu margarita. Amândoi râd cu poftă, Bea nu l-a mai văzut pe Eddie atât de relaxat și de fericit de multă vreme.

Blanche aruncă o privire spre ei și se mulțumește să zâmbească larg, ridicând paharul în sănătatea lor. Bea și Tripp îi imită gestul și totul e bine, așa cum ar trebui. Toți patru sunt prieteni buni, nu?

Numai Bea bagă de seamă că zâmbetul lui Blanche capătă o nuanță ironică.

Numai Bea bagă de seamă că Eddie se întinde să atingă cotul lui Blanche, parcă pentru a sublinia ideea.

— Păi, dacă și-o trag, crezi că Eddie ar trebui să-i facă o reducere de zece la sută? îl întreabă Bea pe Tripp și el izbucnește în râs.

Tripp arată mai bine când râde. Seamănă cu Tripp pe care Blanche l-a luat de bărbat.

Cu Tripp, bărbatul de care Blanche fusese îndrăgostită.

— Probabil că Blanche ar trebui să-i dea lui un bonus de douăzeci la sută, răspunde el.

Bea îl privește peste umăr, schițând un zâmbet, după care îl lasă să vadă că privirea ei trece pe deasupra lui.

— Cred că te vinzi prea ieftin, Tripp.

Din câte se pare, nu așa stau lucrurile.

Partida de sex pe care el și Bea o au în baia de sus a lui Caroline e clar mediocră și Bea nici măcar nu pretinde că are orgasm, concentrându-se pe tabloul înfiorător de urât ce atârnă pe perete, o scenă banală cu un picnic.

În timp ce Tripp geme, cu capul lipit de gâtul ei, Bea se gândește să-i trimită lui Caroline unul dintre posterele colorate noi pe care tocmai le-au primit pentru colecția de vară Southern Manors.

După ce termină, Tripp are neașteptat de multe regrete, frecându-și fața cu mâna și spunând:

— Nu știu de ce am făcut asta.

Dar Bea știe exact de ce a făcut-o – ca să se răzbune pe Blanche și pe Eddie, să ia de la Blanche înainte ca Blanche să ia de la ea –, dar și ea se simte la fel de goală pe dinăuntru.

Mai târziu, Tripp îi trimite un SMS.

Îmi pare rău, dar totodată nu-mi pare rău.

Bea cunoaște perfect sentimentul.

PARTEA A ȘAPTEA

JANE

24

IULIE

Pe parcursul următoarelor săptămâni, hotărăsc să am încredere în Eddie, să fiu logodnica pe care o vrea și o merită. Cumpăr rochia de la magazinul Irene din sat și o completez cu voal, cu pantofi noi, tot tacâmul.

Vorbim mai mult despre nuntă. Intenționăm să facem ceva mic și simplu, dar aici, în Birmingham, nu mai plecăm la dracu' în praznic. În sfârșit, suntem pe drumul cel bun.

Încep să fac jogging, deși vremea de vară devine înăbușitoare, iar Eddie mă avertizează că o să mor din cauza insolației. Însă mie îmi place căldura dimineții, înainte să se instaleze umiditatea. Iarba verde ca smaraldul e acoperită de rouă, cât soarele se ridică la orizont. Mă simt bine cu sudoarea șiroindu-mi pe spate sau înțepându-mi ochii pe sub ochelari.

Uneori, le văd pe Emily și pe Campbell. Întotdeauna merg la pas, nu aleargă, și, deși Emily îmi face cu mâna și surâde, simt ceva artificial în zâmbetul lui Campbell.

În dimineața asta totuși, străzile sunt pustii. Temperaturile de iulie se dovedesc a fi un chin pentru majoritatea oamenilor, chiar și la ora 8. Mă trezesc că intru pe strada lui Tripp.

Acuzat de crimă deosebit de gravă, dar încă acasă.

Așa stă treaba cu bărbații albi și bogați.

Încerc să nu mă gândesc la Phoenix, la domnul Brock care își dă duhul pe podea, la spaima bolnăvicioasă în care trăiesc de atunci. Dacă m-ar prinde, dacă ar afla ce am făcut, credeți că aș putea să pierd vremea acasă la Eddie până la proces?

Nu, aș fi într-un costum portocaliu înainte să apuc să zic „nevinovată".

E încă un indiciu că lumea asta, lumea în care trăiesc oamenii ăștia, se află pe o altă planetă.

Avocatul lui Tripp a fost capabil să demonstreze că nu există niciun risc ca el să fugă, așa că e încă aici, în Thornfield Estates, așteptând procesul care va avea loc peste multe luni.

Îmi spun în sinea mea că, atunci când va ajunge la tribunal, nici nu va mai conta prea mult. Eu și Eddie vom fi deja căsătoriți și, chiar dacă Eddie va trebui să depună mărturie, eu mă pot ține departe de întreaga tărășenie.

Asta nu mă împiedică să citesc tot ce prind despre caz. Știu că, atunci când au găsit-o pe Blanche, avea o fractură craniană masivă și că Tripp cumpărase un ciocan cu câteva zile înainte ca soția lui să se ducă la lac.

Idiotul folosise cartea de credit la magazinul de bricolaj din Overton.

Teoria e că Tripp le-a surprins pe femei, le-a convins să iasă cu barca în larg, deși erau bete turtă, și *ceva* s-a întâmplat. O ceartă, o luptă. Tripp era băut și el. Și totul s-a sfârșit cu Blanche picând în apă.

Nu se știe nimic despre Bea. Poate că a țipat și a lovit-o și pe ea. Poate că a leșinat ori era sub punte când totul a luat-o razna. Poate că a urcat, confuză, dezorientată, iar Tripp a împins-o și pe ea peste bord.

Polițiștii au recunoscut în fața lui Eddie că o acuzație de omor și pentru cazul lui Bea va fi dificil de obținut, pentru că nu îi găsiseră cadavrul încă și pe barcă nu exista nicio dovadă. Nici sânge, nici ADN. Totul era pură conjunctură în acest moment, un alt motiv pentru care avocatul lui Tripp reușise să-l scoată din arest pe cauțiune.

Asta și, evident, Privilegiul Masculului Alb și Bogat.

Mă opresc în fața casei lui, cu un junghi în coaste. Mă holbez la ferestre, întrebându-mă oare ce face Tripp înăuntru. La ce se gândește.

Eddie spune că Tripp n-o să rămână mult în închisoare, chiar dacă e găsit vinovat, fiindcă așa stă treaba cu tipii ca el. Deoarece cazul e bazat în mare pe dovezi circumstanțiale, procuratura ar putea reduce acuzația la omor prin imprudență, ca să crească probabilitatea de a fi condamnat. Avocații lui Tripp vor susține că procurorii nu au decât trupul lui Blanche și o fractură la ceafă. Faptul că Tripp a cumpărat un ciocan nu înseamnă că l-a folosit ca să-și ucidă soția, iar femeia s-ar fi putut lovi la cap când a căzut de pe barcă.

Sus, zăresc o mișcare scurtă, o draperie trasă încet și știu că Tripp mă urmărește.

Mai aștept puțin pe trotuar, întrebându-mă dacă va ieși sau va încerca să stea de vorbă cu mine, dar, cum nu mai apar alte semne de viață, continui să alerg.

Casa e goală când ajung, Eddie a plecat deja la serviciu și mă opresc în bucătărie. Scot o sticlă de apă din frigider și mă sprijin cu șoldul de masă cât beau lacomă. Apa e atât de rece, că mă dor dinții și tâmplele.

Pun sticla jos și aud un zgomot.

Un bufnet de undeva, de sus, exact ca în seara în care a venit poliția să ne spună despre Blanche. Rămân nemișcată, încremenită, ascultând.

Buf. Buf. Buf.

Ca și cum cineva ar ridica un obiect greu și l-ar trânti.

— Alo? strig. E cineva acolo?

Excelent, mă simt ca într-un film horror. Curând, o să mă reped în pivniță, doar în chiloți, pe întuneric.

Urmează un alt bufnet și inima începe să-mi bată mai repede.

Traversez livingul încet, pe tăcute, cu atenția îndreptată spre tavan, dar nu mai aud niciun sunet, cu excepția aparatului de aer condiționat care susură ușor și a respirației mele sacadate.

Liniștea care se lasă pare apăsătoare, grea, iar sudoarea mi se răcește iute pe piele și mă ia cu frig. Când îmi țârâie mobilul, țip. Mâinile îmi tremură sesizabil când îl scot din buzunărașul pantalonilor mei de yoga și văd numele lui Eddie pe ecran.

— Hei, frumusețe, îmi zice pe un ton atât de relaxat și de calm, că bătăile inimii mi se mai domolesc puțin și o parte din spaima care mă cuprinsese se risipește. Am sunat să văd cum îți merge azi.

Aud zgomote pe fundal, bocănitul ciocanelor pe scânduri, bâzâitul unei drujbe în depărtare, știu că e pe un șantier și încerc să mi-l imaginez acolo, cu cămașa mototolită și cu ochelarii de soare pe nas.

— Nici două ore n-au trecut de când m-ai văzut, îi reamintesc. Deja ți-e dor de mine?

Încerc să flirtez, să par sexy, dar probabil că Eddie a sesizat ceva în vocea mea, pentru că mă întreabă:

— Ai pățit ceva?

— Nu, nimic, răspund, chiar dacă ciulesc în continuare urechea spre tavan, ascultând. Doar că am auzit ceva în casă.

— Adică? întreabă Eddie.

Brusc, mă simt ca o copilă, înfricoșată de casa în care a rămas singură.

— O bufnitură, îi explic, clătinând din cap, chiar dacă nu mă vede. Sau mai multe bufnituri. E o prostie, știu. Acum mă feresc să urc scările, de parcă aș fi într-un roman gotic sau într-un film horror prost.

Mă aștept ca el să râdă sau să glumească. În schimb, spune:

— E o casă mare, Jane. Scoate tot felul de sunete, mai ales vara.

— Sigur. Scuze, e o prostie.

— Ce-ar fi să te bagi din nou în pat, Nancy Drew? mă necăjește el și un val de iritare, agresiv și fierbinte, îmi cuprinde corpul.

Dar mă abțin. El încearcă să fie drăguț și eu nu mai pot face prostii, nu mai am voie să tot încerc să distrug un lucru bun, care e drept în fața mea.

— Deocamdată sunt transpirată și respingătoare, așa că mă bag în duș mai bine.

El scoate un geamăt care, în mod normal, mi-ar da fiori de dorință.

— Aș vrea să fiu acolo, și nu aici.

Abordez un ton intrigat când îi dau replica.

— Ai putea să vii acasă la prânz, nu?

Eddie oftează și mă simt oarecum ușurată când spune:

— Aș veni dacă aș putea. Dar e o zi mare pentru familia Connors, apoi trebuie să trec pe la Southern Manors. Dar promit că ajung acasă înainte de cinci.

— Sper să te ții de promisiune.

După ce Eddie închide, rămân pe hol, cu mâinile sprijinite de masa goală.

Deasupra mesei se află o oglindă și mă uit în ea. Sunt palidă, în ciuda kilometrilor alergați, am părul ciufulit și gras, iar rimelul mi s-a scurs sub ochi.

— Vino-ți în fire, murmur spre reflexia mea, dându-mi părul pe spate cu ambele mâini.

Fata din oglindă pare o sălbatică și îmi arăt dinții, apoi clatin din cap, râzând încetișor.

Și bufniturile încep din nou.

25

Când plimbam câinii din cartier, mă întrebam uneori unde se duceau oamenii ca Emily, Campbell și Caroline în zilele respective, când plecau din Thornfield Estates în mașinile lor prea mari.

Se pare că nu foarte departe. Astăzi, suntem la Roasted, la o întrunire a Comitetului pentru Înfrumusețarea Cartierului. Campbell și Emily poartă haine sport, dar eu m-am îmbrăcat mai frumos, asortând o fustă conică gri cu o bluză roz și cu pantofi cu toc. Încă nu sunt la fel de bronzată și nu am părul lucios ca al lor, dar mă văd reflectată în ochelarii de soare uriași ai lui Emily și știu că mă integrez mai bine acum decât în urmă cu câteva luni.

Îmi propun în sinea mea să nu uit să o întreb pe Emily unde se coafează și îmi vâr mâna în geantă – o achiziție nouă, o geantă masivă din piele, în care ar putea intra și Adele la o adică. Scot un dosar pe care am lipit o etichetă cu CIP, scris cu un font drăguț, curbat.

— Uită-te la tineeeeeeeee, exclamă Emily, înghiontindu-mă jucăuș. Atât de organizată!

Zâmbesc, fără să pomenesc că am stat trează până la unu noaptea ca să-l pregătesc și că a trebuit să folosesc o cantitate stupid de mare de corector ca să-mi acopăr cearcănele.

Sau că, în timp ce stăteam pe podeaua livingului, decupând fotografii din reviste și punându-le în foliile de plastic din dosar, auzisem bubuiturile de sus din nou, niște zgomote ciudate care ar fi trebuit să nu mă îngrijoreze, potrivit sfatului dat de Eddie. Fuseseră doar vreo două și destul de vagi ca să nu sar de șapte metri în sus sau să urlu, dar îmi propusesem totuși să sun la deratizare.

Acum, sunt toată un zâmbet când întind dosarul pe masă, iar inelul îmi sclipește în razele soarelui.

Campbell se apleacă să-l privească mai bine, așa cum sperasem că va face.

— Când e nunta? mă întreabă.

Emily ciulește și ea urechile.

Bârfa, aceeași valută forte.

Mă uit în jos, spre dosar, răsfoindu-i paginile.

— Sinceră să fiu, nu suntem siguri. Dar vrem să fie cât mai curând, ceva mic. Fără pretenții, acasă...

— Îmi închipui că treaba cu Tripp a îngreunat planificarea nunții, comentează Emily, plină de compasiune.

Ridic imediat ochii.

— Încercăm, în general, să nu ne gândim la asta, îi explic, fără să mint cu nimic.

Murmură amândouă aprobator, apoi Campbell oftează, întorcând dosarul spre ea.

Răsfoiește fotografiile, dar îmi dau seama că nu e atentă la ele.

— Am găsit vreo două idei în *Southern Living*, spun. Pentru stratul cu flori de la intrarea în cartier. Pe pagina a patra...

— Știați că poliția a aflat că Tripp a fost la lac?

Emily aproape că șoptește cuvintele, iar eu tresar surprinsă. Ce noutate!

Dar nu sunt la fel de șocată precum Campbell, aparent. Se ridică în picioare atât de brusc, că aproape răstoarnă masa din fier forjat.

— Pe bune?

Își smulge ochelarii, arătându-ne ochii ei albaștri și mirați.

— A fost acolo? Serios?

Emily încuviințează din cap, iar eu trag dosarul spre mine, peste masă.

— Așa susține poliția. Se pare că l-a văzut cineva. Sau poate există niște chitanțe, ceva? Dar din alea adevărate, nu genul Kardashian[1].

Am râs puțin la asta – cine ar fi crezut că Emily e capabilă de glume? –, dar Campbell încă ne privește pe amândouă, cu ochelarii între degete.

— Așadar... chiar a făcut-o. Le-a omorât.

— Firește că da, zic, mai răspicat decât intenționasem.

Amândouă se întorc spre mine.

Futu-i.

Îmi dreg glasul și mai răsfoiesc prin dosar.

— Adică... poliția își face treaba. Nu l-ar fi acuzat dacă n-ar fi fost siguri că el e vinovatul.

Emily încuviințează din cap, dar Campbell pare în continuare nesigură. Își mușcă întruna buza de jos și piciorul i se mișcă ritmic.

— Dar e atât de bizar, spune ea. Tripp e un măgar când se îmbată, nu mă înțelegeți greșit, dar n-a fost niciodată... violent. Și o iubea pe Blanche.

Așa credeam și eu, dar acum mă întreb dacă nu cumva depresia în care căzuse după moartea ei, plimbatul ăla obsesiv prin casă și tonele de alcool înghițite zilnic erau semne ale vinovăției, și nu ale durerii.

Emily intervine și ea:

— *Aveau* totuși probleme, Cam. Doar știi și tu.

Amândouă îmi aruncă o privire scurtă, apoi se uită una la alta și ghicesc despre ce e vorba.

— Tripp mi-a povestit, le mărturisesc, că au existat unele zvonuri despre Eddie și Blanche.

Un alt schimb de priviri și presupun că vor încerca să mă ducă de nas, dar Emily ridică din umeri:

---

[1] Referire la clipul *Receipts* („Chitanțe“), publicat de Kim Kardashian pe Snapchat, pentru a-și apăra soțul, Kanye West, după o controversă cu Taylor Swift (n. tr.).

— Petreceau mult timp împreună. Iar Bea nu era niciodată disponibilă.

— *Niciodată*, repetă Campbell, clătinând din cap. Firma era întreaga ei viață. Mai ales în ultimele luni. Abia dacă o mai vedeam.

— Adevărat, confirmă Emily. Când ne-am mutat în cartier, Bea petrecea mai mult timp cu noi.

Zâmbește și bate cu degetele în dosar.

— Ea făcea chestii din astea. Dar, primăvara trecută, n-a mai venit la întruniri, sărea peste petreceri...

— Crezi că...

Las întrebarea să plutească în aer și le văd cum se uită una la alta.

— Nu, rostește Emily într-un târziu. Însă Bea și Blanche se purtau ciudat înainte să se întâmple nenorocirea.

Campbell trage adânc aer în piept, se așază pe scaun iar și o privește pe Emily.

— Ce e? întreabă Emily, sorbind din cafea. E adevărat și amândouă sunt moarte. Nu e ca și cum aș răni pe cineva dacă zic cum stăteau lucrurile.

Dă din mână și inelele sclipesc în toate culorile curcubeului.

— În plus, nu era nimic extraordinar. Cred că avea legătură cu mama lui Bea sau cam așa ceva. Înainte ca Eddie să intre în viața ei.

Pricep de ce genul acesta de bârfă nu le stârnește niciun interes, dar să fiu a naibii dacă n-aș vrea să aflu mai multe. Faptul că Bea și Blanche aveau o relație încordată nu e ceva nou - Tripp spusese același lucru -, dar de ce, mai exact? Știu că exista ceva în prietenia lor de care nu am habar și nu-mi iese din cap ideea că, dacă aș afla, aș reuși să-l înțeleg mai bine pe Eddie. Încerc altă abordare.

— Bea avea toane de obicei?

Cele două izbucnesc în râs, clătinând din cap. Campbell scoate capacul de la paharul ei cu cafea ca să-l golească.

— Ha, ha, nici vorbă, mă lămurește Emily. Era pâinea lui Dumnezeu. Dură, sigur, ambițioasă, dar o scumpă în realitate. Niciodată n-am văzut-o furioasă pe cineva. Nici măcar pe compania de catering angajată de ea și care a distrus petrecerea aniversară a lui Eddie. Trebuia să aibă tematică hawaiiană, însă ei au adus... nici nu-mi mai amintesc bine... ce-au adus, Cam?

— Aperitive, răspunde ea. De parcă ar fi fost o reuniune între prieteni, după-amiaza. Sandviciuri mici cu castraveți, tartine, genul ăsta de lucruri. Bea s-a mulțumit să râdă. Eddie a fost cel care...

Se oprește brusc, mă privește piezis, apoi ridică din umeri.

— În fine, nu, Bea nici măcar nu se enerva ușor, din câte știu eu.

Se lasă un moment de tăcere stânjenitoare între noi, dar Emily întreabă veselă:

— Așadar, mergem toate mâine-seară la country club?

Ah, desigur. O altă colectare de fonduri, un alt obiectiv lipit pe frigider. Sunt una dintre ele acum, genul de femeie care merge la acțiuni caritabile, organizate la câte un country club.

Le zâmbesc.

— N-aș rata așa ceva.

Când ne ridicăm să plecăm, Campbell mă privește din cap până în picioare.

— Uau! exclamă ea. Arăți... grozav, Jane. Serios.

— Nu-i așa? se repede și Emily, lovindu-mă ușurel peste braț. Cred că fustele conice îi vin mai bine chiar și decât lui Bea și să nu uităm că erau punctul ei forte.

Încă zâmbește, dar ceva din comentariul ei mă irită. Nu o imitasem voit pe Bea, dar acum îmi dau seama cum arăt, purtând o ținută *à la Bea* pentru întâlnirea noastră. Eu, fusta conică și dosarul... o imitație palidă.

Fantoma lui Bea.

Gândul mă tulbură tot drumul înapoi spre casă și, când intru, mă privesc în oglinda din hol.

Părul îmi ajunge până la umeri, în același stil „bob lung" al lui Bea. Cerceii pe care îi port îmi amintesc de cei văzuți în fotografiile ei.

Port chiar și aceeași nuanță de ruj roșu.

Mă întorc, îmi iau geanta și scot dosarul.

Ea făcea lucruri din astea.

Oare vreau să fiu o nouă Bea pentru oamenii ăștia? Sau vreau să mă accepte ca Jane?

Nu mai știu.

Telefonul vibrează și oftez, vârând mâna în geantă ca să-l găsesc.

E un SMS de la John.

Hei, amico, începe și, pe toții dracii, îl urăsc din suflet.

Săptămâna asta am rămas fără cash. Alți 500 de dolari ar trebui să-mi ajungă. Mi-i poți trimite cu poșta, ca de obicei. Bancnote. Pup.

Degetele îmi rămân în aer deasupra tastelor.

Aș putea să-i zic să se ducă la dracu'.

Aș putea să-i trimit un SMS lui Eddie.

Apoi însă, caut în geantă hârtia împăturită pe care Eddie mi-a dat-o, cu numărul de Phoenix mâzgălit pe ea.

Sau aș putea să aflu cine mă caută. Și ce vor de la mine. Și ce știu ei.

Și, în sfârșit, să pun capăt torturii, ca să-mi văd de viața mea.

Cu degetele tremurătoare, încep să tastez numărul.

26

Biserica baptistă unde lucrează John nu e una dintre cele mai mari congregații din zonă. În Sud, am observat, unele biserici se ocupă de nenumărate străzi.

A lui John abia dacă seamănă cu o biserică. Clădirea e joasă, din cărămizi urâte și numai fereastra cu vitralii, care-l înfățișează pe Isus înconjurat de miei, îți sugerează că e un lăcaș de cult.

Astăzi, m-am îmbrăcat cu una dintre cele mai frumoase ținute ale mele, o fustă plisată albastră și o bluză albă la baza gâtului, asortate cu balerini albaștri cu dungi albe și cu bijuterii din argint. Când m-am uitat în oglindă de dimineață, aproape că nu m-am recunoscut. Nu arătam deloc ca Jane de acum două luni, dar nici nu arătam de parcă aș fi încercat să le copiez pe Emily sau pe Campbell.

Sau pe Bea.

Arătam... ca mine.

Sau ca persoana în care mă transformam.

Îmi îndrept umerii când deschid ușa, țin capul sus și pășesc înăuntru. Fata care stă la birou îmi zâmbește vesel.

Probabil crede că am venit aici să donez bani.

Are dreptate, însă doar pe jumătate.

— Bunăăăă, lungesc eu salutul și îmi ridic ochelarii de soare pe cap. John Rivers e aici?

Nu-mi scapă faptul că zâmbetul ei pălește puțin.

Te înțeleg, fetițo.

— E în camera de muzică, spune ea, arătând în josul holului.

Îi mulțumesc.

Biserica miroase a cafea arsă și a hârtii vechi. Linoleumul scârțâie sub pașii mei. Mă îndrept spre camera de la capătul coridorului, de unde se aud deja note de chitară.

John stă în mijlocul încăperii, cu un pupitru în față. Zăresc coperta partiturilor. *Cântece de laudă pentru inimi pline de bucurie.*

Cât se poate de nimerit, căci inima mea e al dracului de plină de bucurie în clipa asta.

Degetele lui alunecă pe coarde când ridică privirea și mă vede acolo. Sesizez fracțiunea de secundă care trece înainte să mă recunoască.

Poartă tricoul lui polo bleumarin, cel cu emblema bisericii pe piept, și are părul pieptănat pe spate. Are și o pereche de tenişi noi, enervant de frumoși, și, dacă mai aveam dubii, acum știu că nu toți banii lui Eddie au fost folosiți pentru un sistem audio nou.

— Jane.

Se ridică și lasă chitara jos, dar eu îi fac semn cu mâna.

— Nu stau mult. Am venit doar să te informez că am discutat în sfârșit cu persoana misterioasă din Phoenix.

Se face alb la față ca varul. Îl urmăresc cu atenție și văd cum obrajii lui rumeni devin cenușii, iar asta aproape că merită tot rahatul prin care am trecut din cauza lui.

Totuși... să nu exagerez.

— Știi, era un tip foarte amabil. Mai ales când i-am explicat că tot ce i-ai povestit tu sunt niște baliverne.

Încă simt șocul, *ușurarea* inegalabilă care m-a copleșit când omul care mi-a răspuns la misteriosul număr de telefon mi-a explicat că era angajat de o oarecare Georgie Smith, care își căuta sora, pe Liz. Respectiva Georgie credea că Liz născuse o fată, cunoscută sub numele de Helen Burns, ajunsă în adopție temporară în Arizona, și ar fi vrut s-o cunoască.

Am ales un ton plin de regrete, aproape nostalgic, când i-am confirmat că fusesem în adopție temporară împreună cu Helen, dar că ultimul lucru pe care îl aflasem despre ea era că se apucase de droguri și că, probabil, se stabilise undeva, în vest, la Seattle, poate? Nu, parcă în Portland. Într-unul dintre cele două orașe. În orice caz, nu mai auzisem de ea de mulți ani și – am adăugat aproape în șoaptă, conspirativ – eu nu mi-aș mai pierde vremea cu John Rivers. Tipul are o istorie bogată de șarlatan ce păcălește femei mai în vârstă, precum doamna Smith – probabil că o va ameți cu vorbe, îi va jura că o știe pe nepoata ei, dar nu îi va da nimic concret. Detectivul particular n-a părut deloc surprins, afirmând că e obișnuit cu asemenea persoane și mi-a mulțumit pentru timpul acordat.

Când am încheiat conversația, am așteptat să mă cuprindă regretul, știind că tocmai refuzasem să fiu pusă în legătură cu familia mea. Cu un an în urmă, chiar și acum câteva luni, să aflu că mama avea o soră care mă caută m-ar fi făcut jalnic de recunoscătoare. Mătușa Georgie.

Acum, era doar o pistă ce trebuia blocată pentru totdeauna. Eu alesesem deja, aveam o familie și închideam ușa care ducea spre trecutul meu.

Și mai important, acum eram sigură: nimeni nu știa ce se petrecuse cu adevărat în Phoenix.

Scăpasem.

John încă se holbează la mine, înghite întruna în sec și mă întreb dacă și el s-a simțit la fel de bine când m-a surprins în parcarea de la Home Depot.

Dacă așa e, aproape că nu-l mai învinovățesc.

— În fine, m-am asigurat că bărbatul știe cât ești de jegos și, ca să condimentez puțin lucrurile, e posibil să-i fi sugerat că, în plus, ești ușor pervers și obsedat de persoana mea. Prin urmare, îți garantez că nu-ți va mai răspunde la apeluri.

Partea asta nu e adevărată, dar mă amuză teribil să-l văd cum asudă.

Totuși, nu se dă bătut.

— Dar ai făcut ceva, Jane. Te ascunzi de ceva. Altfel, nu m-ai fi plătit.

Face un pas spre mine.

— N-ai fi acceptat să locuiești cu mine dacă nu erai o fugară. Cât am stat în același cămin înainte? Două luni? Abia mă cunoșteai. Dar aveai nevoie de un loc unde să te ascunzi. Zi-mi că mă înșel.

— Nu trebuie să-ți zic niciun rahat.

John aruncă o privire spre ușă, strâmbându-se puțin.

Mă uit și eu peste umăr, amintindu-mi de fata de la recepție, amintindu-mi unde suntem și aproape că izbucnesc în râs.

— Te îngrijorează... înjuratul meu? Într-o conversație despre cum mă șantajezi?

Mă dau mai aproape, cu geanta mea scumpă așezată cochet în dreptul cotului și cu inelul de la Eddie sclipindu-mi pe deget.

— Ești mai isteț decât credeam, recunosc. Dar *totul* s-a terminat acum. Nu mă mai suni nici pe mine, nici pe Eddie și uiți că m-ai cunoscut sau că am existat vreodată.

E posomorât, dar tot nu se lasă.

— Să te uit pe tine? Sau pe Helen Burns?

Inima îmi bubuie în piept când îl aud rostind numele.

S-a terminat.

A dispărut.

— Du-te dracului, John! îi zic dulce, apoi îmi ridic privirea spre tabloul de pe perete, care-l înfățișează tot pe Isus, de data asta cu mulți copii la picioare, în loc de miei.

Îmi pare rău, îi spun mutește, cu o grimasă exagerată și ies.

Când trec pe lângă recepție din nou, o văd pe fată privindu-mă curios și îi zâmbesc când scot carnetul cu cecuri din geantă.

— Eu și logodnicul meu am auzit că biserica voastră are nevoie de un nou sistem audio.

Părăsesc lăcașul cu câteva mii de dolari mai săracă, dar îngâmfată până la Dumnezeu. Să vedem dacă John mai încearcă vreodată un rahat asemănător acum, că șeful lui, reverendul Ellis, a ieșit să dea mâna cu mine și să-mi mulțumească plin de efuziune pentru generozitate, promițându-mi că, de acum încolo, eu și Eddie vom avea parte de recunoștință în timpul tuturor programelor bisericii.

Vreau ca John să asiste la asta în fiecare duminică.

Domnul Edward Rochester și soția lui, doamna Jane Rochester.

OK, poate că am sărit puțin calul cu soția, dar, în definitiv, ne *vom* căsători. Eddie *e* nevinovat. Și eu... liberă.

Mă urc în mașină, îmi pun mâinile pe volan și inspir adânc.

Nu e ca și când eu l-aș fi ucis pe domnul Brock. Una e să ucizi pe cineva și alta e să îl lași să moară.

A meritat din plin.

El a lăsat-o pe Jane să moară. Pe Jane cea reală, pe care am iubit-o, care era cea mai bună prietenă a mea, sora mea, chiar dacă nu aveam același sânge. Împărțeam totuși o casă. Și un coșmar.

Fusese întotdeauna plăpândă, micuță. Mereu prindea toate răcelile și tot felul de virusuri la stomac în timpul școlii. De obicei, reușeam s-o ajut. Vitamina C, suc de portocale. Luam notițe ca să nu rămână în urmă cu lecțiile.

Dar, ultima dată când s-a îmbolnăvit, nu s-a mai făcut bine. Tusea s-a înrăutățit. Febra a continuat să crească.

Trebuie s-o duceți la doctor, trebuie, i-am implorat pe soții Brock, dar ei au găsit tot felul de scuze, așa cum se întâmpla de fiecare dată.

N-are nimic, se preface, nu e atât de rău.

Jane a murit în patul meu, cuibărită lângă mine, cu trupul atât de fierbinte și de asudat, că abia puteam s-o țin în brațe.

Dar am ținut-o. Am ținut-o cât a luptat să tragă aer în piept, am ținut-o până când s-a cutremurat brusc și apoi a încremenit.

Pneumonie. Ar fi omorât-o probabil și dacă soții Brocks ar fi dus-o la spital. Era foarte slăbită deja.

N-aveam să știu niciodată.

Așa că simțisem că se face dreptate în noaptea în care nu eram în casă decât eu și domnul Brock. Doamna Brock plecase să joace Bingo și, la momentul respectiv, eu eram singurul copil aflat în grija lor.

Se uita la televizor, la un meci de baseball, și un telefon l-a enervat cumplit. Uneori, asta însemna că unul dintre noi urma să primească scatoalce, dar, în noaptea aceea, el doar s-a ridicat din pat și a urlat spre ecran, înroșindu-se la față.

Eu stăteam la masa din bucătărie, completând niște formulare pentru un rahat de slujbă la un restaurant fast-food, când l-am văzut sufocându-se și ducându-și mâna la piept.

Suferea cu inima de la o vreme. N-am știut niciodată care era exact problema lui, dar am presupus că un regim cu whisky, cartofi prăjiți și un suflet mai hâd decât al diavolului nu ajutau deloc.

Lua medicamente. Unele mari, dintr-o sticlă portocalie. A rostit printre dinți cuvântul când s-a întors spre mine, cu fața de culoarea laptelui prins.

Medicamentele.

Nu i le-am dat.

A căzut în genunchi, deschizând și închizând gura ca un pește scos din apă, cu ochii ieșiți din orbite.

Domnul Brock nu era un bărbat solid, nu era cu mult mai înalt decât mine, dar m-am bucurat să-l văd îngenuncheat. M-am ridicat în picioare și m-am aplecat spre el, în timp ce el se holba la mine, disperat.

Cuvântul mi-a venit atât de ușor pe buze.

Mori.

Voiam să moară. Pentru Jane.

Așa că am stat acolo și l-am privit cum se chinuie să tragă aer în piept și, când a încercat să se întindă după medicamentele puse pe o măsuță dintre două scaune rabatabile, i le-am luat. Le-am ținut în fața lui. L-am lăsat să vadă că le am.

Apoi m-am dus la bucătărie și le-am răsturnat în tocătorul de gunoi ca să fiu sigură.

Am ieșit din casă abia după ce n-a mai respirat.

De cinci ani alerg, departe de noaptea aceea, de ideea că oamenii își amintesc că eu eram singura acasă când domnul Brock a căzut lat.

Dar uitasem cât de nesemnificativi pot fi oamenii ca mine. Nimeni n-a făcut legătura între plecarea mea și moartea lui.

Avea o boală de inimă, în definitiv. Iar Helen pur și simplu părăsise orașul. Mai avea puțin și împlinea 18 ani, absolvise liceul și urma să iasă din sistem oricum.

Plecasem cu cartea de identitate a lui Jane în geantă. Jane, care semăna destul de mult cu mine ca să-mi fie soră.

Și o luasem de la capăt.

Cu succes, după cum s-a dovedit.

Zâmbind, pornesc motorul și mă îndrept spre casă. Noua mea casă.

Casa mea reală.

27

— Ce rochie ar trebui să port? întreb.

Eddie aruncă o privire spre opțiunile întinse pe pat. Sunt trei: o rochie simplă, crem, lejeră, una neagră mai sexy și o rochie comandată de la Southern Manors. Un violet-închis ca de prună, cu frunze brodate pe gulerul gen Peter Pan, fără mâneci. E mai rafinată decât ce îmbrac eu de obicei, dar eram curioasă să văd cum arată designul conceput de Bea și dacă Eddie îl va recunoaște. Și dacă da, va comenta în vreun fel?

Indiferent dacă rochia i se pare familiară sau nu, ei bine, nu se dă de gol. Arată cu o mișcare din cap spre cea crem și spune:

— Îmi place aia.

Așa că mă duc la primul cocktail al meu de la country club, simțindu-mă aproape ca o virgină ce urmează să fie sacrificată pe un altar. Rochia, care mi se păruse sofisticată pe umeraș, e prea lungă pentru mine, tivul mă atinge sub genunchi, iar gulerul înalt, prea înalt, îmi lovește maxilarul și îmi face pielea să pară cenușie.

Country clubul din Birmingham este o clădire frumoasă, construită cu gust, în stil Tudor, plasată în mijlocul unei peluze întinse, verzi și înconjurate de copaci bătrâni. Când străbatem aleea, admir piatra și buștenii, luminile care se revarsă pe ferestre și mă dau mai aproape de Eddie. Am bifat restaurantele stilate și adunările bisericești, dar am impresia că aici voi da un test nou, unul pentru care nu sunt sigură că am studiat destul.

Chiar și seara, aerul de vară este atât de fierbinte și de greu, încât am senzația că respir direct deasupra unui umidificator, dar florile din ghivecele masive de la intrarea principală sunt roz-aprins și totul pare plin de energie și de viață.

Totul, cu excepția oamenilor care se adună lent înăuntru.

Toți sunt clonele celor văzuți de mine în sat ori la licitația de la biserica metodistă: bărbați la costum, ușor îmbujorați, femei perfect îmbrăcate în culori vii, cu părul nici blond, nici șaten, ci având o mie de nuanțe din ambele culori, create de un hair stylist de lux.

Valoarea bijuteriilor din această încăpere egalează probabil produsul intern brut al mai multor țări mici la un loc. Poate chiar al mai multor țări nu foarte mici.

De-a lungul peretelui din spate, se înșiră mese încărcate cu mâncare, iar ospătarii circulă cu tăvi pline cu aperitive, dar nimeni nu pare să mănânce.

De băut, totuși... Da, se bea din greu.

Nu mă surprinde că barul e plasat în mijlocul sălii, dând naștere unui centru de atracție, unde oaspeții se strâng întruna. Când mă apropii, văd că nu oferă decât băuturi scumpe.

Mâna lui Eddie îmi apasă șoldul cu greutatea ei caldă, amintindu-mi că aparțin locului. Îi zâmbesc.

În situații precum cea de față - când îl văd printre bărbați, soții femeilor pe care le studiez intens de câteva luni –, îmi dau seama cât de mult iese în evidență. Cât de diferit pare.

— Bei ceva? mă întreabă.

Încuviințez din cap.

— Vin alb, te rog.

Își croiește drum prin mulțimea din jurul barului, lăsându-mă acolo, stânjenită, cu mâinile încrucișate în față.

— Jane!

O văd pe Emily zâmbindu-mi, salutându-mă elegant cu mâna.

Își pune brațul bronzat și subțire pe după umerii mei și mă trage într-un grup de doamne îmbrăcate în rochii pentru cocktail. Aștept să mă cuprindă senzația de triumf, aroganța că m-am transformat din fata care plimba câinii, într-una de-a lor, în doar câteva luni.

Însă nu simt nimic de genul ăsta. Nu vreau decât să mă duc acasă.

— Jaaane, îmi lungește numele Emily, abțiguită bine. Cunoști pe toată lumea, nu?

— Salut, fetelor! rostesc veselă.

Toate îmi zâmbesc. Sunt una de-a lor acum.

— Fată, rochia e *atât* de frumoasă, spune Landry.

Și ea poartă ceva similar, așa că poate e mai degrabă un compliment pentru ea însăși decât pentru mine.

Landry are și o brățară grozavă, subțire, din aur, de care atârnă un pandantiv și deja mă întreb dacă am cum să i-o șparlesc de la încheietură fără ca ea să observe.

Fir-ar a dracului de treabă, nu, îmi zic în sinea mea. *Nu mai trebuie să faci rahaturi din astea și, dacă ai face-o, ar fi sinucidere curată. Întreab-o de unde a cumpărat-o și du-te să-ți iei una la fel.*

Însă nu-i o idee la fel de atrăgătoare, așa că îi răspund la compliment.

— Ah, mulțumesc. Nu m-am putut hotărî deloc ce să port, așa că am ales ceva simplu.

— Eddie e aici? mă întreabă Emily.

Încuviințez din cap, arătând cu mâna în spate.

— L-am lăsat să vâneze niște Woodford Reserve, răspund și cele cinci femei chicotesc prefăcut, de parcă le-aș fi zis gluma secolului.

De fapt, Eddie a început să bea tot mai mult în ultima vreme, lada pentru reciclarea sticlelor umplându-se rapid. Decisesem să fiu cu ochii pe el în seara asta, mai ales că el conducea.

Firește că nu le pomenesc nimic *fetelor*.

Însă Caroline pare să fi ghicit ceva în tonul meu, pentru că adaugă, aproape fără sens:

— Mie tot nu-mi vine să cred că Tripp Ingraham și-a omorât soția și pe prietena ei cea mai bună.

Peste umărul ei, zăresc un bărbat îmbrăcat mult mai lejer decât s-ar cuveni aici, cu un aparat foto în mână, cu care face poze întruna. Unde ajung aceste fotografiile? Cine vrea să se uite la o grămadă de gospodine care bârfesc?

— Adică el susține în continuare că n-a avut nimic de-a face cu...

Caroline coboară glasul.

— ... crimele. Şi sigur va fi un proces...

Se oprește, apoi mă privește fix.

— Probabil că toată tărăşenia asta e un coşmar pentru voi doi.

Mi se pare nespus de enervant și de... *potrivit* ca tocmai Tripp Ingraham să fie cel care să-mi strice socotelile. Așa fac cei ca Tripp, la urma urmei. Strică socotelile oamenilor ca mine.

— Ne rugăm în privința asta, răspund într-un târziu și, ce să vezi, le închid gura.

Femeile încuviințează ferm din cap, iar Anna-Grace chiar murmură un „amin".

Petrecerea e în toi când eu și Eddie hotărâm să plecăm, în jur de zece seara sau cam așa ceva. Oamenii sunt tot mai beți, muzica e tot mai tare, iar eu am obosit să tot zâmbesc pentru fotografii.

— Te-ai distrat? întreabă Eddie.

Sunt suficient de obosită ca să-i mărturisesc adevărul.

— Nu prea.

El izbucnește în râs și-și lărgește nodul de la cravată.

— Te înțeleg perfect. Oamenii ăștia sunt... ceva de speriat.

Mergem spre mașină și pietrișul scrâșnește sub picioarele noastre.

— Te-ai mai gândit la plecare? întreb și mă întorc să mă uit la el. Adică știu că Bea voia să păstreze sediul companiei Southern Manors în Alabama. Dar ai putea s-o vinzi, nu?

Mă îngrijorez pentru o secundă că i-am forțat prea tare mâna.

— Niciunul dintre noi nu e de pe aici. Am putea s-o luăm de la capăt în altă parte.

Eddie se oprește.

— Ai vrea?

Acum câteva săptămâni aș fi negat și aș fi susținut că Thornfield Estates e un vis. Însă acum, că am văzut dedesubturile a ceea ce credeam că e locul perfect, nu mai sunt așa de sigură.

— Dacă și tu ai vrea, de ce nu?

Eddie își dă capul pe spate și se uită la cer.

— Ar fi frumos, răspunde el, dar fără să îmi dea un răspuns.

Pornește spre mașină, dar se oprește brusc.

— Ai scăpat ceva, spune el, aplecându-se să ridice o brățară de aur de jos.

Iau brățara lui Landry și o pun la loc în geantă.

— Ah, da. Mulțumesc.

28

— Ești îngrijorat? întreb când mașina șerpuiește în jos, pe dealul abrupt, unde e situat country clubul. Cele trei pahare de sauvignon blanc băute pe stomacul gol mi-au dezlegat limba. Torsul motorului mă calmează, nu există nici trafic, nici zgomote aici, sus, cu excepția oftatului scos de Eddie când pune mâna pe genunchiul meu.

— Cu privire la Tripp? Nu, nu *sunt* îngrijorat. Chiar deloc, aș adăuga.

Duce mâna la gât și își descheie cămașa. Când mă uit la el, în lumina difuză a bordului, îi zăresc cearcănele și pomeții ascuțiți.

Întind mâna la rândul meu și îl prind de genunchi.

— Totul o să fie bine, îl liniștesc. Mai ales acum, că Tripp a fost arestat...

Pufnind, Eddie își retrage mâna și o pune pe volan când cotește din nou.

— Încă nu s-a terminat. Urmează procesul, reporterii vor apărea și ei, vor fi și mai multe întrebări...

Vocea i se stinge și clatină din cap.

— O situație de tot rahatul.

Mă gândesc la ce spusese Campbell la cafenea despre toanele lui Eddie. La cei care aduseseră mâncarea și o dăduseră în bară. Cum Bea a râs, dar Eddie...

Nu.

Nu, îmi zic în sinea, nu voi mai permite apariția unor astfel de gânduri. Mi-a cerut să am încredere în el și așa voi face.

— Ne avem unul pe altul, îi reamintesc.

Expresia lui Eddie se îmblânzește puțin când se uită spre mine.

— Așa e, nu?

Zâmbește și se apleacă ușor să-mi atingă obrazul cu buzele. Miroase bine, ca întotdeauna, dar, dincolo de aroma scumpă, pătrunzătoare a coloniei, simt izul mai greu al bourbonului și, pentru o clipă, îmi amintește atât de puternic de Tripp, că aproape îmi dau capul pe spate ca să mă feresc.

Dar Eddie nu are nicio legătură cu Tripp și tocmai ne întoarcem de la o petrecere, pe toți sfinții! Normal că miroase puțin a băutură de calitate. Probabil că și eu miros după paharele de sauvignon blanc pe care Emily m-a tot împins să le beau.

Casa e luminată frumos când oprim mașina pe alee și mă întreb dacă mă voi obișnui vreodată cu ideea că locuiesc aici. Că această casă splendidă e a mea.

Mă rog, a mea și a lui Eddie.

Îmi mai torn un pahar de vin după ce intrăm, iar Eddie răspunde la câteva e-mailuri primite mai târziu. Hotărăsc să fac o baie. Nu mă satur de cada uriașa și de faptul că o pot folosi ori de câte ori doresc.

Intru în baie și îmi scot rochia. O las să cadă pe podeaua de marmură fără nicio grijă, chiar dacă m-a costat mai mult decât îi plăteam chirie lui John.

Am avut la mine o poșetă minusculă în seara asta, în care n-au încăput decât telefonul, rujul și câteva bomboane mentolate – și, da, brățara lui Landry. O arunc pe măsuță, dar aud bâzâitul mobilului.

Mă încrunt și îl scot. O parte a minții mele se întreabă dacă a observat cineva brățara, dar, când văd de la cine e mesajul, simt un gol în stomac.

Trebuie să vorbim.

E de la Tripp.

Mă aplec deasupra chiuvetei, privind fix ecranul, când un alt SMS intră.

O să înțeleg dacă-mi răspunzi să mă duc la dracu, dar nu eu am făcut asta.

Dintr-un motiv inexplicabil, simt că tu m-ai putea crede.

Aștept trei secunde, patru și apare și ultimul mesaj.

Ceea ce înseamnă că ești în pericol.

Tresar când Eddie apare în prag, cu cravata desfăcută, dar încă atârnată la gât.

— Ce s-a întâmplat? mă întreabă, apoi se încruntă. Ești palidă.

Spune-i, gândesc. *L-ai mințit despre John și ai văzut cât de rău s-a supărat, nu minți și de data asta.*

— Prea mult vin, răspund timid. Iar Emily tocmai mi-a trimis un SMS despre niște chestii pentru comitet, adaug, fluturând mobilul spre el.

Eddie clatină din cap.

— Auzi, comitet! Nici n-ai zice că vrei să te muți, când ai ajuns să vorbești exact ca ele.

Zâmbetul lui e cald, așa că mă străduiesc să-i dau o replică isteață.

— Iar ție îți place, recunoaște.

— Tu îmi placi, ripostează el.

Surâsul meu pălește, dar, slavă Domnului, Eddie deja s-a întors cu spatele.

— Și tu îmi placi mie, îi spun.

După aceea îi scriu lui Tripp:

Spune-mi când.

PARTEA A OPTA

BEA

Petrecerea are loc la Tutweiler, un vechi hotel din Birmingham pe care Bea l-a iubit mereu. Blanche își organizase nunta aici, cu doar șase luni în urmă, și Bea își pusese în cap să găzduiască și ea un eveniment de orice fel, în același loc.

Lansarea celei mai noi colecții Southern Manors și listarea la Bursă a companiei păreau ocazia perfectă și Bea petrece luni bune planificând fiecare detaliu. Când, în sfârșit, sosește ziua cea mare, recepția se dovedește chiar mai reușită decât sperase.

Sala de bal e decorată cu obiecte Southern Manors, fiecare masă având un măr din argint sau un porc din cristal ori o vază mare, împodobită cu o fundă din material pepit. Totul e la modă și elegant, dar cald și prietenos, exact ca brandul pe care Bea îl promovează de câțiva ani.

Ea însăși încearcă să fie întruchiparea brandului, purtând o rochie frumos croită, scandalos de scumpă, dar nu exagerat de pretențioasă și fără accesorii bătătoare la ochi.

Pe de altă parte, Blanche pare mult prea elegantă într-o rochie lungă, neagră, cu diamante sclipitoare, și Bea se bucură mai mult decât ar trebui că prietena ei iese în evidență negativ, într-un spațiu pe care, inițial, l-a dominat.

Noaptea e perfectă și Bea își joacă impecabil rolul de gazdă, chiar dacă, atunci când vede cuplurile din sală, îi trece prin minte că și ea ar trebui să-și găsească pe cineva la un moment dat. E singurul lucru care îi lipsește, un partener și, când o vede pe Blanche luându-l de braț pe Tripp, se întreabă de ce oare nu s-a gândit deloc la viața ei romantică până acum.

Știe că, în mare, acest lucru s-a întâmplat fiindcă a avut lucruri mai importante de făcut, fiindcă Southern Manors a devenit întreaga ei lume de când a absolvit colegiul, dar, brusc, simte că-i lipsește ceva și se hotărăște să acționeze cât de curând.

Însă nu în noaptea asta.

Noaptea asta e pentru ea, pentru succesul ei. Pentru ceea ce a construit din nimic.

A venit și mama ei, îmbrăcată într-o rochie verde ca menta, aleasă de Bea pentru ocazie, fiindcă i s-a părut că se va potrivi de minune cu părul ei roșcat. Dar acum înțelege că a ales greșit – îi subliniază tenul gălbejit și o face să pară obosită și ștearsă.

— Mama, vrei să te duci în camera ta? o întreabă încet, aplecându-se spre ea la masă, evitând sticla de apă minerală de lângă cotul ei.

Bea le dăduse instrucțiuni ferme angajaților să nu-i ofere nimic de băut mamei ei și, până acum, se pare că aceștia îi respectaseră ordinele.

— Nu, răspunde mama blând, dându-și părul pe spate cu o mână tremurătoare.

În seara asta, își poartă diamantele. Nu atât de ostentative ca ale lui Blanche și având o nevoie imperioasă de curățare, dacă judeci după culoarea lor ternă. Bea se critică în sinea ei că a uitat să-i ia mamei accesorii noi, ceva de la Southern Manors.

— Sunt atât de mândră de tine, Bertha scumpă, zice mama zâmbind.

Bea nici măcar nu o corectează în privința numelui. A lăsat trecutul în urmă și a renăscut strălucitoare și proaspătă.

Circulă tot restul serii. E o greșeală. Ar fi trebuit să-și supravegheze mama, ar fi trebuit să insiste să o ducă în camera ei.

Și, desigur, nu-și dă seama de greșeală decât atunci când e pe podium, ținând un discurs, mulțumind tuturor pentru prezență, pentru că au transformat Southern Manors într-un succes. Pentru că au făcut-o pe ea o femeie de succes.

— Southern Manors e o familie, declamă ea și vocea îi răsună puternic prin sistemul audio. Și rădăcina acestei companii se trage din propria familie. Din mobilierul de epocă al mamei. Din păturile făcute de bunica. Din dragostea tatei pentru un pahar masiv cu bourbon.

Mulțimea râde politicos și Bea se prinde cu mâinile de marginea pupitrului, gândindu-se că lui taică-său puțin îi păsa din ce bea, câtă vreme alcoolul curgea în valuri. Că nu-și cunoscuse niciodată bunica și că toate obiectele de valoare din casa mamei fuseseră vândute înainte ca ea să se nască.

Știe că înșiră minciuni, dar și le spune de atâta timp, încât nici nu-i trece prin minte că mama ei nu o va sprijini. De ce n-ar face-o, când tocmai minciunile astea îi aduc băutură pe masă și haine de la Neiman Marcus?

Bea intuiește ce urmează chiar înainte să se întâmple și asta înrăutățește lucrurile, fiindcă nu poate întreprinde nimic pentru a le opri. O vede pe mama ei cum se ridică de pe scaun, cum merge împleticit, părând amețită chiar și când stă nemișcată. Lui Bea i se pune un nod în gât și i se înmoaie genunchii.

— Bertha, despre ce naiba vorbești tu acolo? strigă mama, glasul ei răsunând peste mulțime, în ciuda cuvintelor articulate cu greu.

Câțiva oaspeți se întorc spre ea și Bea își amintește că nimeni de aici, cu excepția lui Blanche, nu-i cunoaște numele real.

— Tăticuțul ei scump habar n-avea care e diferența dintre un pahar cu bourbon și o sticlă cu bere, continuă vesel mama, de parcă le-ar fi trântit o anecdotă amuzantă, de parcă n-ar distruge tot ce a construit Bea.

Autentic. *Este unul dintre nenorocitele de cuvinte-cheie din toate materialele lor de marketing și iată cum mama ei îl ruinează fără nicio jenă.*

— Iar buni Frances a murit înainte să...

Totul pare să se desfășoare cu încetinitorul. Mama se răsucește ca să-și farmece comesenii și, în același timp, ospătarul înaintează cu tava încărcată de pahare cu șampanie, ținând-o cât mai sus. Nu orice fel de pahare, firește, ci unele marca Southern Manors, cupe mici în formă de jumătăți de piersică, împodobite cu frunze din sticlă.

Coliziunea e aproape explozivă. Mama calcă pe tivul rochiei, iar ospătarul încearcă să o prindă, dar și să țină tava dreaptă.

Mama se prăbușește pe podea în sunetul paharelor sparte. Ospătarul se ghemuiește jenat lângă ea, abandonând tava ca să o țină pe mama de cot.

Iar mama râde.

O pată de sânge strălucitor înflorește pe dosul palmei ei, iar ea se șterge absentă pe rochie. Bea continuă să privească, încremenită.

— Na, belea! strigă mama, râzând din nou, roșie la față.

Bea tot nu se poate mișca, nu reușește să traverseze încăperea ca să se asigure că mama n-a pățit nimic, să o ajute să se ridice în picioare.

Blanche face asta.

Câțiva ani mai târziu, Bea își va aminti atât de bine cum o ajutase Blanche pe mama ei să se ridice, bodogănind la adresa covoarelor vechi, a pantofilor noi, oferindu-i mamei toate scuzele din lume pentru ce se întâmplase, de parcă nu era dureros de limpede cât de rău se îmbătase.

Abia când Blanche îi aruncă o privire, Bea simte cum picioarele încep să-i funcționeze din nou și își croiește drum spre cele două, afișând un zâmbet strâmb. Își ia mama de braț.

— Hai să mergem sus, îi spune.

Iar mama, încă zâmbitoare, plutind fericită în norul ei de băutură și de Dumnezeu știe ce altceva, se lasă condusă ca un copil.

Mai târziu, Bea și Blanche stau în livingul din apartamentul lui Bea. Blanche are un pahar cu vin, dar Bea, incapabilă să suporte mirosul de alcool, ține în mână o sticlă de apă.

— De ce nu mi-ai zis cât de rău stă treaba? întreabă Blanche.

Iar Bea... ce-ar putea să răspundă? Că nu știa cât e de rău? Ar fi fost o minciună. Că nu voia ca altcineva să știe cât e de rău? Ar fi fost mai aproape de adevăr, dar îi vine greu să recunoască. Ar intra în pământ de rușine. Așa că dă din umeri și spune:

— Am fost atât de ocupată și nu am petrecut prea mult timp cu ea în ultima vreme. Știam că îi place să bea un cocktail seara, dar, în halul ăsta...

Își lasă privirea să alunece vag în depărtare, de parcă nu cunoscuse niciodată o lume în care mama ei se îmbăta și o stânjenea, de parcă asemenea spectacole nu fuseseră la ordinea zilei în copilăria ei.

— Poate are nevoie de ajutor, sugerează Blanche.

Apleacă paharul ca să mai ia o gură, apoi se oprește, privește paharul și pare să-și dea seama că o discuție despre o cură de dezalcoolizare în timp ce ea soarbe lacomă un pinot gris ar putea trimite un mesaj confuz.

— O să mă întorc la Caler, rostește Bea într-un târziu, trântind sticla de apă pe bar. O să am grijă de ea o vreme, o s-o readuc pe calea cea bună.

Blanche se încruntă.

— Ești sigură....

Bea o întrerupe, fluturând din mână.

— Știu care-i sunt nevoile.

Nimeni n-o cunoștea pe mama ei așa cum o cunoștea Bea.

IANUARIE, ȘASE LUNI DUPĂ BLANCHE

Eddie nu s-a mai întors aproape o săptămână după ce am făcut dragoste.

Mă așteptasem la asta într-un fel. Știam că o dădusem în bară, sugerându-i să aibă încredere în mine, dar, pe măsură ce zilele s-au scurs, am început să mă întreb dacă nu cumva îmi venise sfârșitul. Poate că intenționa să mă lase fără provizii, să mă înfometeze până mor.

Nu m-am putut împiedica să-mi imaginez scheletul zăcând pe patul comod, cu așternuturile lui albe, apoi mi-am închipuit cum mă descoperă o familie care se mută aici, într-o bună zi. Poate că urma să devin o fantomă. Poate că urma să bântui casa pentru totdeauna, plângându-mi soarta, la etaj.

Când vândusem casa mamei, cea în care murise, mă întrebasem dacă spiritul ei e încă acolo, rătăcind pe holuri.

Însă astăzi, Eddie s-a întors.

Încărcat cu provizii și cu un teanc de cărți, de parcă s-ar fi simțit vinovat. Am încercat să ghicesc dacă din cauza partidei de sex sau pentru că lipsise atâtea zile, dar nu am reușit să citesc nimic pe fața lui.

A stat așa, în picioare, mult timp, uitându-se la mine, spre pat, iar eu mi-am ținut respirația, așteptând.

Apoi a traversat camera, m-a cuprins în brațe cu un geamăt lacom și m-a sărutat atât de tare, că buzele mi s-au strivit de dinți până la sânge.

Funcționase. Felul în care îi amintisem ce reprezentam unul pentru celălalt. Ce am fi putut deveni iarăși. În pofida rateului meu, se întorsese și încă mă dorea.

Iar eu îl doream la rândul meu. La fel de mult și de intens. În ciuda celor petrecute.

Ce dracului voi face de aici înainte?

FEBRUARIE, ȘAPTE LUNI DUPĂ BLANCHE

Eddie a fost altfel astăzi.

N-aș putea să vă spun de ce sau cum, dar nu era în apele lui. Arăta jigărit din nou, de parcă nu dormise bine și, pentru prima dată după atâtea săptămâni, n-am făcut sex. Mi-a lăsat apa și mâncarea, apoi mi-a zis că trebuie să plece.

Avea o picătură de sânge pe cămașă. Pe manșetă. Și o zgârietură, la încheietură.

L-am întrebat ce s-a întâmplat, dar nu mi-a răspuns.

Și nici nu m-a privit în ochi.

Urăsc toată treaba asta. Am senzația că îi țin socoteala stărilor de spirit ca și cum ar fi un buletin meteo. Lucrurile mergeau bine între noi, începuse să capete încredere în mine. Acum, iar e distant. Doar îmi aduce mâncare și abia schimbăm două cuvinte.

Arată tot mai bine când vine să mă vadă. Seamănă cu vechiul Eddie.

De parcă monstrul pe care l-am zărit la lacul Smith se transformă încetul cu încetul în Eddie de care m-am îndrăgostit și în Eddie cu care m-am măritat.

Are mai multă încredere în el, se simte bine în pielea lui acum și mă întreb ce s-a schimbat.

O fată.

Firește că e o fată.

Eddie nu mi-a zis nimic. Dar eu știu.

Astăzi, când a intrat, a fost cel mai aproape de Eddie pe care l-am cunoscut în Hawaii. Frumos. Competent. În control.

N-avea cum să reușească schimbarea asta de unul singur. Îl știu pe Eddie. E în cea mai bună formă atunci când are pe cineva în care să se oglindească și când poate fi *cineva* pentru altă persoană.

M-am întrebat cine era. Vreo femeie din cartier? O știam? Încerc să mi-l imaginez cu Emily sau cu Campbell ori cu Landry Cole, dar e aproape imposibil. Eddie nu le plăcea, mereu îmi spunea cât sunt de plictisitoare în comparație cu mine.

Noaptea, stau întinsă în pat și mă străduiesc să mi-o închipui pe noua femeie pe care Eddie a fermecat-o.

E mai tânără decât mine? Mai frumoasă?

Oare știe cine e el?

Când Eddie a venit aseară, era puțin abțiguit.

O noutate pentru mine.

Mi-a adus și mie o sticlă de vin.

De fapt, o cutie mică cu vin, genul care include și trei pahare. Totuși, fără tirbușoane și pahare pentru mine, dar, chiar și-așa... nu mai băusem vin de atâta timp și prima gură mi s-a urcat direct la cap.

Eddie s-a așezat pe pat, lângă mine, cu mâna pe coapsa mea, dar n-a făcut nicio mișcare în plus, chiar dacă eu voiam asta.

M-am detestat pentru dorința mea, dar tot tânjeam după el.

— Te vezi cu cineva, nu-i așa?

Eram suficient de beată ca să pun o asemenea întrebare.

Iar el era suficient de beat ca să răspundă.

— Da, așa e.

Mă așteptasem la acest răspuns, dar tot m-a izbit cu putere și vorbele lui mi-au provocat o durere fizică.

Am simțit că nu mai pot să respir.

— Cu cine? l-am iscodit.

Ochii i s-au înnegurat când și-a ferit privirea și și-a lăsat mâna să alunece de pe piciorul meu.

— Nu o cunoști.

Asta a fost tot ce mi-a zis.

A plecat imediat după aceea, sărutându-mă ușor pe tâmplă, iar acum zac singură, vărsând lacrimi amare pe pernă.

Ar trebui să fie lacrimi de spaimă. Dacă Eddie cunoscuse pe cineva, cât avea să mă mai țină aici? Cu siguranță, acum sunt doar o povară uriașă pentru el.

Dar nu mă tem.

Sunt... furioasă.

Rănită.

Geloasă.

O cheamă Jane.

Măcar atât am reușit să scot de la el.

Astăzi, când a venit, tocmai ieșisem din duș. N-a fost nimic intenționat - nu știu niciodată când apare, în definitiv -, dar a funcționat în favoarea mea.

Imediat ce m-a văzut, stând acolo, doar într-un prosop, ochii i s-au întunecat, au devenit înfometați și a fost cel mai ușor lucru din lume să las prosopul să alunece pe podea și să-mi deschid brațele ca să-l primesc.

După aceea, s-a purtat ca întotdeauna după o partidă de sex. Cu lejeritate, arătându-și vulnerabilitatea.

Mai relaxat.

— Cum e? l-am întrebat.

— Jane? a zis el, aproape fără să gândească.

Jane.

O cheamă Jane. Un nume simplu. Banal. Oare și ea e simplă și banală?

— E...

S-a oprit și am zărit un licăr de vinovăție pe chipul lui când imaginea ei i-a apărut în minte, în vreme ce el stătea în patul meu.

— Nu e deloc ca tine, a rostit într-un târziu.

M-am întrebat ce voia să spună mai precis. Însă cele mai multe întrebări pe care mi le-am pus aveau legătură cu ea.

Era jos, în casa mea? Se gândea la mine, la biata soție moartă a lui Eddie?

Mă ura?

Și eu m-aș urî dacă aș fi altcineva.

APRILIE, NOUĂ LUNI DUPĂ BLANCHE

A fost o prostie treaba cu patul. Mă întrebasem doar dacă ea, *Jane*, îl va auzi cumva, jos. Trebuia ca ea să știe că toate astea – casa, bărbatul – sunt încă ale mele.

Eddie m-a luat la întrebări mai târziu.

— Ai făcut zgomot?

Am întins mâinile în lateral, invitându-l să analizeze încăperea și pe mine.

— Cum aș fi putut? am întrebat.

A clătinat din cap.

— Bine, a zis și s-a întors să plece.

L-am prins de mână.

N-a mai plecat.

MAI, ZECE LUNI DUPĂ BLANCHE

Zilele se scurg unele după altele și simt cum îmi pierd mințile din nou, încetul cu încetul. Cum de au trecut atâtea luni de când eu și Blanche am dispărut? Și de ce încă sunt aici, sus?

Uneori, am senzația că mi-am recăpătat soțul. În unele dimineți, mă trezesc convinsă că a venit ziua în care îmi va spune în sfârșit că totul s-a terminat, că pot ieși din ascunzătoare, apoi îmi amintesc de existența *ei*.

Știu o grămadă de lucruri despre Jane acum. A fost un copil orfan, a trăit în Arizona. Eddie a cunoscut-o când ea plimba câinii din cartier, dar locuia în Center Point, cu un tip dubios. Are părul castaniu, ca al meu, dar puțin mai deschis. Aparent, e amuzantă.

Și are 23 de ani.

Douăzeci și trei.

Pe chipul lui Eddie, a apărut o expresie tandră când mi-a vorbit despre ea. Nu eram deloc familiarizată cu așa ceva. Eddie mă privise cu foame, cu mânie, cu admirație, dar niciodată cu tandrețe.

Ce înseamnă asta? O iubește?

Oare pe mine mă mai iubește?

Pentru că eu cred că încă îl iubesc. În pofida situației și a celor întâmplate.

IUNIE, UNSPREZECE LUNI DUPĂ BLANCHE

Iar am dat-o în bară.

Eddie a venit la mine astăzi. M-a sărutat, m-a dus în pat, mi-a tras-o și, după ce am terminat, m-am gândit că el se va duce jos, se va întoarce la Jane și am rostit întrebarea care zăcea în mine de câteva săptămâni.

— E dificil să ai o iubită nouă când ai o soție la etaj?

Se îmbrăca și i-am văzut mușchii spatelui încordându-se.

N-ar fi trebuit să spun asta.

Dar trebuia.

S-a uitat la mine și mi-a răspuns:

— Chiar e o problemă asupra căreia vrei să mă concentrez, Bea? Chiar vrei să mă gândesc la cum aș putea s-o rezolv?

A plecat imediat.

FUTU-I!

Tot niciun semn din partea lui. Au trecut multe zile. O să mă lase să mor pur și simplu? Ar fi cu siguranță o soluție simplă pentru „problema" lui.

Pentru el.

Nu atât de simplă pentru mine.

Încă am mici provizii de mâncare și de apă, o parte ascunse sub pat, și am început să le țin socoteala obsesiv, chiar dacă știu că e o greșeală să numeri și n-ar trebui să mă dau bătută.

Însă nu știu ce să fac. Este singurul lucru asupra căruia am control în prezent.

S-a întors astăzi. M-a lăsat singură patru zile. Am fost atât de recunoscătoare că îl văd, încât m-am aruncat în brațele lui, mirosindu-l ca o nebună, și i-am simțit brațele strângându-mă tare, l-am auzit murmurându-mi numele, cu buzele în părul meu.

Și lui îi fusese dor de mine. Dar oare va fi destul?

IULIE, UN AN DUPĂ BLANCHE

Aceasta e ultima mea însemnare. Eddie e la duș și trebuie să mă grăbesc.

Jane, știu că o s-o găsești. Lui Eddie îi pasă de tine, te respectă și asta înseamnă că ești deșteaptă. Pun cartea în buzunarul jachetei lui. E prea cald ca s-o mai îmbrace când pleacă și sper să nici nu simtă că e acolo.

În orice caz, trebuie să risc. Pentru mine și pentru tine, Jane. Te rog. Te rog s-o găsești. Te rog să mă găsești. Nu mai pot supraviețui aici.

Sunt sus. Trebuie să mergi până la capătul holului și să treci prin camera pentru haine. Nu știu codul de la ușă, dar cred că ar putea fi același cu codul de la casa noastră de lângă lac, ziua mea de naștere. Eddie nu e tare la cifre.

Jane, te implor.

Salvează-mă. Și pe mine, și pe tine.

Te rog.

Copilăria ei a avut o tentă gotică atât de absurdă, încât uneori crede că a inventat-o.

Dar nu, dimpotrivă, și-a prezentat trecutul mai banal și mai plictisitor, o replică în culori pastelate a copilăriei lui Blanche. Totuși, a fost spre binele ei. Nimeni nu voia să știe despre Casa Prea Mare din mijlocul Alabamei de Vest. Despre tatăl care turna prea mult alcool în el și ai cărui pumni deveneau și mai rapizi când se îmbăta. Despre mama care cădea lată din cauza veșnicului amestec de votcă și Klonopin. Bea nu și-o amintea pe mama ei jucându-se cu ea sau citindu-i.

Pe vremea aceea, nu se numea Bea, desigur. Atunci, era încă Bertha. Bertha Lydia Mason. Bertha o chemase pe bunica din partea tatălui, iar Lydia, pe cea din partea mamei. Întotdeauna crezuse că ar fi putut măcar să inverseze numele. Era mai rău să fii o Bertha decât să fii o Lydia.

Dar acesta reprezenta cel mai nesemnificativ rău făcut de părinții ei.

Nu-și amintește când a lovit-o prima dată tatăl ei. Face parte integrantă din copilăria ei, precum patul cu baldachin din propria cameră sau locul din baie unde tapetul nu stă niciodată întins. Există acolo, pur și simplu, ca un zgomot de fundal. Când se îmbată, când e furios, uneori, își amintește ea, chiar și când se plictisește.

La un moment dat, familia ei avusese bani destui ca tatăl ei să-și aducă aminte că a crescut în belșug și să simtă acut lipsa bogăției. Bani cu care construiseră casa, când aveau 20 de ani, dar care, până când a venit Blanche pe lume, se scufundase în praful roșu al Alabamei. Nu mai existau bani pentru repararea acoperișului și, când au apărut scurgerile, când tavanul a început efectiv să putrezească într-unul dintre dormitoarele de la etaj, părinții Berthei au închis ușa și s-au prefăcut că nu se întâmplă nimic.

Bertha învață și ea același lucru. E mai ușor să închizi o ușă și să creezi o realitate nouă.

Merge la școala de stat locală, pentru că nu există altceva în micul ei oraș. Nici măcar nu e o școală de stat, ci una comunală, care, dintr-un motiv de neînțeles pentru ea, îl deranjează pe tatăl ei mai mult decât ar face-o o școală de stat.

Mama ei învățase la o școală cu internat de lângă Birmingham. Ivy Ridge. Vorbește mult despre acest loc, pare să fi fost paradisul pe pământ: fete drăguțe în fuste pepite, clădiri din cărămidă roșie, înalte și înconjurate de copaci înalți.

Bertha o caută pe calculatoarele de la școală și e mai frumoasă decât o descrisese mama ei.

I se pare lucrul cel mai simplu să completeze o cerere de admitere.

E mai greu să primească ajutor financiar, de vreme ce e responsabilitatea părinților, iar ei au nevoie de bani pentru taxe și alte lucruri de-ale adulților despre care Bertha nu știe nimic. Însă e isteață și descurcăreață, așa că, într-o noapte, după ce tatăl ei cade beat turtă în camera căreia mama ei insistă să-i spună salon, Bertha se strecoară în biroul lui.

Documentele lui sunt vraiște, dar găsește ce caută și, până la terminarea clasei a șaptea, Bertha primește o scrisoare de acceptare și o bursă la Ivy Ridge, pe care o poate păstra până la absolvire, atâta vreme cât obține numai note maxime.

Atunci, tatăl ei o lovește cel mai tare, în noaptea în care află ce a făcut. Mai târziu, Bertha zace în pat, verificându-și cu limba locul din gură unde i se clatină un dinte. Însă durerea nu înseamnă nimic. Durerea merită toți banii, pentru că ea tocmai și-a construit o plută pe viață, cu ajutorul căreia se va îndepărta de vasul ce se scufundă al familiei ei.

Acolo începe totul. Atunci se schimbă totul. Ivy Ridge îi oferă o viață nouă, i-o dă pe Blanche, dar, și mai important, îi dăruiește o nouă versiune a propriei persoane. Una despre care habar nu avea că există, una care poate face multe lucruri.

Prima zi este atât de călduroasă, încât simte cum sudoarea i se strânge în sutien și i se prelinge într-o dâră scârboasă pe șira spinării. Deja poate simți mirosulca de pudră al deodorantului și, brusc, are imaginea oribilă a petelor umede și galbene de la subsuorile bluzei albe, noi-nouțe.

Vrea să verifice, dar dacă o vede cineva? Nu o să mai poarte doar greutatea copleșitoare de a fi numită Bertha, ci va fi și Bertha Care Își Verifică Subsuorile.

Nu, mai bine asudată, decât să se transforme într-o ciudată.

Campusul este splendid: clădiri din cărămidă, peluze violent de verzi și, deși camera ei nu e foarte elegantă – mult linoleum, paturi suprapuse, simple, cu scări de lemn învechite –, tot se simte ca în paradis, departe de casă, departe de ei. Nu mai vrea să plece niciodată de aici.

O cunoaște pe Blanche în prima zi. Nu sunt colege de cameră – asta se va întâmpla mai târziu –, dar locuiesc în aceeași clădire și Blanche și-a atribuit singură rolul de a-i face primirea neoficială.

Blanche are cel mai fin păr, îi cade pe spate într-un râu strălucitor și drept, de culoarea cafelei. Și Bertha are părul castaniu, dar nu într-o nuanța intensă care te face să întinzi mâna și să-l atingi.

— Bertha? întreabă ea, strâmbând din nas.

Bertha simte cum i se face inima cât un purice, cum îi cad umerii și se cocoșează.

Este o postură pe care a adoptat-o de mii de ori. Dacă ar fi putut să se micșoreze suficient, părinții ei poate nu ar fi observat-o deloc.

Însă Blanche îi pune o mână pe umăr, împiedicând-o să se rușineze și mai mult.

— Nu, spune ea. Așa nu merge. Ai o poreclă?

Bertha nu avusese niciodată o poreclă, pentru că prietenii lipsiseră din viața ei, iar părinții abia dacă îi ziceau pe nume și-așa.

Blanche zâmbește, arătându-și dinții orbitori de albi, contrastând cu tenul bronzat.

— Bea, declamă ea. Sună mai bine.

Bea.

Chiar sună mai bine. I se potrivește.

Bea. Se îndreaptă ușor de spate și încearcă să-și dea părul după ureche cu același gest nonșalant folosit de Blanche mai devreme.

— Perfect.

Și așa e.

În vacanța de primăvară, Blanche o invită pe Bea la casa familiei ei din Orange Beach. Bea n-a mai fost niciodată la plajă, dar, imediat ce degetele i se îngroapă în nisipul alb ca zahărul, se îndrăgostește și acesta e singurul loc în care vrea să fie, cu vântul fluturându-i părul și cu apa sărată a mării mângâindu-i gleznele.

Blanche râde de ea și îi înconjoară talia cu brațul.

— OK, e frumos aici, dar e doar Orange Beach, zice ea.

Brusc, Bea se îngrijorează că s-a arătat prea entuziasmată. Micuța provincială care vine la oraș.

Însă Blanche o stropește cu apă, după care se repede în valuri, lăsând-o singură.

Tatăl ei moare când ea e în clasa a IX-a.

Nu se duce la înmormântare.

Mai târziu, primește un mesaj vocal de la mama ei, niciodată nu a auzit-o atât de lucidă. Bea se pregătise pentru urlete, pentru învinovățiri reciproce, dar, în schimb, mama ei vorbește blând. Dulce, chiar. Îi spune „Bertha-Buburuza", un nume de alint pe care Bea îl urăște, dar nu l-a mai auzit de când era mică. Vrea ca ea să vină acasă în vacanța de vară. Vrea să încerce să repare lucrurile acum, că tăticul s-a dus.

Șocant, se simte tentată să se ducă.

Însă Blanche îi reamintește că nu-i datorează nimic mamei.

Bea nu-i povestise lui Blanche tot despre trecutul ei, fiindcă nu voia ca prietena ei să știe cât e de întunecat și de rușinos. Însă Blanche nu e proastă și Bea știe că a priceput unele lucruri.

— Nu trebuie să te duci, o îndeamnă.

Bea stă pe pat, trăgând absentă de husa din plastic a mobilului.

— Dar trebuie să mă duc undeva în vacanță, răspunde Bea.

Blanche zâmbește, smulgându-i telefonul din mână.

— Vino la mine atunci! Avem destul spațiu și o să ne distrăm.

I se pare uimitor că Blanche îi face o asemenea ofertă, că prietenei ei nu i se pare o problemă majoră, când, de fapt, e. Pentru Blanche, totul e ușor. Poate s-o ia pe Bea sub aripa ei toată vara și nimeni nu se va supăra, nimeni nu va considera că Bea ocupă prea mult spațiu.

Așa că Bea spune da și trăiește cea mai bună vară din viața ei.

Mai târziu, când mama ei îi lasă un alt mesaj vocal, beată și bălmăjind reproșuri la adresa fiicelor nerecunoscătoare, Bea știe că a ales corect.

Și dacă n-ar fi știut atunci, cu siguranță urma să-și dea seama la sfârșitul verii, stând în imensul pat cu baldachin al lui Blanche, cel cu dantelă și cu perne în nuanțe diferite de verde.

Blanche zâmbește când închide lănțișorul pe care i l-a pus la gât. Are o inițială din argint, un B delicat. Blanche îi arată pandantivul ei identic.

— Acum ne potrivim, zice ea.

Bea nu pricepe de ce îi vine brusc să plângă.

Sunt nedespărțite pe toată durata liceului, Bea și Blanche, Blanche și Bea.

Uneori, li se spune cele două B. *Și lui Bea îi place la nebunie.*

Alteori, crede că lui Blanche nu-i place.

Scrisoarea de admitere a lui Bea vine la doar câteva zile după cea a lui Blanche, iar ea e atât de entuziasmată, încât nu se poate abține să sară din pat, imediat ce Blanche se întoarce de la ore, și să țipe:

— Am intrat!

Blanche îi zâmbește, dar expresia ei e ușor confuză când o întreabă:

— Unde ai intrat?

Bea râde, înghiontind-o ușor.

— La Birmingham-Southern, evident, răspunde ea și îi ia o secundă să-și dea seama că Blanche nu mai zâmbește.

— Ah, uau, rostește Blanche, dar fără prea mult entuziasm.

Brusc, Bea știe că a făcut o greșeală, a dat-o în bară cumva, dar nu înțelege de ce.

— Am crezut că o să te bucuri, zice ea. Adică nu e ca și cum ar trebui să stăm împreună și acolo.

Bea râde ca să-i arate cât de idioată ar fi ideea, deși crezuse că exact așa se va întâmpla.

Blanche râde și ea, dar, la fel ca zâmbetul, râsul nu e sincer și, când se așază pe marginea patului, adaugă:

— Am crezut că vrei să te duci la Randolph-Macon, de vreme ce ai intrat acolo. Nimeni de aici nu a reușit. Nici măcar eu.

Adică exact motivul pentru care Bea nu vrea să se ducă la Randolph-Macon. Își depusese cererea doar pentru că Blanche o făcuse, dar nu crezuse că va fi acceptată și, fiindcă Blanche nu intrase, Bea renunțase imediat la idee.

Însă acum se holbează la Blanche și întreabă:

— Așadar, tu vrei să mă duc la Randolph-Macon?

Oftând, Blanche începe să-și perie părul. E mai scurt acum, puțin mai jos de lobul urechilor, și ușor decolorat. Nu i se potrivește la fel de bine ca nuanța ei naturală, mai închisă, dar Bea îi mărturisise că îi place și așa.

— Cred că ar trebui să avem propriile... lucruri, înțelegi? îi explică Blanche și, după ce îi întâlnește privirea în oglindă, continuă. Nu putem fi cele două B *pentru totdeauna.*

Pentru prima dată, Bea observă că Blanche nu mai poartă lănțicul cu inițiala. Probabil că nu-l mai purta de săptămâni bune, dar Bea abia acum bagă de seamă.

Simte cum pandantivul de la gât îi arde pielea.

— Corect, rostește ea, râzând. Ai dreptate. Ar fi o prostie.

Blanche e vizibil ușurată și zâmbetul îi devine sincer și strălucitor, după care lasă peria jos și se întoarce.

— Știam eu c-o să înțelegi.

Așadar, Blanche se duce la Birmingham-Southern, iar Bea, la Randolph-Macon. Țin legătura pe Facebook, prin SMS-uri, dar Bea nu se mai întoarce la Birmingham. Primește un post de stagiară la o firmă de design interior în anul al treilea, apoi se mută în Atlanta. La doi ani după absolvirea facultății, mulțumită relațiilor pe care și le-a făcut, lansează Southern Manors.

Nu o mai vede pe Blanche până când împlinesc amândouă 26 de ani și când, în sfârșit, Bea se duce înapoi în Alabama, fără ca măcar să-și anunțe mama.

Are loc o mică reuniune în Five Points, într-un bar mult prea zgomotos, cu băuturi mult prea scumpe, dar e distractiv să fie din nou în Birmingham, să le vadă pe fetele de la Ivy Ridge iar. Să o vadă pe Blanche.

Sentimentele ciudate dintre cele două dispar de cum dau cu ochii una de cealaltă. Blanche țipă și se aruncă în brațele lui Bea, strângând-o tare la piept.

Are părul mai scurt, într-o tunsoare aproape severă, dar se potrivește cu trăsăturile ei de elf și Bea se întreabă, pentru o secundă, dacă n-ar trebui să încerce și ea ceva asemănător. Dar nu, ce arată bine pe Blanche nu va arăta neapărat bine pe Bea. În plus, Bea arată binișor în prezent, după cum subliniază și Blanche cu o exclamație:

— Afurisito, uită-te la tine!

Celelalte fete vor să știe secretul lui Bea, cum de arată atât de grozav, cine o tunde etc. Adevărul e cât se poate de simplu.

E bogată acum.

Când erau la Ivy, ei îi lipsea patina de bogăție și de clasă, așa că e firesc să li se pară diferită acum. Normal că arată mai bine. Mai frumoasă.

Însă Blanche e adevărata stea a serii, pentru că se pregătește de nuntă.

Inelul de logodnă este uriaș, un diamant înconjurat de smaralde pe un cerc din platină și Bea vede și fotografiile logodnicului lui Blanche în profilurile de Social Media. E blond și înalt și îi aduce aminte de tipii pe care îi cunoscuse la petrecerile din Hampden-Sydney, colegiul de băieți de lângă Randolph-Macon. Pare mai mare de 28 de ani, probabil că arată așa încă din adolescență, poate chiar dinainte. Există un gen de băiat care pare să se fi născut cu o crosă de golf în mână, iar acesta e Tripp Ingraham.

— Richard Ingraham al Treilea, le spune Blanche.

Bea își ascunde un zâmbet în spatele paharului cu băutură, deoarece bineînțeles că Blanche se mărită cu un al treilea *pe care îl cheamă Tripp.*

Nunta va avea loc în primăvară și își construiesc o casă mare într-un cartier nou, numit Thornfield Estates.

Bea îl caută pe internet.

Nimic special. Mai degrabă o grămadă de desene cu imaginea viitoare a cartierului, cu peluze dichisite și case ostentativ de mari, dar construite în stilul caselor mai vechi, mai modeste. Fără stucatură albă, doar cărămidă și obloane albastru-marin de bun-gust.

Prețul de pornire al unei case e o sumă din șapte cifre, dar Bea e bogată acum, de ce nu s-ar stabili în Birmingham din nou? Afacerea ei poate fi condusă de oriunde și, cu toate că îi place Atlanta, nu și-a construit o viață reală acolo.

Însă cumpărarea unei case atât de mari într-un cartier destinat familiilor pare o prostie și... un gest prea bătător la ochi.

Așa că își ia o casă în Mountain Brook, apoi un birou în Homewood, iar Southern Manors continuă să se dezvolte în timp ce ea o ajută pe Blanche cu planurile de nuntă.

— E atât de bine să te am cu mine aici, spune Blanche într-o noapte, când stau în livingul lui Blanche și al lui Tripp, cu o sticlă de vin alb pe măsuța de cafea din fața lor, cu pantofii scoși și înconjurate de reviste pentru mirese. Mi-a fost dor de tine.

Bea știe că e sinceră și, zâmbind, vâră mâna în geantă.

— Mă bucur că ai zis asta.

Lănțicul e din argint și are o albinuță agățată de el, iar Blanche râde încântată, bătând din palme.

— Dumnezeule! Ce drăgălășenie! spune ea dintr-o suflare.

De data asta, Bea îi pune lănțicul la gât lui Blanche și, mai târziu, când întreabă dacă îi poate dona decorațiuni Southern Manors pentru recepție, Blanche acceptă imediat, exact cum preconizase Bea.

Înseamnă o bună expunere pentru companie, ale cărei afaceri merg deja foarte bine, dar pentru Bea nu e destul. Vrea ca produsele ei să conteze aici, în Birmingham.

Vrea că produsele ei să fie importante pentru Blanche.

Și așa se întâmplă în viitor, dar nu cum ar fi dorit Bea.

În noaptea seratei caritabile, a triumfului lui Bea, Blanche merge cu Bea și cu mama ei în mașină și, când intră în sala de bal, după ce o duc pe mama lui Bea la locul ei de la masă, Blanche se uită în jur, la tot ce a construit Bea.

— Știi, nu mi-am dat seama niciodată cât de mult se aseamănă lucrurile astea cu cele din casa mea, comentează Blanche.

Zâmbește când rostește cuvintele și-și duce degetele la albinuța de la gât, dar Bea îi vede ochii.

Vede ce gândește în realitate.

— Serios? întreabă Bea. N-am observat.

PARTEA A NOUA

JANE

29

Probabil că lucrul cel mai prostesc pe care l-am făcut vreodată a fost să mă duc acasă la Tripp Ingraham. Iar asta chiar spune ceva despre mine.

A fost acuzat de crimă. Iar eu mă duc de bunăvoie în casa unui om suspect de omor.

Îmi repet cuvintele în sinea mea de mii de ori cât alerg în josul străzii, încercând să mă port de parcă ar fi o zi obișnuită. Jane cea de toate zilele a ieșit să alerge de dimineață și cu siguranță nu e pe punctul de a face o mișcare atât de idioată, că ar putea să dea și colțul.

Mesajele lui m-au ținut trează întreaga noapte și n-am cum să vă explic, dar trebuie să aud ce are de zis.

Ceva îmi șoptește că spune adevărul.

Tripp are atâtea defecte – e bețiv, muieratic, republican –, dar imaginea de criminal nu i se potrivește. Am cunoscut bărbați violenți. Am trăit în preajma multora dintre ei și am învățat cum să-i depistez încă de la început. Am fost nevoită.

Tripp pur și simplu... nu pare genul.

Mă grăbesc pe aleea din fața casei lui, rugându-mă să nu mă zărească nimeni. Tufișurile au crescut haotic, iar frunzele moarte și petalele de flori zac împrăștiate până la intrarea în casă. Deși înainte locul mi se părea întunecat și trist, nici nu se compară cu ce simt acum.

După ce sun la ușă, aștept atât de mult, că am impresia că n-o să răspundă și sunt îngrozitor de conștientă că oricine ar trece pe stradă m-ar vedea stând aici. Acest cartier pare să aibă ochi pretutindeni, iar Tripp n-ar trebui să primească vizitatori care să nu fie verificați de poliție mai întâi.

De parcă aș fi făcut așa ceva.

Chiar când mă pregătesc să plec, se deschide ușa.

Tripp se holbează la mine. Poartă un halat simplu de baie, legat în talie lejer, și o pereche de pantaloni de pijama asortați. Are tenul cenușiu și ochii sunt îngropați în cearcănele uriașe. Tripp a mai arătat prost și înainte, dar acum pare pe jumătate mort și aproape că mi se face milă de el.

— Ai venit, zice el răgușit, pe un ton neutru. Sincer, nu credeam că vei veni. Nu sta acolo. Intră.

Mă conduce înăuntru și mirosul mă izbește imediat. Mâncare veche, gunoi nedus și alcool.

Foarte mult alcool.

— Îmi cer scuze că n-am făcut curățenie, spune el, poftindu-mă cu un gest în living.

Clatin din cap și-mi încrucișez brațele la piept.

— Dacă ai ceva de spus, dă-i drumul. Repede.

Se uită fix la mine și un colț al buzelor i se ridică ușor. Și iată-l din nou – o umbră a vechiului Tripp. Firavă, dar încă supraviețuind.

— Nu vrei să petreci prea mult timp în vizuina criminalului. Înțeleg.

I-aș zice să nu fie ticălos, dar e ca și cum i-aș cere să nu respire, așa că mă mulțumesc să-i arunc o privire mânioasă, așteptând. În cele din urmă, Tripp oftează.

— Probabil că, atunci când l-ai cunoscut pe Eddie Rochester, te-ai simțit ca și cum ai fi câștigat la loterie, filosofează el. Bogat, arătos, al dracului de șarmant. Dar dă-mi voie să-ți atrag atenția asupra unui lucru, Jane.

Se dă mai aproape de mine și îi simt duhoarea de piele nespălată și de dinți neperiați.

— E ca otrava. La fel ca nevastă-sa, așadar, măcar ei doi se potriveau mănușă.

Un alt zâmbet răutăcios.

— Dacă aș fi în locul tău, aș pleca de acolo, aș lua ce-aș putea din casă și nu m-aș mai uita înapoi. Părăsește-l pe Eddie, pleacă din Birmingham.

Tripp dă din mână și se sprijină cu spatele de ușă.

— Pe toți dracii dacă n-ar fi trebuit s-o ascult pe Blanche când a insistat să ne mutăm.

— Blanche voia *să vă mutați*? întreb neîncrezătoare.

Dă din cap aprobator.

— Da. Cu două săptămâni înainte să moară. Îmi tot spunea că are nevoie să locuiască în altă parte, că simte că Bea o sufocă. Nu era suficient că Bea i-a luat toată nenorocita de viață, știi? Trebuia să bage și în sufletul nostru tot timpul. La fel și Eddie. Nenorocitul părea să stea tot timpul la noi acasă.

— Dar ai zis că nu crezi că s-a întâmplat ceva între ei.

— Asta nu înseamnă că îmi convenea situația. Nici lui Bea nu-i plăcea. De-aia a și invitat-o pe Blanche la lac în weekendul acela. Să limpezească apele. Am întrebat-o pe Blanche ce vrea să spună cu asta și mi-a zis că ele două sunt... nu mai știu. La o răscruce sau cam așa ceva. Că nu e sigură dacă mai pot fi prietene. Și am crezut că poate e vorba de...

Mărul lui Adam i se mișcă, dar nu mai scoate niciun cuvânt și, când duce mâna să-și frece bărbia nerasă, văd că îi tremură ușor.

— Lucrurile o luaseră razna de la o vreme, îmi explică el într-un târziu. Între Blanche și Bea, între Bea și Eddie, între mine și Blanche. Totul devenise toxic. De-aia am și fost atât de confuz când Bea m-a sunat și m-a rugat să mă duc acolo.

Îngheț.

— Poftim?

Oftând, Tripp își freacă fața.

— În weekendul acela, adaugă el cu glas obosit. Bea m-a sunat vineri seară și mi-a zis că i se pare că Blanche are nevoie de mine. Așa că m-am urcat în mașină, am condus până la lac și da, am băut toți la grămadă, dar am căzut lat *în casă*. Nu m-am urcat nici măcar o secundă pe nenorocita aia de barcă. M-am trezit de dimineață, în dormitorul pentru oaspeți, simțindu-mă de parcă m-ar fi pocnit cineva în cap cu o șină de cale ferată. Nici Bea, nici Blanche nu erau acolo. Am presupus că ieșiseră cu barca mai devreme și am plecat. Am condus înapoi spre casă.

Glasul i se frânge și are nevoie de o secundă să și-l dreagă, timp în care își freacă fața din nou.

— N-am știut. M-am dus acasă în dimineața aia și am urmărit partide de golf la televizor toată ziua, în timp ce ele erau... deja moarte. Deja... putrezeau în apă...

Ochii i se umplu de lacrimi.

— Abia luni, când n-a venit acasă și n-am reușit s-o prind la telefon, mi-am dat seama că se întâmplase ceva.

Ochii lui tulburi mă ațintesc. Nu mai zâmbește răutăcios și nici nu mai scoate replici scârboase.

— Jur că n-am avut nimic de-a face cu toate astea. Da, am fost acolo și, da, ar fi trebuit să le spun polițiștilor imediat, dar m-am temut de...

Scoate un sunet bizar, care e prea trist ca să fie un hohot de râs.

— De asta. La dracu', mi-a fost frică de asta.

Mă apucă de umeri și mă strânge atât de tare, încât cred că îmi vor apărea vânătăi.

— Îți recomand sincer să pleci. Nu m-am urcat pe barca aia, dar amprentele mele sunt peste tot. N-am cumpărat nicio nenorocită de frânghie sau vreun ciocan, altcineva mi-a folosit cardul de credit.

Sunt atât de multe informații care mă copleșesc, că abia reușesc să le procesez pe toate și încerc să mă smulg din strânsoarea lui Tripp și să pricep ce vrea să sugereze.

— Vrei să spui că cineva ți-a înscenat toate astea?

— Îți spun că încă ai șansa să fugi de jigodiile astea.

Îmi dă drumul, pășind în spate.

— Mi-aș fi dorit să fi fugit și eu la timp.

Răscolesc prin toată casa.

Nu știu ce caut, știu doar că trebuie să existe ceva, o dovadă că Eddie e făptașul.

Asta încerca Tripp să-mi zică, știu, așa că iată-mă aici, deschizând dulapuri și trăgând de sertare.

Adele se învârte printre picioarele mele, lătrând frenetic și ochii încep să-mi lăcrimeze la vederea dezastrului pe care l-am provocat.

Cărțile de pe rafturi, trântite fără milă pe podea. Pernele, aruncate de pe canapea.

Ridic orice este greu, toate fleacurile alea de la Southern Manors, căutând stropi de sânge. Scotocesc prin toate buzunarele hainelor lui Eddie. Trag salteaua de pe patul nostru.

Ceva, ceva, trebuie să fie ceva. Nu poți omorî doi oameni fără să lași nicio urmă, e imposibil. Bonuri, arma crimei ascunsă, haine cu sânge pe ele, voi găsi eu ceva.

O oră mai târziu – nu, aproape două ore și jumătate mai târziu –, stau pe podeaua camerei pentru haine groase de la intrarea în casă și îmi țin capul în mâini. Adele și-a pierdut interesul pentru persoana mea și se odihnește în hol, cu botul pe labele din față, uitându-se la mine.

Mi-am pierdut mințile.

Casa e un dezastru și sunt prea obosită ca să aranjez totul la loc.

Tripp are dreptate. Ar trebui să plec. Să mă car cât încă pot, chiar dacă nu Eddie e criminalul. Se întâmplă ceva în jurul meu, ceva atât de dubios, că nu merită nici toți banii din lume.

Tocmai mă ridic de pe podea când zăresc o jachetă în colțul camerei. Probabil a căzut de pe umeraș cât m-am purtat ca o nebună, dar nu-mi amintesc să o fi verificat.

Nu-mi amintesc nici când l-am văzut pe Eddie purtând-o ultima oară.

O ridic și observ imediat că pare mai grea într-o parte, mi se taie răsuflarea când degetele mele descoperă ceva masiv în buzunar.

Scot obiectul și constat că e doar o carte.

Îmi imaginez că a luat-o să citească undeva, poate la birou, poate în pauza de masă, și a vârât-o într-un buzunar, uitând de ea.

Eddie a citit mult în ultimele câteva luni, dar numai thrillere militare plictisitoare. Ăsta e un roman de dragoste, mai vechi, cu o copertă viu colorată, și nu mi se pare că ar fi pe gustul lui.

Poate că a fost al lui Bea. O lectură preferată de-a ei, ceva care s-o țină aproape de el.

Deschid la prima pagină.

Îmi ia cam un minut să-mi dau seama ce văd, râurile de cuvinte scrise de mână pe lângă rândurile tipărite mă zăpăcesc, mi se încețoșează privirea.

Apoi văd Blanche mâzgălit pe o pagină și simt cum mi se oprește inima.

> Mi-a ucis prietena cea mai bună.
>
> M-a încuiat aici.

Cu mâinile tremurându-mi, răsfoiesc paginile atât de rapid, încât aproape că le rup.

Și atunci apare și numele meu.

> Jane.

Mi se întoarce stomacul pe dos și scâncesc. Mușchii îmi sunt ca de piatră.

> A ucis-o pe Blanche, m-a încuiat, i-am tras-o, Jane.

Cuvintele se amestecă sub ochii mei și știu că o să vomit cât de curând. Dar trebuie să mă abțin, fiindcă nu pot s-o fac, fiindcă Bea Rochester nu putrezește în lacul acela, așa cum susținea Tripp, Bea e aici, chiar deasupra capului meu și... Dumnezeule!

Ies în grabă din încăpere, alunecând pe marmura din hol.

Adele își ridică privirea și latră o singură dată, tare, când fug în sus, pe scări, cu cartea în mână.

Un cod, același ca la casa de lângă lac.

O altă cameră pentru haine, mai mică, una căreia nu i-am acordat niciodată atenție pentru că rareori urc la etaj și... Dumnezeule, Doamne Dumnezeule, bufniturile, zgomotele alea, *anotimpurile sunt de vină*, ticălosul naibii, era ea, era Bea...

Mâinile îmi tremură atât de rău, încât bâjbâi să deschid panoul din fundul încăperii, dar reușesc până la urmă și tastez cifrele, chiar dacă o parte din mine îmi spune că n-o voi găsi acolo. Așa ceva nu poate fi real.

Un sunet ca un zbârnâit, apoi un clic. Împing ușa.

La început, mă surprinde mărimea camerei din spatele ușii. E ca o cameră de hotel aproape, frumos decorată, în ciuda lipsei luminii naturale. Cu un pat mare în mijloc.

Iar lângă pat, o femeie.

Acum chiar cred că o să vărs.

Bea Rochester nu s-a înecat în același accident care a ucis-o pe Blanche.

Bea Rochester n-a murit.

Bea Rochester stă chiar în fața mea.

— El e aici? mă întreabă.

30

Mi se învârte capul și golul din stomac nu-mi trece. Nu *ajută-mă*, nu *cine ești*, ci *el e aici*? Clatin din cap.

— N... nu. E la muncă, el...

— Nu contează, spune Bea și întinde mâinile spre mine.

După atâta timp petrecut privindu-i fotografiile, să o văd aici, în fața mea, e aproape imposibil de cuprins cu mintea și poate de aceea mă trezesc că fac un pas spre ea și îmi pun mâinile într-ale ei.

— Trebuie să ieșim de aici înainte să se întoarcă, îmi zice.

Încuviințez și rostesc: „Tripp."

Bea se încruntă, confuză.

— Poftim?

Dau din cap, șocul transformându-mi gândurile într-un soi de mâzgă groasă, grea.

— Am vorbit cu el azi, acum câteva ore și mi-a spus că a fost acolo în noaptea aia. Și Eddie, la fel. El a fost, nu? Eddie a omorât-o pe Blanche. Dumnezeule!

Cuvintele mi-au ieșit ca un geamăt și Bea mă apucă de umeri. E mai scundă decât credeam, dar puternică, mai ales pentru o femeie care a petrecut atâta timp închisă aici.

Isuse, închisă aici! Sechestrată. De Eddie.

— Jane, îmi zice.

Mă gândesc că Eddie i-a povestit despre mine, că i-a spus numele meu și îmi vine să urlu.

Brusc, auzim un sunet.

Ușa camerei cu haine se deschide.

PARTEA A ZECEA

EDDIE

31

Ceva trebuie să se schimbe.

Era singurul gând care îmi ocupa mintea de câteva săptămâni bune și încă mă chinuia când am parcat mașina în garaj, am oprit motorul și am privit în gol prin parbriz.

Tripp, acuzat că a omorât-o pe Blanche, Bea, închisă la etaj, iar Jane...

Fir-ar să fie, Jane.

Oftând, am deschis portiera și am pornit spre casă. Era târziu și vremea era de rahat. Trebuia să fi ajuns mai demult acasă, dar am așteptat să se ducă Jane la culcare.

Voiam să stau de vorbă cu Bea.

Bea ar fi știut ce e de făcut și cum să rezolv totul. Chiar dacă m-am răstit la ea ultima dată când mi-a sugerat că situația nu mai poate continua așa, știam și că ea e singura care ne poate scoate din nenorocirea asta.

Când am deschis ușa de la intrare, casa mi s-a părut prea tăcută și parcă prea rece, mai ales după căldura de afară, dar nu m-a deranjat.

Apoi, am văzut.

Parcă o tornadă trecuse peste casă. Parcă fuseserăm jefuiți.

Jane.

Nici măcar nu-mi amintesc cum am ajuns sus. Știu doar că m-am trezit în fața camerei pentru haine și am deschis ușa.

Mi-a luat cam un minut să înțeleg ce văd. Ușile erau deschise. Jane era acolo.

Ea și Bea stăteau acolo împreună.

Mi se părea un coșmar sau un fel de halucinație provocată de stres. M-am holbat la ele o veșnicie. Bea, cu chipul ei palid, Jane, aproape cenușie la față și cu ochii ieșiți din orbite.

Mă uitam fix la ele și creierul meu încerca să se pună în funcțiune, să explice, să rezolve.

Mult prea târziu am văzut-o pe Jane întinzându-se spre ananasul din argint de pe masa de lângă ușă. Unul dintre fleacurile de la Southern Manors pe care le adusesem aici pentru ca locul să pară mai frumos.

Când obiectul s-a năpustit spre mine, iar fața lui Jane s-a schimonosit de mânie și de spaimă, mi-am înțeles greșeala.

Dar și Jane a greșit.

Avântul a fost prea mare și lovitura a fost prost țintită, obiectul zdrobindu-mi o parte din față. Am simțit imediat dinții sparți, gustul sângelui și o durere înfiorătoare, insuportabilă.

Apoi, s-a lăsat întunericul.

32

Ar fi trebuit să știu, futu-i mama mă-sii.

Mă durea capul și, când am deschis ochii, am avut senzația că îmi vor ieși din orbite. O senzație grea, apăsătoare îmi chinuia stomacul și mi-am întors capul într-o parte de frică să nu vomit, dar nu s-a întâmplat nimic. Doar am tușit și am icnit. M-am întrebat cum dracului n-am anticipat chestia asta.

Bea era prea isteață pentru ca asta să fie o soluție permanentă. La naiba, *eu* eram prea isteț ca să o consider o soluție permanentă. Dar, în prima noapte, mi-am ieșit din minți și am intrat în panică. Iar treaba asta mi se păruse... OK, mi se păruse o nebunie chiar și atunci, dar improvizam. Întotdeauna făcusem așa, inventasem chestii pe loc și mă adaptasem împrejurărilor.

De obicei, funcționa.

Dar aici vorbeam despre Bea. Despre *soția mea*.

Bineînțeles că totul s-a terminat așa, cu mine pe podea, sângerând, cu câțiva dinți în minus, în timp ce Bea e afară, undeva, cu Jane.

Gândul mi-a provocat un scurt atac de panică și am încercat să mă ridic în picioare, dar fără folos. M-am prăbușit pe podea, ghemuit, privindu-mi cu ochii încețoșați propriul sânge, în vreme ce jos, soția și logodnica mea... ce făceau oare? Sunau la poliție? Sărbătoreau cu un pahar de șampanie?

Hristoase, speram din inimă că e una dintre cele două variante, fiindcă orice altceva mă speria de moarte.

Nu m-am dus special în Hawaii ca să o seduc pe Bea Manson și să mă însor cu ea. Habar n-aveam că se află acolo – nu sunt un hărțuitor, pentru Dumnezeu! Dar, în decursul anilor, devenisem bun la identificarea ocaziilor și exact asta s-a întâmplat când am zărit-o pe Bea Mason pe plaja aceea.

Nu doar o ocazie.

Ci *ocazia!*

Inițial, n-am știut cine e. Nu prea țineam pasul cu noutățile din industria designului interior, dar fata cu care călătoream ținea.

— Pe toți dracii! exclamase ea când ne-am așezat pe marginea piscinei.

Am ridicat privirea din telefon și am văzut o femeie trecând pe lângă noi, într-un costum de baie violet-închis, cu un sarong înflorat în jurul taliei. Era frumușică și măruntă. Chiar și de la distanță, am surprins sclipirea diamantelor de la urechi, dar nimic din persoana ei nu m-ar fi făcut să exclam așa ceva.

— Ce e? am întrebat.

Charlie m-a lovit cu o revistă făcută sul.

— E Bea Mason, a răspuns și, când m-am holbat la ea nedumerit, și-a dat ochii peste cap și mi-a explicat. E patroana de la Southern Manors. Firma ei e uriașă. Fusta aia care îți place ție atât de mult am cumpărat-o de la ea.

Habar n-aveam despre ce fustă vorbește, dar am zâmbit și am încuviințat din cap.

— Ah, corect. Și... e o persoană importantă?

— Pentru femei, da, a zis Charlie, apoi a strâmbat din nas. Dar mă întreb ce caută aici. Nici măcar nu e complexul cel mai frumos de pe insulă. Dacă aș avea banii ei, m-aș duce la Lanai.

Acesta a fost momentul în care Bea Mason a devenit brusc mai interesantă pentru mine.

Și Charlie avea bani. Mulți. Dar nu erau chiar ai ei, ci mai degrabă ai familiei, însă tot se putea numi bogată. Ceea ce însemna că Bea Mason avea, probabil, și mai mulți.

— E compania ei? m-am interesat, uitându-mă în telefon, păstrând un ton neutru.

— Da, a spus Charlie, întinzându-se spre paharul cu daiquiri de pe măsuța din apropiere.

Îi simțeam aroma dulce de căpșuni de pe șezlongul meu.

— E o persoană care te inspiră. A transformat o afacere mică pe internet în ditamai monstrul, în doar cinci ani. Multimilionară prin propriile forțe. A fost un interviu cu ea în *Fortune*, pe care tata mi l-a trimis, și a devenit un model de viață pentru mine.

Am ridicat ochii din telefon atunci și am văzut cum Bea se îndepărtează.

Nu era vorba doar despre bani. Banii, da, reprezentau o mare atracție, dar îmi plăcea ideea că ea făcuse ceva din nimic. În timp ce Charlie a comandat o altă băutură și s-a întors la revista ei, am început să caut pe Google mai multe informații.

Site-ul Southern Manors s-a dovedit a fi încântător, chiar dacă ușor siropos, iar fotografiile lui Bea mi-au dovedit că era atrăgătoare, așa cum bănuiam deja. Nu în același fel bătător la ochi precum Charlie, care era întotdeauna pregătită să-și facă un selfie pentru Instagram, ci într-un mod mai subtil, mai clasic.

Valoarea ei netă a adăugat lucrurilor un fel de lustru, desigur.

Două sute de milioane de dolari. Așa spunea Google, deși știam că astfel de cifre nu sunt întotdeauna pline de acuratețe. Averea deținută de tatăl lui Charlie era estimată cam la cincizeci de milioane, dar mare parte din bani erau investiți în proprietăți imobiliare și în obligațiuni. Până și Charlie primea doar o pensie viageră. Generoasă, cu siguranță, dar nu se putea numi totuși un cec în alb.

— Mă duc în cameră puțin, i-am spus, ridicându-mă de pe șezlong și întinzându-mă, lăsând-o să-și plimbe privirea peste pieptul meu gol și peste mușchii abdominali.

Mă trezisem devreme să mă duc la sală, o corvoadă, dar una necesară.

— Vrei să-ți țin companie? a tors ea.

M-am asigurat că îi zâmbesc larg și că o gâdil sub bărbie.

— Nu, pentru că vreau să trag un pui de somn și n-o să dorm dacă ești acolo.

Îi plăcuse gestul meu, mi-a prins mâna și mi-a sărutat vârful degetelor, înainte să mă alunge.

— O să vin și eu mai târziu. Odihnește-te.

M-am întors în cameră, dar nu ca să ațipesc. În schimb, mi-am aruncat toate lucrurile în geantă.

Mă descurcam binișor cu oamenii, îi înțelegeam și știam cum vor acționa. Instinctul mi-a zis că e ceva în treaba cu Lanai. Bea Mason nu se oprise la piscina noastră, în definitiv, ci doar trecuse pe acolo.

Am avut dreptate, după cum s-a dovedit mai târziu. Verificase piscina noastră, deoarece încerca să-și facă o idee despre imprimeurile pentru costumele de baie populare printre „femeile normale“, după cum s-a exprimat ea.

Acum, când mă gândesc, ar fi trebuit să acord mai multă atenție vorbelor ei.

Dar, la momentul respectiv, m-am lăudat că am ghicit corect.

Aș vrea să pot spune că există un secret pentru lucrurile pe care le fac, un truc special. Dar ideea e că nici măcar nu m-am străduit prea tare. N-a trebuit decât să mă prezint la recepția de la Lanai, să-i zâmbesc melancolic recepționerei drăguțe și să-i servesc o poveste despre iubita mea aflată în Hawaii, pe care o căutam disperat după ce îmi dădusem seama că e cea mai mare prostie din viața mea să ratez o vacanță cu ea din cauza serviciului.

Nu numai că am primit confirmarea că Bea e acolo, dar am căpătat și un pahar de șampanie gratis pentru necazurile mele.

I-am cerut fetei să-mi păstreze lucrurile acolo, sperând că voi fi iertat și că voi sta în camera iubitei mele în noaptea aceea.

Și socotelile au fost cât pe ce să-mi iasă perfect.

Motivele pentru care am pus ochii pe Bea poate că au fost puțin mercantile la început, dar mi-a plăcut cu adevărat din prima. Când am văzut-o pe plajă, căzută pe gânduri, am rămas impresionat. Cele mai multe femei cu care îmi petrecusem timpul erau bogate, dar depinzând întotdeauna de banii altcuiva. Mi-a plăcut că Bea avea propriii bani și propria companie. Mi-a plăcut că întotdeauna căuta metode de a îmbunătăți lucrurile, în loc să se culce pe lauri.

Și să nu credeți că sunt un ticălos de cea mai joasă speță. I-am trimis lui Charlie un SMS și am informat-o că a apărut o urgență și că am fost chemat înapoi la New York, dar că sigur o sun săptămâna următoare.

A pus botul și n-am mai auzit de ea până la e-mailul pe care mi l-a trimis după ce a văzut că eu și Bea ne-am logodit.

Și nici măcar nu l-am citit cu atenție. L-am șters de cum am observat cine mi-l trimisese, deși mi-au rămas câteva cuvinte-cheie în cap înainte să îl mut în coșul de gunoi.

Nenorocitul dracului, scria acolo. *N-am văzut atâta manipulare, atâta toxicitate, un comportament complet psihopat*, nimic ieșit din comun, deși, câțiva ani mai târziu, când lucrurile cu Bea au început să o ia razna, m-am întrebat la cine se refereau toate dulcegăriile acelea. La mine sau la soția mea?

Nenorocitul sigur eram eu.

Să vorbesc cu Bea în prima zi a fost foarte ușor. Parcă am fi fost sortiți unul altuia. Sincer, mă așteptasem să aibă garda ridicată mult mai sus.

Numai că Bea nu era așa în realitate. Nu se uita mereu peste umăr și nu era bănuitoare din fire. Mai târziu, am înțeles că acest lucru se datora faptului că ea știa mereu că e persoana cea mai periculoasă din orice încăpere. De ce-ar trebui să se ferească de cineva când ea câștiga oricum?

Știu că vorbele mele par pline de amărăciune, dar nu asta e intenția mea. Dimpotrivă, vă jur că am fost copleșit de admirație pentru ea. La început, cel puțin. Înainte de crime.

33

N-am cunoscut niciodată pe cineva mai hotărât decât Bea să obțină ce își dorește. Nici măcar eu nu sunt așa. După cum am spus, dintotdeauna am fost genul care prinde ocazia *atunci când i se oferă*, mai degrabă decât persoana care să ia măsuri și să creeze astfel de ocazii, așa cum făcea Bea.

Cred că tocmai de aceea am plăcut-o pe Jane atât de mult chiar de la început. Era exact ca mine – în căutarea unei deschideri, pentru ca, mai apoi, să urmeze adaptarea în funcție de deschiderea respectivă. Sunt sigur că a avut impresia că m-a dus de nas, că am pus botul la toate scenariile ei, dar m-am regăsit prea mult în ea ca să nu văd ce are de gând. Indiferent din ce sunt alcătuite sufletele, al meu și al lui Jane erau la fel – sau cel puțin se asemănau destul de mult.

Însă Bea... Bea era o bestie complet diferită.

Răsuflarea mi s-a părut grea și apăsătoare și am închis ochii.

Ar trebui să mă gândesc la ce am de întreprins acum, cum să ies dracului de aici, dar nu o am în minte decât pe Bea.

Anul trecut. Cina aceea celebră. Blanche flirta cu mine, știam. Dar ce intenționa totuși? Habar n-aveam. Nu eram din Sud, dar trăisem aici suficient ca să învăț că flirtul reprezenta o a doua limbă pentru acești oameni, un hobby ca oricare altul. Acasă, dacă m-ar fi privit cineva așa cum se uita Blanche la mine, aș fi zis că persoana cu pricina e pregătită să și-o tragă cu mine. Aici, nu puteai fi sigur nicio clipă.

Își așezase mâna pe a mea și se dăduse atât de aproape, încât îi simțeam apăsarea sânilor pe biceps. Îmi plăcea Blanche, îl detestam pe Tripp și Bea se concentra atât de mult pe Southern Manors, încât simțeam că n-o mai văd niciodată. Dar să mă culc cu cea mai bună prietenă a ei mi se părea o încurcătură mult prea mare și, sincer vorbind, îmi plăceau mai mult banii lui Bea decât sexul.

Totuși, nu însemna că nu mă distram să o văd pe Bea geloasă.

Așa că n-am făcut nimic, dar nici n-am încercat să o evit pe Blanche. Mă ocupam de renovarea casei sale și chiar nu puteam să o ignor fățiș. Prânzuri în sat, pentru a revizui schițele de arhitectură și accesoriile de la baie. După-amiezi acasă la ea, ca să verificăm mostre de vopsea. SMS-uri prin care ne confirmam următoarele întâlniri. Toate mi se păreau nevinovate, dar, pe toți sfinții, Bea și-a ieșit din minți.

Și nu era ca și cum n-aș fi știut ce face Blanche. Eram cea mai nouă armă în războiul lor rece pe care-l purtau încă din adolescență. Dar a fost plăcut ca Blanche să-mi acorde atâta atenție. Bea era atât de ocupată să-și construiască imperiul, că nu se mai oprea să se uite la mine așa cum obișnuia.

Așa cum se uita Blanche.

Poate că am încurajat-o puțin. Poate că am răspuns și eu flirturilor.

Poate că mi-am lăsat telefonul intenționat fără parolă pentru ca Bea să iscodească după pofta inimii.

Totuși, la un moment dat, ar fi explodat totul dacă n-ar fi fost rahatul cu mama lui Bea.

Într-o după-amiază, acasă la ea, Blanche a dat să mă sărute și, da, bine, am lăsat-o. Doar foarte puțin. Mă chinuia curiozitatea să văd cât de departe intenționa să meargă și, sincer, muream să văd dacă mă interesa ca femeie mai mult decât credeam. În mod bizar, nu mă interesa. Blanche era drăguță și înnebunită după mine, dar n-am simțit nicio scânteie, așa că am îndepărtat-o blând.

— Nu putem face asta, i-am zis. Bea nu merită așa ceva.

Și să dea dracii dacă n-a fost cea mai mare prostie pe care am spus-o vreodată.

Încă văd limpede în minte cum fața lui Blanche s-a schimonosit, urâțind-o într-un hal fără de hal.

— Bea? a mârâit ea la mine. Tu măcar o *cunoști* pe Bea?

A vorbit cu atât mânie, încât m-am întrebat dacă nu cumva se îmbătase. Dar nu, în pahar avea ceai dulce și privirea îi era ageră.

— Știai că părinții ei au fost niște bețivi? m-a întrebat. Știai că nici măcar nu o cheamă Bea?

Blanche și-a împuns pieptul cu un deget.

— Eu i-am dat numele ăsta. O chema Bertha când am cunoscut-o.

A pufnit disprețuitoare.

— O nenorocită de *Bertha*.

Știam despre treaba cu numele și nu pricepeam de ce Blanche exagerează în privința lui. Nici mie nu-mi plăcuse să mi se spună „Edward" și nu-mi păsa că Bea avea aceeași problemă cu Bertha. Dar, într-adevăr, nu știusem că părinții ei fuseseră alcoolici și m-a deranjat că m-a luat prin surprindere.

— Știai că au găsit-o pe maică-sa căzută la baza scărilor când Bea era singura persoană din casă?

Am citit pe chipul ei că regretă cuvintele în secunda în care le-a rostit, am zărit tremurul scurt al nărilor și cum s-a holbat de parcă până și *ea* credea că mersese prea departe, dar eu am păstrat o expresie neutră.

— Tu cu gura ta ai spus că era o bețivă. Bețivii au tendința să cadă, am replicat sec.

— Mda, bine.

Blanche a ezitat și am început să văd cum i se învârt rotițele în cap.

— Bețiva asta a căzut la două săptămâni după ce a făcut-o de rușine pe Bea la recepția pentru Southern Manors, așa că... adună tu unu și cu unu, a adăugat ea ridicând din umeri.

Mi se părea ridicol să cred că Bea ar fi avut ceva de-a face cu asta. Ori cel puțin așa am încercat să-mi spun în sinea mea.

Apoi, au apărut întrebările.

Anna lucra ca secretară la firma mea de construcții. Era frumușică și simpatică, tocmai terminase colegiul și Bea a insistat să fie concediată din secunda în care a cunoscut-o. Nu am ascultat-o, fiindcă Anna era o angajată bună și, la naiba, nu intenționam să fiu genul de patron dubios care se dă la femeile care lucrează pentru el, așa că nu era ca și cum m-aș fi confruntat zilnic cu tentațiile.

După aceea, au început să dispară bani din încasările în numerar și, într-o zi, când Bea a apărut la birou ca să-mi aducă prânzul, a deschis sertarul de la biroul Annei ca să ia un pix și, în fundul lui, a găsit banii care lipseau.

Anna a plâns și s-a jurat că nu-i furase ea, dar ce-aș fi putut face decât să o concediez?

Totuși, mereu am crezut că e ceva necurat la mijloc. Anna nu părea o hoață și Bea nu o voia acolo, apoi Bea găsise banii... totul era prea cusut cu ață albă.

N-am zis nimic, fiindcă nici măcar nu aș fi știut ce să zic. Nu mi-a plăcut deloc gândul că soția mea ar putea fi atât de manipulatoare.

Și n-ar fi trebuit să pomenesc nimic de mama ei, dar, în noaptea aceea, în aceeași nenorocită de zi în care Blanche îmi povestise, am deschis gura ca un idiot.

— Nu mi-ai spus că mama ta a murit din cauza unei căzături.

Bea și-a ridicat privirea din laptop și lumina palidă a ecranului i-a învăluit chipul. Purta ochelari, își prinsese părul într-un coc improvizat și, brusc, mi s-a părut mai tânără și complet diferită de Bea cea spilcuită și dichisită cu care mă obișnuisem.

Mi-a plăcut.

— Așa, și? a replicat într-un final. Doar ți-am spus că a murit pe neașteptate.

— Da, dar ai zis că din cauza excesului de băutură.

Bea și-a îndreptat atenția din nou spre laptop și degetele ei au continuat să cânte pe tastatură.

— Corect. A băut prea mult și a căzut.

Frustrat, am traversat încăperea și i-am închis computerul, gest întâmpinat cu un protest.

— Așa e, dar e diferit de ceea ce m-ai lăsat să cred. Am crezut că i-a cedat ficatul sau ceva similar. Că avea ciroză. Nu mi-am imaginat că a fost un accident.

Am accentuat ultimul cuvântul.

Deschizându-și laptopul cu gesturi iuți și agresive, Bea mi-a răspuns:

— Ei bine, a fost un accident. A căzut și eu am găsit-o, un lucru care m-a întristat îngrozitor și îți mulțumesc că mi-ai adus aminte din nou de el. Mă bucur că am purtat această conversație.

— Nu te purta așa.

M-a fixat cu privirea și, pe gât, au început să-i răsară pete roșii, așa cum se întâmpla ori de câte ori se enerva.

— Există vreun motiv pentru care tu și Blanche ați vorbit despre moartea mamei? m-a întrebat.

Rahat. *Rahat.* Ar fi trebuit să anticipez întrebarea, dar eram atât de disperat să scap de gândurile mele negre, încât nu-mi trecuse prin cap că va ști cu precizie de unde am primit informația.

— A venit vorba când am fost la ea, am răspuns.

A râs sarcastic.

— Exact, bârfele tipice. Hei, știi cum a murit mama soției tale?

— Nu fi scârbă, m-am răstit, îndreptându-mă de spate.

Bea nu mi-a răspuns, deși niciodată nu-i mai vorbisem așa.

S-a concentrat asupra laptopului iar și asupra e-mailului atât de important, că trebuia să-l rezolve într-o seară de vineri, la ora zece.

N-am mai vorbit în noaptea aia și, mai târziu, m-am așezat lângă ea, în pat. Stătea cu spatele la mine, cu fundul lipit de coapsa mea și, pentru o secundă, m-am gândit să o trezesc și să văd dacă putem rezolva cearta cu o partidă de sex.

Nu cred că am fi reușit.

Întins în pat, am încercat să nu mă gândesc la mama ei, cum zăcea la capătul scărilor, cu balta de sânge mărindu-se în jurul ei.

M-am străduit să nu mi-o închipui pe Bea în capul scărilor, privind în jos, spre ea. Imaginea era prea clară însă, prea ușor de văzut cu ochii minții și, cu cât o îndepărtam, cu atât mai limpede devenea și mai posibilă.

Și habar n-aveam ce să fac în cazul ăsta.

Cu ce fel de persoană mă însurasem? Cu cineva care, potențial, își omorâse propria mamă?

Sincer, îmi venea greu să cred. Până în noaptea în care a omorât-o pe Blanche.

34

Nu am nicio explicație , habar n-am de ce m-am dus la lac. Poate pentru că Tripp trecuse pe la mine ca să mă întrebe dacă vreau să mergem până acolo și nu știam că Bea îl invitase.

Eu și Tripp nu ne împrieteniserăm niciodată la cataramă, dar ceva din faptul că fetele (*femeile*, o aud pe Jane spunând) s-au dus acolo singure, că Bea i-a trimis un SMS lui Tripp să vină și el... ceva mi s-a părut ciudat.

Observasem felul în care Tripp o privea pe Bea în ultima vreme, cu ochii lui de cățeluș trist. Îmi spusesem în sinea mea că asta se întâmpla numai pentru că Blanche se dăduse în spectacol, manifestându-și atracția față de mine. Un fel de transfer emoțional sau cum naiba s-o numi.

Dar asta nu însemna și că îmi place.

Prin urmare, mă deranjase că Bea îl invitase și, mult timp după plecarea lui Tripp, am stat în living, gândindu-mă la asta, și mă durea exact ca atunci când dai cu limba peste un dinte cariat.

De ce l-ar vrea Bea acolo? Nici măcar nu-l plăcea pe Tripp și ăsta trebuia să fie un weekend între fete.

Casa este întunecată și goală când Eddie ajunge acolo. Sau așa crede el, că nu e nimeni. Stă în living și strigă, apoi aude un sforăit la etaj.

Tripp e în camera pentru oaspeți, beat mort, doarme cu gura deschisă și cu mâna atârnând pe lângă pat. Sforăie atât de puternic și de congestionat, încât respiră greoi și ceva i se pare bizar lui Eddie. Nefiresc.

Dar, în definitiv, Tripp e un bețiv și poate că așa fac alcoolicii.

Barca a dispărut și Eddie vede semne că ar fi petrecut toți trei – geanta lui Blanche e agățată de ușă, cheile lui Tripp sunt pe tejghea, geanta sport a lui Bea, pe unul dintre scaunele înalte de la bar.

Așa cum zăbovește în living, Eddie își zice în sinea lui că se purtase ca un ticălos notoriu, că fetele plecaseră cu barca în larg și se distrau de minune și că o lăsase pe Blanche să-i toarne prostii despre mama lui Bea.

Atunci se uită spre ușa din spate și o vede.

Pe Bea. Urcându-se pe ponton, udă leoarcă.

Și Eddie înțelege.

Iar ea pricepe la rândul ei că el a înțeles. Eddie își va aminti pentru tot restul vieții lui expresia, felul în care a strâns din dinți, cum și-a îndreptat umerii și a ridicat capul de parcă ar fi vrut să zică: Încearcă numai, jigodie.

La început, Eddie ia decizia corectă. O primește în brațele lui. Îi spune că înțelege. Blanche știa acest lucru oribil despre ea și o bârfea, ce altceva ar fi putut face? Bea îi proteja pe amândoi, tot ce a clădit, și ce isteț din partea ei să-l aducă pe Tripp aici ca să fie țapul ispășitor! El și Blanche se certaseră, iar el o lovise cu putere. Bea încercase să o salveze – doar Blanche era cea mai bună prietenă ei! –, dar și ea băuse și se lăsase întunericul. Fusese atât de curajoasă când se aruncase în apă, înotând până la mal ca să aducă ajutoare.

Zâmbind, Bea se ridică în vârful picioarelor și îl sărută.

— Știam eu că o să pricepi, zice ea.

Exact atunci, Eddie o înșfacă, sufocând-o cu brațul și ridicând-o de la pământ. Ea îi smulge un nasture de la cămașă, de care el uită până câteva zile mai târziu, când Bea e deja închisă în camera de refugiu.

În siguranță.

Cel puțin așa crede el.

N-am fost în stare s-o torn și s-o las să se ducă la închisoare. Nu pentru o crimă atât de calculată, nu într-un stat care încă aplică pedeapsa cu moartea, nu când ar putea începe să pună aceleași întrebări despre mama ei, așa cum făcusem eu.

(Ca să nu mai menționez că un proces ar fi distrus afacerea. Nimeni nu-și dorește fleacuri încântătoare de la o criminală.)

Dar nici nu puteam s-o las *de capul ei*, nu aveam suficientă putere să fac față ideii că, data viitoare când cineva nu îi este pe plac, o să scape de persoana respectivă așa.

Camera de refugiu îmi oferise o soluție.

Nu cea mai deșteaptă, nu cea mai bună, dar, la naiba, cum aș fi putut proceda altfel?

Durerea începea să cedeze acum sau pur și simplu mă obișnuiam cu ea. În orice caz, mă puteam mișca mai mult și, chiar dacă stomacul mă necăjea din nou, am reușit să mă salt în capul oaselor.

Jane.

N-am iubit-o cu adevărat. Știam asta acum.

Îmi dorisem. Atât de mult. La început, totul a fost foarte ușor. Puteam să iubesc pe altcineva. Puteam să o iau de la capăt. Puteam să uit de Bea și de tot ce făcuse, de tot ce făcusem eu, de tot ce făcuserăm împreună și să încep o relație nouă cu Jane. Jane cea isteață și amuzantă, care mi-a văzut numai părțile bune, niciodată pe cele rele.

Bea aflase adevărul despre familia mea în cele din urmă. Că nu vorbisem cu mama sau cu fratele meu de când împlinisem 18 ani, deși erau amândoi oameni cumsecade, care nu greșiseră cu nimic. Singura lor crimă era că-mi aminteau de cât de mediocre îmi fuseseră începuturile.

Totuși, Jane nu știa nimic. Nici că mama încă încerca să-mi trimită e-mailuri la adresa oficială de la Southern Manors, pe care le ștergeam de cum le primeam. Nici că, atunci când fratele meu a vrut să ne trimită o felicitare de Crăciun, mi-am pus avocații să-l atace, sugerând că ne hărțuia.

Cu Jane, am luat-o de la zero.

Însă o parte din mine a știut mereu că n-o să fie așa de simplu. Îmi spusesem în sinea mea că am ascuns-o pe Bea ca să protejez afacerea, că era mai bine ca lumea s-o creadă moartă decât criminală, dar adevărul era... că nu suportam ideea să renunț la ea.

Simplu. Și înfricoșător totodată.

Încă o iubeam.

La asta se rezuma totul, oricât de oribil ar suna. Iubire. Încercam s-o salvez de lumea exterioară și de ea însăși.

— E cel mai bun lucru pentru tine, o consolasem în noaptea când o dusesem în camera de refugiu, când ea se holba la mine confuză, furioasă și poate și puțin speriată.

Și crezusem asta. Chiar și-acum cred. Dar, Isuse, acum se eliberaseși era în aceeași casă cu Jane, răbdătoarea Jane la care ar fi trebuit să renunț din prima. Nu merita așa ceva. N-ar fi trebuit s-o cer niciodată de soție, nu când eu încă mă duceam în camera lui Bea ca s-o văd, să-i vorbesc și să mă culc cu ea. Dar voiam să-i dau lui Jane exact ce își dorea. Cumva, ca un idiot, am crezut că totul o să funcționeze până la urmă. Că voi găsi o cale ca noi toți să obținem, în sfârșit, ce ne doream.

Le voiam pe amândouă. Nu fusesem în stare să renunț la niciuna, o țineam pe Bea sus, îi promiteam întruna lui Jane că mă însor cu ea și, acum, o sfecliserăm cu toții.

Ar fi trebuit să-mi dau seama că Jane o să se prindă la un moment dat. Se tot apropia și, în ciuda rolului de tânără naivă pe care-l juca, știam că e periculoasă ca un set de cuțite ascuțite.

Eu, pe de altă parte, eram curios, impulsiv, lacom.

Cu un geamăt, am reușit să mă așez în genunchi. Nu mă legaseră cu nimic, doar mă încuiaseră într-o cameră din care nu aveam cum să ies.

Numai că nu fusese niciodată complet impenetrabilă. Avea garantată o ieșire. Dintotdeauna. Eu singur o știam, fiindcă eu construisem nenorocita asta de casă.

Totuși, era periculos. Prostesc chiar. Și posibil mortal.

Dar trebuia să încerc.

PARTEA A UNSPREZECEA

JANE

35

— Nu ești deloc cum te-a descris.

Stau în hol și brațul încă mă doare de la lovitura dată lui Eddie cu ananasul ăla masiv. L-am izbit prea tare, știu asta. Și într-un loc ciudat. Încă simt cum a crăpat osul și încă îmi amintesc dinții lui pe covor. Îl lăsasem acolo, închizând ușile în urma noastră. Nu s-a mai auzit niciun sunet, cum că ar fi conștient sau în viață.

Iar Bea Rochester se află în fața mea.

Vie.

Fiindcă Eddie o sechestrase în nenorocita lor de cameră de refugiu. Și, aparent, îi vorbise despre mine.

Totul e atât de bizar, că nu-mi vine nimic în cap să-i răspund, dar bălmăjesc într-un final:

— Ăăă... p... poliția. Trebuie să sunăm.

— Trebuie, mă întrerupe Bea, oftând din rărunchi, să beau dracului ceva.

Bea coboară scările cu aceeași încredere și concentrare pe care mi le-am imaginat că le-ar avea, cu capul sus și cu mișcări sigure. Mă iau după ea, ținându-mi brațele încrucișate în dreptul taliei, dorindu-mi să nu fiu îmbrăcată în costumul de sport folosit dimineață.

Bea e deja în bucătărie când ajung jos, verificând camera valetului. E o încăpere îngustă între bucătărie și spălătorie, cu o chiuvetă mică, pahare elegante, cu picior, și câteva sticle de vin, alături de cele cu whisky preferate de Eddie.

Rămân în prag când Bea deschide un dulap și își plimbă privirea peste sticlele așezate în suporturile lor mici și cubice, din lemn.

— Ați băut cumva Mouton Rotschildul din 2009? mă întreabă, uitându-se peste umăr la mine.

Stau nemișcată, cu mâinile pe lângă corp, încă suferind din cauza forței cu care l-am lovit pe Eddie în cap.

Mă simt ca o impostoare... și exact asta sunt.

Și nu îmi vine să cred cât e de calmă ea. Ce control are! Lumea s-a întors cu susul în jos, iar ea alege vinuri.

Însă Bea clatină din cap și degetele îi dansează peste sticle.

— Cel din 2007 e încă aici. Merge și ăsta.

Scoate sticla din lăcașul ei, culege două pahare de pe raftul de sub tejghea, mișcându-se cu agilitate și cu încredere.

Pentru prima dată, îmi dau seama că aceasta e casa *ei*. N-ar fi putut deveni a mea niciodată și, la dracu', nici a lui Eddie.

Oprindu-se între bucătărie și sufragerie, mă privește din nou.

— Adu și tu tirbușonul, dacă nu te superi.

Măcar atât pot să fac și eu. Deschid un sertar din bucătărie și scot tirbușonul, după care o urmez pe Bea în sufragerie.

Destupă sticla, umple cele două pahare și îmi face semn să mă așez. Ia și ea loc într-un capăt al mesei și, pentru o secundă, mă întreb dacă ar trebui să ocup celălalt capăt, ca să stăm față în față ca două regine din Evul Mediu.

Prefer să stau în stânga ei, dar nu pe scaunul cel mai apropiat de ea, ci să las ceva spațiu între noi, dar nu cât terenul de fotbal care e masa lungă din lemn de stejar.

E același loc în care ea a pozat pentru interviul din *Southern Living* de acum câțiva ani, numai că acum poartă o pijama din mătase șifonată și are unghiile rupte. Chiar dacă arată ca dracu' – palidă, cu părul mai lung și cu vârfurile tocite, cu cearcăne adânci –, o întrezăresc pe Bea Rochester, cea pe care mi-am imaginat-o de atâtea ori. Femeia care a construit un imperiu din materiale cadrilate și din boluri în formă de fructe, o marcă imitând un anumit stil de viață pe care ea nu-l avusese în copilărie, dar în care își înfipsese ghearele până când și-l însușise.

Unul dintre bolurile acelea stă pe masă acum, plin cu lămâi. Bea se întinde, trage bolul aproape de ea, alege o lămâie și începe s-o rostogolească între palme, cufundată în gânduri.

Îmi ridic paharul și sorb o gură. Cabernetul tare îmi explodează pe limbă, iar Bea continuă să răsucească lămâia aia pe toate părțile.

În cele din urmă, o pune la loc în bol și se uită la mine.

— Așadar, Jane...

— Așadar, Bea, răspund pe același ton.

Îmi zâmbește. Sau, mai degrabă, schițează un surâs, un colț al gurii i se ridică ușor. Îmi dau seama că am văzut aceeași expresie pe chipul lui Eddie. Oare ea a luat ticul de la el sau viceversa?

Întinde mâinile în lateral și mă întreabă:

— Ce facem acum?

Îmi place că folosește pluralul, *noi*. Și îmi place și cum mă privește, de parcă m-ar vedea cu adevărat. Nu sunt Jane-Cea-Care-Plimbă-Câini, nici fata tristă care aproape că a fost păcălită de soțul ei să-l ia de bărbat. Mă vede pe mine, cea reală.

Ridic sticla de vin și-mi umplu paharul. Al ei e încă plin, așa că așez sticla la loc pe masă cu o bufnitură. Afară, a început o furtună violentă. Ploaia răpăie pe geamuri, tunetele zguduie casa la fiecare câteva minute. Poate că, de sus, se aude când și când câte o duduitură, dar n-aș putea să jur.

Mă gândesc la Eddie, zăcând pe podeaua camerei de refugiu și aștept să simt vinovăție, regret sau... ceva.

Nimic de acest gen, ci doar o senzație dezgustătoare de ușurare. Am avut dreptate. Toate bănuielile mele, toate presimțirile nu mă înșelaseră. Instinctul îmi rămăsese la fel de puternic ca întotdeauna. Și Bea era în siguranță acum.

— Trebuie să sunăm la poliție, spun din nou. Să le povestim tot ce s-a întâmplat.

Bea încuviințează din cap și cugetă asupra propunerii.

— Tot ce s-a întâmplat. Mai exact, la ce te-ai gândit?

Deși mintea îmi lucrase constant în ultimele câteva ore, de când îl vizitasem pe Tripp, de când găsisem jurnalul, întotdeauna mi-am venit iute în fire și am trecut peste șocuri rapid. E un talent necesar pentru supraviețuire.

Îmi ajută de minune și acum.

— Blanche e moartă cu adevărat, îi zic lui Bea. Dar probabil că nu a fost un accident cum crede toată lumea.

— Aveau o relație, răspunde Bea, cu voce blândă, dar un mușchi de sub maxilar îi zvâcnește și strânge din dinți înainte să continue. Eddie, firește, a crezut că n-o să aflu niciodată, dar am știut din prima. N-a fost niciodată așa de deștept pe cât se crede.

Îmi amintesc povestea lui cu „anotimpurile de tranziție“ și cu „ratonii din pod“ și pufnesc, ridicând paharul. Pământul de sub picioare mi se pare mai solid acum.

— Dar presupun că pe Blanche a mustrat-o conștiința apoi. Eram prietene din copilărie și poate că loialitatea a însemnat mai mult pentru ea decât crezuse. Sau, la naiba, poate a vrut să râdă de mine direct. În orice caz, am știut că motivul pentru care m-a invitat la casa de lângă lac în weekendul acela era să mi se confeseze.

Bea soarbe delicat din vin.

— Bănuiesc că și Eddie știa. Și a preferat să o ucidă pe Blanche ca să nu aflu adevărul.

Numai că Bea o invitase pe Blanche. Doar casa de lângă lac îi aparținea, nu?

Mă încrunt puțin, dar nu comentez și Bea continuă.

— O mișcare tipică din partea lui Eddie. Întotdeauna a vrut să mai capete o felie de tort, să mai prindă o ocazie suplimentară. Dar știa și că toate astea – întinde mâinile din nou, arătând casa, cartierul și probabil întreaga lor viață – sunt ale mele. Doar nu putea să divorțeze, nu?

— Și-atunci, de ce nu te-a omorât?

Mă descurc grozav, îmi spun în sinea mea, sunt calmă, dar inima îmi bubuie mai-mai să-mi sară din piept, fiindcă nu e deloc adevărat. Nimic din spusele ei nu e adevărat.

E o mincinoasă pricepută, recunosc. Mult mai bună decât Eddie. Dar recunosc rahaturile imediat și vorbele ei nu se potrivesc deloc.

Bea se apleacă și își încrucișează brațele sprijinindu-se de masă, iar mânecile pijamalei se ridică, expunându-i încheieturile subțiri, elegante.

— N-am înțeles de ce, admite ea. Și, crede-mă, am avut destul timp să rumeg lucrurile. Cred...

— Te-a iubit, rostesc acru.

Chiar dacă povestea lui Bea n-are sens, cumva, această explicație... are.

A iubit-o. Ce se întâmplase fusese dubios și năucitor, iar Eddie se dovedise nemilos. Mi-am amintit de el și de John. Dacă într-adevăr ar fi considerat-o pe Bea o piedică în calea lui, n-am nicio îndoială că ar fi omorât-o.

Totuși, ea e încă aici.

Bea mă privește intens și, pentru o secundă, încrederea în propria persoană i se clatină. Nu se aștepta la un asemenea răspuns.

O urmăresc cum lasă capul în piept o clipă, apoi îl ridică imediat și dă din umeri.

— Posibil. În orice caz, asta e povestea mea. A ucis-o pe Blanche, mi-a înscenat moartea, după care m-a ținut sechestrată în casa asta de parcă am fi trăit într-un nenorocit de roman gotic, în timp ce el a sedus o tânără naivă, care obișnuia să-i plimbe câinele.

Bea ridică din sprâncene.

— Ce părere ai?

Iau o gură de vin zdravănă și nu mă grăbesc.

— E o versiune a adevărului.

— Dar nu-ți place.

Nu-mi place, corect. Nu vreau să trec drept ingenua tragică, idioata care a fost înșelată de un bărbat chipeș, cu un cont bancar uriaș.

O victimă.

Mă sprijin de spătarul scaunului și continui s-o privesc. Poate că e din cauza vinului, dar nu mai pare atât de palidă acum și, în pofida părului ciufulit și a pijamalei, arată aproape... elegantă.

— De ce nu ești mai agitată? o întreb.

Se uită fix la mine. Are ochi frumoși, mari și negri, cu gene groase chiar și fără rimel.

— Dar tu de ce nu ești? mi-o întoarce. Tocmai ai aflat că bărbatul pe care-l iubești e un criminal și că soția lui moartă de fapt trăiește. Niște urlete și puțin plâns ar merge de minune.

Nu răspund.

— Știi ce cred? continuă ea. Cred că există un motiv pentru care Eddie s-a îndrăgostit de amândouă. Nu – ridică o mână, oprindu-mi încercarea de împotrivire –, lui chiar îi pasă sincer de tine. N-ar fi riscat să te aducă în viața lui, dacă n-ar fi fost așa. Semănăm mult, Jane.

— Nu așa mă cheamă, îi zic aproape fără voia mea.

— Nici pe mine nu mă cheamă Bea, îmi răspunde zâmbind.

— Știam. De la Tripp.

Bea își dă ochii peste cap.

— Jegosul ăla de Tripp.

Aproape că izbucnesc în râs, fiindcă știu ce simte. Dar e ceva atât de... greșit în toate astea. E prea calmă, prea stăpânită, prea organizată pentru o femeie care a trecut prin cel mai oribil lucru la care mă pot gândi.

Apoi se apleacă în față și spune:

— Eddie a zis că nu semeni deloc cu mine. Nu cred că așa stau lucrurile.

Mă uit la ea, cum stă acolo ca o regină, mințind fără jenă, și știu că astea sunt singurele vorbe adevărate pe care le-a rostit.

PARTEA A DOUĂSPREZECEA

BEA

36

Te-a iubit. Nu știu de ce cuvintele acestea care ies de pe buzele lui Jane mă afectează atât de mult. Poate pentru că Jane nu și-ar dori deloc să fie adevărate. Dar Jane e o mincinoasă strașnică. Ghicesc asta doar privind-o. Îmi dau seama totodată că nu e fata din poveștile lui Eddie. O fată care l-a lovit direct în față cu un ananas din argint și care stă acum cu soția lui – despre care i se spusese că e moartă, pe fundul unui lac – la un pahar de vin.

Îmi place fata atât de mult, că aproape îmi pare rău că Eddie nu i-a văzut și această latură. Poate i-ar fi plăcut și lui. Ori poate că deja i-a plăcut. Poate că, oricât de mult ar fi urât să recunoască, Eddie știa că Jane e ca mine. Știa că asta îl și atrăsese la ea de prima dată.

Mai ia o gură de vin. E micuță, palidă, cu o culoare a părului între blond și șaten care nu o prea avantajează. Hainele pe care le poartă sunt niște imitații firave ale ținutelor celorlalte femei din cartier. Poate că asta a fost suficient ca să-l păcălească pe Eddie, dar el ar fi trebuit s-o privească în ochi.

Ochii o trădează. De pildă, încuviințează din cap spre mine, stă foarte calmă, dar ochii au o strălucire febrilă și sunt sigură că nu crede o iotă din tot ce i-am povestit „că s-a întâmplat". Aventura, faptul că Eddie a omorât-o pe Blanche, sechestrarea mea, transformarea lui Tripp în țap ispășitor. Mizasem pe faptul că ea îl crede pe Eddie mai deștept decât e, dar poate că am calculat greșit.

De fapt, acum, când mă uit la ea, îmi amintește de Blanche. După înmormântare.

— Mă bucur atât de mult că ești aici!

Bea o îmbrățișează strâns pe Blanche și simte cât e de slabă în rochia ei neagră. Bea nu poartă negru, de data asta a ales violet-închis, nuanța caracteristică a viitoarei colecții de toamnă Southern Manors.

Blanche o strânge în brațe la rândul ei și spune întruna cât de rău îi pare, dar, când pleacă, Bea crede că surprinde ceva în privirea lui Blanche. Nu bănuiește nimic, chiar nu. Blanche nu ar face niciodată un asemenea salt în necunoscut. Dar Bea vede că, pentru Blanche, lucrurile nu par în regulă, chiar dacă nu va rosti niciodată nimic cu glas tare, chiar dacă nici măcar nu-și va îngădui să se gândească la asta.

Mai târziu în seara aceea, Bea stă pe fotoliul adus din casa mamei, singurul obiect pe care și-l dorise din nenorocitul de cămin al copilăriei ei, și termină sticla de vin. O ajută să rămână goală pe dinăuntru și ușor confuză, o ajută să blocheze imaginea mamei dinainte să cadă.

Mama se amețise bine, partea asta era adevărată, doborâtă complet de drogul ei preferat la momentul respectiv. Klonopin, probabil. Bea o urmărise cum se târăște pe hol, ca o femeie mult trecută de 53 de ani, cu pași înceți și târșâiți.

Îi spusese de atâtea ori să scape de covorul de lângă scări, dar firește că nu o ascultase. Totuși, doar se împiedicase, nu căzuse imediat. Nu pățise nimic.

Bea nu-și poate explica de ce a împins-o. Doar că ea era acolo, mama s-a împiedicat și, în momentul respectiv, pieptul i s-a umplut de o bucurie fără margini și i s-a părut lucrul cel mai natural din lume să întindă mâna și... să împingă.

Pe chipul ei, nu s-a văzut nici teama, nici groaza și nici șocul. Ca întotdeauna, mama doar a privit-o ușor confuză când a căzut.

La înmormântare, Bea și-a dat seama cât e de norocoasă. Dacă mama și-ar fi rupt glezna sau și-ar fi fracturat clavicula, Bea ar fi trebuit să dea enorm de multe explicații. Dar capul mamei se lovise cu putere de marginea scărilor. Bea auzise pocnetul și văzuse sângele.

Nu a murit imediat, dar, când Bea a privit în jos, spre ea, a înțeles că rana e suficient de gravă. Sângele forma deja o băltoacă în jurul capului.

Totuși, dacă ar fi sunat la salvare imediat și nu a doua zi dimineață, dacă ar fi pretins că a auzit o bufnitură în miezul nopții și că s-a trezit și și-a găsit mama la capătul scărilor, probabil că femeia ar fi supraviețuit. Sângerarea excesivă îi adusese sfârșitul.

Zăcuse acolo, singură, toată noaptea, pe podea, și sângele i se scursese încet pe parchet.

Bea așteptase luni întregi să se simtă prost pentru ce făcuse, dar, până la urmă, singurul sentiment trăit fusese cel de eliberare.

În concluzie, își scosese întâmplarea din minte, ani la rând. Nici măcar Eddie nu știa adevărul despre cum murise mama ei. Îi spusese o poveste vagă despre faptul că le avea cu băutura și, cum Eddie însuși nu se prea omora cu poveștile despre trecutul lui, bărbatul nu insistase. Povestea nu-și mai ițise capul până cu câteva luni înainte ca Blanche să moară.

Amândouă iau cina la același restaurant mexican, unde merseseră după ce Bea îl cunoscuse pe Eddie.

Între ele stăruie tensiunea – este imediat după ce Bea îi surprinsese pe Eddie și pe Blanche la prânz, după ce i-o trăsese lui Tripp în baie, dar Blanche nu știe asta –, dar Bea e complet nepregătită când vede cât de furioasă pare Blanche în seara aceea.

— Nu știe, nu-i așa? întreabă ea.

Bea se holbează la prietena ei până când aceasta își ferește privirea.

— Eddie. Că tot rahatul tău e fals. Că toată chestia asta – își flutură un braț prin aer – cu Southern Manors ai furat-o practic de la mine.

— Știu că e greu de crezut că lumea nu se învârte în jurul tău, Blanche, dar mă jur că așa e, răspunde Bea, pe un ton calm, deși pulsul i-a luat-o razna.

Blanche mai ia o gură de băutură. E mohorâtă. Întotdeauna a fost așa sau căsătoria cu Tripp a transformat-o? se întreabă Bea.

Arată ca el acum, cu părul în aceeași nuanță nisipoasă, tuns aproape la fel de scurt ca al lui. Însă trupul ei e subțire ca o scândură, spre deosebire de al lui, iar brățările îi zornăie la încheietură când ia un chips din coș. Bea nu se poate abține să studieze brățările, căutând ceva familiar, dar nu, niciuna dintre ele nu e de la Southern Manors. Toate sunt marca Kate Spade. Strâmbă din nas și Blanche o vede.

— Care-i treaba?

Nu mușcă din chipsul pe care-l ține între degete, ci rupe bucățele din el. Bea se întinde să curețe cu mâna grămăjoara de firimituri.

— Dacă ai nevoie de brățări, să știi că tocmai am lansat o colecție nouă, spune Bea. Îți trimit câteva mostre să vezi.

Blanche își depărtează buzele ușor, face ochii mari și, după o secundă, izbucnește în hohote de râs gălăgioase.

— Să mori tu? întreabă ea.

Bea zărește mai multe capete întorcându-se în direcția lor. Se încruntă și se dă mai aproape de Blanche.

— Te rog, vorbește mai încet.

— Nu, rostește ea, lăsând ultima bucată de chips să cadă pe masă. Nu, chiar vreau să știu dacă te-ai enervat pentru că nu port bijuteriile tale idioate. Vreau să știu dacă asta se întâmplă acum, Bertha.

— O replică foarte matură, răspunde Bea.

Blanche continuă să hohotească, lipindu-se cu spatele de banchetă și încrucișându-și brațele la piept.

— Eu te întreb dacă soțul tău știe că tot ce are legătură cu tine e o minciună, iar tu continui să turui ca o moară stricată despre brățările mele. Și eu sunt aia imatură... OK, am priceput.

Bea se repede spre ea, o apucă de încheietura acoperită cu afurisitele alea de brățări și o strânge atât de tare, că Blanche scâncește.

— Ești beată, rostește Bea printre dinții încleștați. Și te faci de râs. Poate ar trebui să-i lași plăcerea asta lui Tripp.

Cina se sfârșește devreme în seara aceea și, nici două zile mai târziu, Eddie vrea să știe de ce nu i-a mărturisit niciodată că mama ei a murit în urma unei căzături.

Atunci, Bea își dă seama că nu există nicio aventură, deoarece, chiar dacă Blanche ar fi vrut s-o rănească, Eddie nu ar fi fost niciodată de acord. Și fiindcă, pentru prima dată în viața ei, Blanche nu obținuse ce-și dorise, se purta ca o măgăriță acum, folosindu-și ultima muniție.

Bea apare a doua zi cu cafea și cu pateuri pentru micul dejun. Îi cumpără lui Blanche chiar una dintre ororile alea fără gluten după care se dă în vânt.

— Am venit cu o ofertă de pace, spune ea și vede că o parte din Blanche vrea să o creadă, vrea ca lucrurile să fie la fel ca înainte.

Excursia la casa de lângă lac e o altă ofertă de pace. O altă ramură de măslin.

Și Blanche o apucă zdravăn cu ambele mâini.

Jane stă acolo, învârtind piciorul paharului cu vin între degete, iar eu urmăresc cu atenție cum îi funcționează mintea. Îmi place că nu știu exact ce va face și sunt nespus de satisfăcută când văd ce loialitate superficială are față de Eddie în realitate.

Nu l-am pierdut, în definitiv. Mă surprinde entuziasmul pe care îl resimt. Dar poate n-ar trebui. Unele lucruri din jurnal le-am scris doar pentru spectacol, ca să mă protejez – în realitate, majoritatea lor –, dar partea cu sexul? Și sentimentele față de Eddie? Toate alea au fost reale. Jane se îndreaptă de spate și spune:

— Ar trebui să sunăm la poliție. O să le povestim ce a făcut Eddie. Și el va suferi consecințele.

Se joacă, oare, cu mine sau chiar asta își dorește cu adevărat? Ambiguitatea care mi se păruse simpatică acum o secundă mă enervează brusc și dau din mână a lehamite, terminând vinul.

— Mai târziu. Dă-mi voie să mă bucur și eu câteva ore că am ieșit din camera aia, înainte să fiu nevoită să răspund la un milion de întrebări. Mă uit în jur și adaug: Nu ai prea făcut modificări aici, nu?

Jane nu răspunde, dar se dă mai aproape, căutându-mi mâna.

— Bea, zice ea. Nu putem să stăm așa pur și simplu. Eddie a ucis-o pe Blanche. Ar fi putut să te omoare și pe tine. Trebuie să...

— Nu trebuie să facem nimic, o întrerup, smulgându-mi mâna dintre ale ei și ridicându-mă în picioare.

— Partea stresantă este să fii cel care ia decizii mereu, obișnuia Bea să le reamintească angajaților ei. Dar, de îndată ce ai hotărât, s-a terminat și te vei simți mai bine.

Așa stau lucrurile și cu Blanche.

Odată ce Bea decide că prietena ei trebuie să moară, restul e destul de ușor și pașii urmează firesc. O invită pe Blanche la casa de lângă lac, apoi îi trimise un SMS lui Tripp în ultima clipă. Are nevoie de un țap ispășitor, de data asta. Una e când o persoană moare într-un accident și ea e singurul martor și alta e când sunt doi de față.

Așadar, Tripp.

Blanche nu se bucură deloc când apare el.

— Am crezut că e o excursie doar între fete, zice ea.

Tripp se așază pe canapea, lângă ea, cu un pahar de votca-tonic deja în mână.

— Iar eu sunt un Tripp[1] al fetelor, glumește el, ceea ce e atât de oribil încât, pentru o clipă, lui Bea îi trece prin cap că poate ar trebui să-i facă și lui felul.

Dar nu, are nevoie ca Tripp să-și joace rolul în povestea asta.

Și joacă magistral. Blanche e atât de iritată de prezența lui, încât bea mai mult decât sperase Bea, pahar de vin după pahar de vin, apoi votca lui Tripp.

---

[1] Joc de cuvinte în lb. engleză, între Tripp și *trip* – „excursie" (n. tr.).

Când Tripp cade lat de beat, așa cum Bea știa că se va întâmpla, mulțumită și Xanaxului pe care i-l strecurase în băutură, Blanche se amuză împreună cu Bea când îi târăsc trupul moale până în dormitorul principal, Bea prefăcându-se că e la fel de beată ca Blanche.

Acesta e lucrul pe care și-l va aminti cel mai bine, mai târziu. Blanche a fost fericită în noaptea aceea. În mare parte, datorită băuturii, dar chiar și-așa, Bea îi făcuse pe plac.

O ultimă noapte a fetelor împreună, la distracție.

Când ajung pe barca achiziționată de Bea pentru Eddie cu un an în urmă, Blanche e atât de nesigură pe picioare, că Bea trebuie s-o conducă până la locul ei.

Urmează și mai multe băuturi.

Cerul este întunecat și luna nouă nu aruncă lumină suficientă peste ceea ce se întâmplă.

Ca și în cazul mamei sale, Bea nu trebuie să depună prea multe eforturi.

Când Blanche se prăbușește inconștientă, nu-i mai rămâne decât să ia ciocanul cumpărat, cel greu, cel masiv, genul de armă a crimei lipsită de subtilitate pe care Tripp ar cumpăra-o, și să o izbească.

O dată. De două ori. De trei ori. Aude un scrâșnet oribil, urmat de un sunet cărnos, umed, apoi o împinge pe Blanche de pe barcă. E întuneric și părul ei e ultimul lucru pe care Bea îl zărește dispărând sub suprafața lacului.

Rămâne nemișcată și așteaptă să simtă ceva.

Regret, oroare. Orice, la o adică. Din nou, odată treaba terminată, se simte mai degrabă ușurată și puțin obosită.

Înoată înapoi spre casă cu destulă greutate. Brațele taie apa caldă, iar creierul ei invocă imagini cu crocodili și mocasini-de-apă. Știe că, dedesubt, se întinde o pădure inundată și nu îi vine greu să-și închipuie ramurile moarte care se întind spre ea precum niște mâini scheletice, ca să-i tragă trupul în jos odată cu al lui Blanche și să-l țină acolo, în pădurea subacvatică.

Ceva îi atinge piciorul la un moment dat și scoate un țipăt înăbușit, care sfâșie totuși liniștea nopții. Apa îi umple gura. Are gust de minerale și de ceva putred. Scuipă imediat și continuă să înoate.

Povestea e simplă. Un weekend doar pentru fete. Tripp apare pe neașteptate. Ies cu barca, beau prea mult. Bea adoarme sau leșină, în timp ce Tripp și Blanche se ceartă. Când se trezește, Blanche a dispărut și Tripp e beat mort. Bea intră în panică și se aruncă în apă în încercarea de a-și salva cea mai bună prietenă, dar, când nu o găsește, se întoarce înot la mal.

Tripp se îmbătase atât de rău, încât habar n-are ce s-a întâmplat, nici măcar nu-și mai amintește că a fost pe barcă și toată lumea știe că el și Blanche aveau probleme. Poate o să aibă noroc și vor presupune că Blanche a căzut sau s-a aruncat singură și trupul ei nu va fi niciodată descoperit pe fundul lacului. Sau poate că îl vor găsi, vor vedea gaura din craniu și vor crede că el a omorât-o.

Oricare dintre variante funcționează pentru Bea.

Și totul ar fi fost atât de ușor dacă Eddie nu ar fi apărut ca să dea totul peste cap.

Este în casă când Bea urcă pe ponton și face ochii mari când o vede. Ea nici măcar nu se gândește la cum arată, udă leoarcă, tremurând din toate încheieturile, deși e cald. Nu se poate gândi decât la motivul prezenței lui aici.

Și, în acel moment, totul se duce naibii.

Ar fi trebuit să fie mai atentă la cât de ciudată era prezența lui acolo, la expresia panicată de pe chipul lui. Eddie nu se descurcase niciodată prea bine cu surprizele și, ca mai toți bărbații, întotdeauna se crezuse mai deștept decât era în realitate.

Bea considerase mereu că un bărbat care-și supraestimează inteligența este și ușor de manipulat. După cum se dovedise, era și un bărbat ce putea fi extrem de periculos.

Mai târziu, a vrut să-i spună cât de rău a dat-o el în bară, fiindcă ar fi trebuit s-o lase pe ea să se ocupe de tot, ea ar fi trebuit să fie la conducere, ca și înainte, dar, desigur, Eddie se repezise să acționeze fără să gândească, așa cum făcea mereu.

Am stat acolo, în livingul casei construite de Eddie și create de mine, și m-am gândit din nou la asta, la ce menționase Jane.

Te-a iubit.

Da, asta era. Asta era piesa care dădea sens haosului. Motivul pentru care nu sunase la poliție în seara aceea și pentru care nu mă lase să mor sus. Dacă și-ar fi dorit doar banii, avea scuza perfectă să scape de mine și să rămână cu tot. Nu semnaserăm niciun contract prenupțial, deoarece voiam să le demonstrez tuturor – dar mai ales lui Blanche – că aveam încredere absolută în Eddie.

Ar fi putut lua tot ce îi oferisem.

Dar el se abținuse.

OK, o cunoscuse pe Jane, da, plănuise să se însoare cu ea, dar continuase să vină la mine în cameră, încă vorbea cu mine, încă făcea dragoste cu mine.

În tot acest timp, am încercat să-mi dau seama în ce constă secretul lui, cheia tuturor lucrurilor, care era atât de simplă.

Mă iubea.

Jane stătea în pragul dintre living și bucătărie acum, cu telefonul în mână.

— Bea, știu că ai trecut prin ceva oribil și probabil că încă ești în șoc, dar trebuie să sunăm la poliție. Nu mai putem aștepta. E o nebunie.

Și-a privit telefonul, s-a apucat să tasteze numărul și, brusc, am ajuns lângă ea și am apucat-o de încheietură cu putere, aproape strivindu-i oasele fragile.

— Nu, am rostit și, în acel moment, am zărit o sclipire în ochii ei, care mi-a confirmat că înțelege ce se petrece aici.

Îmi plăcea Jane, chiar o respectam, dar nu intenționam s-o las să-mi strice planurile.

Planurile noastre.

O alarmă stridentă, asurzitoare s-a declanșat brusc, făcându-ne pe amândouă să tresărim. I-am dat drumul lui Jane și m-am uitat spre tavan.

— Ce naiba..., a început ea.

Dar eu știam deja. Era alarma de incendiu.

Fără să mai stau pe gânduri, am fugit spre scări.

Idioată ce ești, o ditamai idioata, mi-am zis în sinea mea, în timp ce alergam, fiindcă era un alt lucru care-i semăna lui Eddie. Camera de refugiu nu se deschidea în caz de incendiu, fiindcă se presupunea că te puteai retrage acolo dacă *izbucnea* un incendiu. Fie Eddie nu știa asta, fie miza pe faptul că mă voi duce la el și îi voi permite să iasă.

Eram sigură că mă confruntam cu a doua variantă.

Jane venea în urma mea, strigându-mă.

Sus, mirosul fumului era puternic, fuioarele cenușii strecurându-se deja pe sub ușa de la camera pentru haine. Când am pus mâna pe clanță, era fierbinte. Atât de fierbinte, că m-a ars și mâna a început să mă usture.

Am tras de ușă cu putere și a urmat o explozie de căldură, de fum și de durere. Undeva, în spatele meu, Jane a început să urle.

PARTEA A TREISPREZECEA

JANE

37

Nu am mai fost în spital de la 15 ani, când mi-am rupt cotul încercând să impresionez un tip, pe un skateboard. Am urât atunci experiența și nici acum nu se numără printre favoritele mele.

Ar trebui să plec acasă mâine, dar ce înseamnă acasă pentru mine, habar nu am. Casa din Thornfield Estates s-a dus, a ars până la temelie, iar viața nouă pe care încercasem s-o clădesc s-a dus cu ea.

Probabil că spune ceva despre mine faptul că am făcut o fixație pentru ea și nu pentru bărbatul cu care mă logodisem și care își sechestrase soția într-o cameră de refugiu, luni la rând. Ciudat, într-un fel, că această parte a poveștii e aproape ca o ușurare. Tot ce mi se păruse bizar, tot ce declanșase în mine instinctul de supraviețuire căpătase sens acum. Totul devenise limpede.

Și știu că, pentru restul vieții mele, voi vedea expresia de pe chipul lui Bea când s-a repezit pe scări să-l salveze pe Eddie. Orice-aș fi simțit eu pentru el nu se compara cu asta. *Niciodată* nu s-ar fi comparat.

La fel, Eddie nu m-ar fi putut iubi niciodată așa cum își iubea soția.

Când Bea a deschis ușa camerei de refugiu, am auzit un sunet ca un vâjâit puternic și un pârâit. Valul fierbinte m-a împins în spate și instinctul a intrat în funcțiune.

Am fugit.

Am coborât scările în goană, am ieșit pe ușă, am ajuns în mijlocul peluzei și am căzut pe iarbă, sufocându-mă și trăgând disperată aer în piept.

La urma urmelor, acționasem așa cum o făcusem toată viața – mă salvasem.

Ceea ce însemna că îi lăsasem pe Bea și pe Eddie să moară.

Oftând, scot ambalajul înghețatei pe băț pe care asistenta mi-o strecurase pe furiș. Are aromă de banană.

Sunt norocoasă. Toată lumea zice așa. Nu am arsuri, am inhalat doar niște fum și de aceea încă mă dor pieptul și gâtul, dar, având în vedere că vila s-a transformat în cenușă, am scăpat relativ ieftin.

Numai că acum am rămas fără locuință și viața mea e în derivă.

Mă pregătesc să îmi plâng și mai mult de milă când aud un ciocănit ușor la ușă. Mă întorc și o zăresc pe Tori Laurent.

— Cioc, cioc, spune ea.

Inima îmi sare din piept. Mușc fără să vreau din înghețată și răceala ei îmi arde dinții.

— Salut! răspund stingherită.

Ea arată cu mâna spre scaunul din plastic de lângă patul meu.

— Putem vorbi puțin?

Doar nu pot s-o refuz, nu? Bănuiesc că și ea știe asta, de vreme ce nu-mi așteaptă răspunsul înainte să se așeze.

Pune picior peste picior și îmi zâmbește, de parcă am fi prietene, iar asta e doar o vizită amicală. Mă străduiesc să-i zâmbesc la rândul meu, dar îmi amintesc că se presupune că sunt traumatizată și supărată.

Ultimele zile m-au dat complet peste cap.

Privesc în jos, mă joc cu ambalajul înghețatei și aștept să înceapă ea.

— Cum te simți? mă întreabă.

Ridic din umeri și îmi dau părul după urechi.

— Mai bine. Încă răgușită, zic și arăt spre gât. Totul mi se pare ireal.

Laurent încuviințează din cap și ridurile de la coada ochilor ies în evidență când îmi aruncă o privire plină de compasiune. Totuși, ceva din felul în care mă privește nu-mi place deloc. Mă face să mă simt goală și expusă.

— Bănuiesc că știi deja că logodnicul tău nu a supraviețuit incendiului.

Strâng din buze, închid ochii o clipă, dar, în interiorul meu, s-a declanșat ditamai furtuna. Oare îmi va aduce la cunoștință că au găsit două cadavre în cenușă? Ce-o să spun atunci? Adevărul despre Bea și despre Eddie, despre tot ce s-a întâmplat?

— Da, reușesc să bălmăjesc și spaima mea sună a tristețe, ceea ce este foarte bine.

— Îmi imaginez că știi și că teoria noastră este că a dat foc casei intenționat. Că a vrut să se sinucidă și să te omoare și pe tine.

Nu.

Nu, nu știam asta și șocul și confuzia cu care o privesc nu sunt prefăcute.

— Intenționat?

Încuviințează din cap, sprijinindu-se de spătarul scaunului.

— Jane, sunt semne evidente că Edward Rochester era implicat în uciderea lui Blanche Ingraham și în dispariția soției sale.

— Doamne, Dumnezeule, rostesc în șoaptă, acoperindu-mi gura cu mâna.

Laurent se foiește pe scaun și, de afară, aud scârțâitul unui scaun cu rotile și sunetele intermitente ale unor mașinării.

— În timp ce investigam implicarea lui Tripp Ingraham, am găsit dovezi că Eddie a fost și el acolo, în noaptea cu pricina. I-am identificat mașina pe înregistrările video ale camerelor de la intrarea în Thornfield Estates, unul dintre vecinii voștri își amintește că Eddie a plecat de acasă târziu, în noaptea în care soția lui și Blanche se aflau la casa de lângă lac. Nimic concret și încă ne aflăm în plin proces de strângere a dovezilor, dar, în prezent...

Vocea i se stinge și observ că își duce mâna preț de o secundă la insigna prinsă în talie.

— Și cu Tripp cum rămâne? întreb. Ce se întâmplă acum?

E ciudat și ceva mai mult decât doar deranjant să simt vreo compasiune pentru Tripp Ingraham, dar acum, că știu întreaga poveste, îmi vine greu să nu-l consider și pe el o victimă. O altă persoană prinsă în rahatul numit Eddie și Bea.

— Nu mai e considerat suspect, îmi confirmă femeia. Ca să fiu sinceră, n-am avut niciodată prea multe dovezi împotriva lui. Cel puțin nu atâtea câte i-am sugerat. Speram că o să clacheze sau că o să-l toarne pe Eddie într-un final.

Femeia oftează.

— În orice caz, incendiul a fost provocat, ceea ce ne face să credem că Eddie știa că ne apropiam de adevăr.

Se apleacă spre mine și îmi ia mâna.

— Îmi pare atât de rău. Știu că toate astea sunt șocante.

Sunt, dar nu așa cum crede ea. Ei au convingerea că Eddie s-a sinucis pentru că le-a omorât pe Blanche și pe Bea. Ceea ce înseamnă că nu au găsit cadavrul lui Bea în incendiu.

Ceea ce înseamnă că se ascunde undeva.

— E posibil să mai avem câteva întrebări mai târziu, continuă Tori, bătându-mă ușurel peste mână și ridicându-se în picioare, dar am vrut să te anunț cum stau lucrurile în prezent.

— Mulțumesc, spun și îi zâmbesc din nou.

— Ai grijă de tine, Jane.

Când se îndreaptă spre ușă, nu mă pot abține să o întreb.

— Ați... cadavrul lui Eddie e...

Rostesc cuvintele cu multă șovăială, de parcă e prea îngrozitor să mă gândesc la asta și femeia se strâmbă.

— Focul s-a răspândit cu o violență și cu o intensitate incredibile, îmi explică ea blând. N-a mai rămas nimic. Cred că au găsit...

Face o pauză și își drege glasul.

— Cred că erau niște dinți.

Văd nenorocitul ăla de ananas în mâna mea și felul în care i-a zdrobit maxilarul lui Eddie.

Fragmentele de os albe pe covor.

— Mulțumesc, îi zic, ferindu-mi privirea, lăsând-o să creadă că m-a copleșit groaza.

O aud plecând și, după o clipă, duc înghețata la buze. E parțial topită, o băltoacă lipicioasă pe tava mea și îmi trec un deget prin ea.

Inelul încă sclipește pe mâna stângă. Măcar am rămas cu ăsta și banii pe care îi voi lua pe el mă vor ajuta să o iau de la capăt. Voi avea un trai mai modest decât planificasem, dar tot e ceva.

Cu condiția ca Bea să mă lase.

Trăiește și știe că eu știu adevărul. Care va fi următoarea ei mișcare?

— Scumpo?

Ridic privirea și o văd pe Emily în pragul ușii, încruntată.

Se uită în spate pentru o secundă, apoi șoptește:

— Am venit să te verific, dar e un băiat aici care susține că e fratele tău. Și că mâine te ia acasă. Nu știam că ai un frate.

Pe toți dracii! John.

— Nu am.

Încruntătura lui Emily se adâncește când intră în încăpere, dar apoi zâmbește.

— Adele deja s-a acomodat, așa că ai putea veni și tu.

Adele. Uitasem de câine în nebunia celor întâmplate și, nu-mi explic deloc de ce, e lucrul care în sfârșit îmi aduce lacrimi în ochi.

— E bine? întreb.

Emily încuviințează.

— Foarte bine. Îi terorizează pe Major și pe Colonel.

Emily se apropie și mă ia de mână.

— Haide, fată. Vino acasă cu mine.

Și așa fac.

38

Primele zile acasă la Emily sunt plăcute. Am primit o cameră pentru oaspeți drăguță și Emily îmi comandă mâncare, îmi aduce înghețată pentru gât și îmi face mereu un amestec din suc de ananas și de apă minerală absolut savuros. E mai bine decât mi-am închipuit că va fi să o am pe Adele. Doarme la picioarele mele, în pat, în fiecare noapte, iar prezența ei caldă și greutatea ei îmi oferă un sprijin nesperat.

Așa că da, la început, totul e în regulă.

Rahatul începe însă în a cincea zi de când stau aici, când mă trezesc și mă învârt prin casă, recuperată după incendiu.

Inițial, nu e nimic extraordinar.

Pot să dau o fugă până în sat să iau niște croasanți pentru clubul ei de carte? Ah, și când mă întorc, pot să intru și la Whole Foods? Are o listă de cumpărături!

Și iată-mă acum, aici, la trei săptămâni după ieșirea din spital, plimbându-l pe Major prin cartier.

Mă întreb dacă ultimele șase luni s-au petrecut doar în imaginația mea. Poate că totul nu a fost decât o halucinație uriașă și nu l-am cunoscut niciodată pe Eddie Rochester, n-am locuit niciodată în casa aceea unde, pentru scurtă vreme, mare parte dintre visurile mele a devenit realitate.

Însă plimbarea noastră de dimineață îmi reamintește că totul a avut loc. Acolo unde obișnuia să fie casa construită de Eddie și de Bea n-a mai rămas decât un loc gol. Cenușa și banda galbenă a poliției e tot ce se mai vede, dar îl duc pe Major până acolo oricum, așteptând... ce? Un semn? Să apară Bea din senin, purtând o pălărie cu văl și ochelari de soare și să-mi spună că totul a meritat?

N-are cum să se întâmple așa ceva.

Nu sunt decât o tipă prinsă în rahaturile altor oameni. Care a gustat puțin dintr-o viață diferită, doar ca să o piardă mai târziu, fiindcă așa merg lucrurile de obicei.

Totuși, mă cuprinde tristețea când stau acolo și văd locul unde obișnuia să fie casa, amintindu-mi cum mă simțisem gătind în bucătăria aceea, dormind în acel dormitor, cufundându-mă în cada aceea.

Numai că, de fiecare dată când mă gândesc la asta, trebuie să-mi amintesc că Bea fusese întotdeauna acolo, împărțind același spațiu cu mine. Așteptând.

Tocmai m-am întors să pornesc spre casa lui Emily, cu Major pășind fericit alături de mine, când telefonul îmi vibrează în buzunar. Nu recunosc numărul, dar, pentru că are prefixul 205, de Birmingham, răspund.

— Jane Bell? întreabă un bărbat.

Sună ca un basset hound dacă acesta ar putea vorbi, are o voce gravă și tărăgănată. Trag de lesă și spun „da".

— Sunt Richard Lloyd. Avocatul lui Edward Rochester.

Îmi amintesc numele, îmi amintesc cum Eddie i-a întins cartea lui de vizită lui John și strâng cu putere telefonul între degete.

— OK.

Bărbatul oftează.

— Ați putea veni la mine la birou săptămâna asta? Cu cât mai repede, cu atât mai bine.

Vreau să-l refuz. Ce avantaje aș avea eu din întâlnirea cu niște avocați?

Însă apoi mă uit la casa lui Eddie și îmi amintesc de visul meu lucid cu Bea ieșind din cenușă ca să-mi dea ceva, o recompensă pentru toate lucrurile prin care am trecut.

— Sigur, îi confirm. Pot veni mâine.

Biroul arată exact așa cum mi-am închipuit. Mobilă scumpă, masculină, din piele, tablouri cu câini și rațe moarte în gurile lor, revistele despre vânătoare, pescuit și golf acoperind măsuța de cafea din fața mea.

Iar când un bărbat ușor livid, într-un costum urât, apare în recepție și mă întreabă „domnișoara Bell?", este exact așa cum m-am așteptat.

Nu are nimic din aerul dubios al lui Tripp, dar sigur provin amândoi din aceeași specie, *Bețivanus Southernus.*

Mi-l imaginez cum se duce la cârciuma din colț ca să ia prânzul, în fiecare zi, cum comandă mereu același meniu și cum bea cel puțin două beri înainte de a se întoarce ca s-o hărțuiască sexual pe studenta drăguță care răspunde la telefoane.

Mă forțez să-i ofer zâmbetul meu timid, care îi plăcuse atât de mult lui Eddie, și mă ridic în picioare, scuturându-i ferm mâna pe care mi-a întins-o.

— Vă rog, spuneți-mi Jane.

— Jane, repetă el. Nu mai dai peste multe Jane în prezent.

Continui să afișez același zâmbet insipid și îl las să mă conducă în biroul lui.

Și mai multă piele aici, și mai multe tablouri cu scene de vânătoare, numai că aici sunt fotografii cu el, zâmbind larg, într-o vestă portocaliu-aprins, ținând, în mâinile ridicate, un cap de cerb cu ochi sticloși și cu limba atârnând.

Nu e pentru prima dată când îmi zic în sinea mea ce ușurată voi fi când voi scăpa de locul ăsta. Adăpostul de puf din Thornfield Estates fusese plăcut, dar restul lucrurilor de aici erau putrede rău.

— Așadar, începe el după ce se așază la biroul masiv. Trebuie să recunosc că am fost ușor surprins că Eddie a vrut să-și schimbe testamentul după ce s-a logodit cu tine. Sincer, chiar am încercat să-l determin să se răzgândească. Fără supărare.

— Nicio problemă, îl liniștesc, dar abia dacă-l mai aud din cauza țiuitului brusc din urechi.

Eddie m-a inclus în testamentul lui.

Oare credea că Bea va ieși de acolo într-o bună zi? Și că ea îl va omorî?

Era felul lui de a-și cere iertare preventiv ori doar un alt act al piesei lor bolnave? O metodă prin care să o împiedice să aibă acces la averea ei, dându-mi-o mie?

Nu voi afla niciodată.

— În orice caz, avea control asupra tuturor proprietăților lui Bea după dispariția ei. Acțiunile din companie și restul lucrurilor de genul ăsta. Iar acum, continuă el, împingând spre mine un dosar gros din piele, toate îți aparțin.

Degetele îmi amorțesc când îl pun în poală, simțindu-i greutatea pe picioare.

— Compania e și ea tot a ta, bineînțeles, adaugă avocatul, notând ceva pe un blocnotes. Southern Manors. O poți păstra sau...

— O pot vinde, corect?

Ochii domnului Lloyd îi întâlnesc pe ai mei, peste birou, și buzele îi zvâcnesc ușor.

— Îți aparține, repetă el.

Stau așa acolo, încercând să asimilez informațiile și, pentru o clipă, mă gândesc cum ar fi să o păstrez. Să conduc Southern Manors, să cumpăr o casă nouă în Thornfield Estates.

Dar nu.

Văd toate astea drept ceea ce sunt – un cadou. De la Eddie. De la Bea. Ca să le păstrez secretele, îmi oferă asta.

Și să dea dracii dacă nu voi accepta.

Deschid dosarul și mă holbez la hârtia din mâinile mele. În mare parte, domină limbajul juridic și, firește, Jane Bell nu e nici măcar numele meu real, dar nimic nu contează. Nu mă uit decât la numere.

Totul e trecut acolo, limpede ca bună ziua. Întreaga avere a lui Bea, tot ce a construit cu Southern Manors, lăsate lui Eddie, care, la rândul lui, mi le-a dat mie.

Sunt bogată.

Nu doar avută. Fiindcă vorbim de milioane. De sute de milioane.

Care îmi revin mie prin semnătură.

Ridic privirea spre avocat și nu trebuie să mă prefac că plâng. Lacrimile au apărut deja în ochii mei, dar sunt lacrimi de ușurare, nu de tristețe. Lacrimi de bucurie nemărginită. Bea Rochester îmi dăruise o viață. Nu viața ei, nu viața lui Jane Bell, ci ceva nou, proaspăt.

Ceva care să devină al meu.

— Totul a fost un șoc îngrozitor, rostesc în șoaptă. Tot ce s-a întâmplat cu Eddie. L-am iubit, din suflet chiar, dar habar nu aveam...

Mă uit direct în poală și glasul mi se gâtuie.

— Nu știam că poți iubi pe cineva despre care să nu știi nimic totuși.

— Scumpo, se pare că nimeni nu l-a cunoscut pe Eddie Rochester, spune domnul Lloyd, aplecându-se peste birou ca să mă bată ușurel pe mână.

Inelul masiv pe care îl poartă este greu și rece.

Când ies din clădire, vântul se întețește și norii se mișcă rapid pe cer. Aerul pare gros și apăsător, anunțând o furtună de vară târzie. Îmi scot umbrela din geantă și, când mă aplec în față, primii stropi grași de ploaie încep să cadă.

Zâmbetul care mi se așterne pe față îmi rănește obrajii. Probabil că arăt ca o idioată, cu surâsul ăla imens, copilăros, dar, pentru prima dată după multă vreme, nu-mi pasă de cum mă văd oamenii. Nu îmi mai croiesc reacțiile în funcție de ceilalți.

Sunt liberă.

Bea și banii ei mi-au adus libertatea.

Sunt liberă să părăsesc Alabama, liberă să-mi folosesc numele real din nou, dacă vreau. Pentru că banii pe care îi am acum reprezintă zidul perfect împotriva trecutului.

Pot fi Helen Burns din nou, dacă doresc. Pot fi Jane Bell pentru totdeauna, dacă doresc.

Pot fi oricine.

EPILOG

Mă gândesc uneori la ei. La Eddie și la Bea.

Odată, în timp ce puneam cumpărăturile în portbagaj, mi s-a părut că îi văd.

Dar nu puteau fi ei, normal. Până atunci, lăsasem Mountain Brook în urma mea. Plecasem din statul Alabama. Folosisem banii lui Bea ca să-mi cumpăr o căsuță – nimic extravagant, cum mi-aș fi permis. O cabană mică și comodă în munții din Carolina de Nord.

S-a dovedit că îmi plăcea Sudul.

Era imposibil ca femeia cu ochelari din SUV-ul imens care trecuse pe lângă parcarea de la Ingles Market să fie Bea, iar silueta șleampătă de pe locul pasagerului să fie Eddie. Nici măcar nu mi-am dat seama dacă era un bărbat, în primul rând.

Adele se afla în mașină și a lătrat scurt și apăsat când mașina a trecut și am avut impresia că persoana din dreapta s-a întors puțin să se uite, dar se îndepărtaseră deja prea mult ca să fiu sigură.

Asta s-a întâmplat la doar câteva luni după incendiu, așa că înclinam să fiu mai sperioasă și să văd fantome pretutindeni.

Uneori, cred că întotdeauna voi avea senzația că sunt urmărită.

Îmi reamintesc mereu că, atunci când Bea a deschis ușa de la camera de refugiu, un zid de flăcări s-a repezit spre noi. Îmi amintesc mirosul de păr ars și, mai rău, izul mai întunecat și mai tulburător, ca de grătar.

Îmi amintesc că au găsit dinții lui Eddie.

Dar îmi amintesc și dinții care i-au zburat din gură când l-am lovit, așa că...

Mă întreb.

Îmi place să cred că au supraviețuit amândoi. Și că sunt undeva, în lume.

Poate că s-au întors în Hawaii. Sau pe o insulă mai îndepărtată, unde au propria plajă micuță.

Mi-i imaginez pe nisipul alb, sub palmierii bătuți de vânt, așa cum îmi plăcea să mă gândesc la ei când Bea era o fantomă și Eddie îmi aparținea.

Ea stă acolo, zâmbind sub razele soarelui, cu părul lucios dat pe spate. Eddie e lângă ea. Nu la fel de arătos ca pe vremuri.

O văd pe Bea întinzându-se spre mâna lui, văd degetele lui – cu cicatrice și semne groase, roșii, ce îi străbat pielea – cum se împletesc cu ale ei.

Suntem împreună acum, îi va spune ea, *asta e tot ce contează.* Nu banii, nu viața pe care și-o construiseră, nu casa care acum e doar o pată neagră în marea verde de iarbă din Thornfield Estates.

Și n-ar fi o minciună când ea ar zice că e mult mai bine fără toate bogățiile alea, că se descurcă foarte bine amândoi, oriunde s-ar afla.

Ar fi adevărul.

MULȚUMIRI

Îi rămân veșnic recunoscătoare agentei mele, Holly Root, mai ales în privința acestui proiect. Holly, îți mulțumesc că mereu mi-ai văzut potențialul și că îmi cunoști inima de scriitoare mai bine decât mine.

Le mulțumesc și lui Josh Bank, lui Joelle Hobeika și Sarei Shandler de la Alloy Entertainment pentru această ocazie și pentru că mi-ați schimbat felul în care scriu. A fost o bucurie să lucrez cu voi!

Întregii echipe de la St. Martin, inclusiv lui Sarah Bonamino, Sallie Lotz, Naureen Nashid, Marissa Sangiacomo și Jessica Zimmerman. Sunteți rock staruri pentru mine, iar Bea v-ar angaja cât ai clipi la Southern Manors.

Mulțumiri în cantități obscene lui Sarah Cantin pentru transformarea acestei cărți în ceva excepțional! Am fost fericită să lucrez cu o persoană care e și un redactor necruțător, și un susținător fenomenal al cărții și o apreciez mai mult decât pot exprima în cuvinte.

Ca întotdeauna, mulțumesc familiei mele. Nimic nu ar fi distractiv fără voi.

Și, în sfârșit, le mulțumesc tuturor femeilor care au ajuns la sfârșitul cărții *Jane Eyre* și și-au spus în sinea lor: „Serios, Jane? Puteai mai bine."

Sunteți prietenele mele și vă iubesc.

DESCOPERĂ PLĂCEREA LECTURII ȘI ONLINE!
Urmărește-ne și pe canalele noastre de social media, ca să fii la curent cu noutățile editoriale și cu știri despre scriitorii și cărțile **NEMIRA**

Website | nemira.ro

facebook | facebook.com/ed.nemira

Instagram | @edituranemira

BLOG **NEMIRA** | blog.nemira.ro

Postează ce mai citești și intră în comunitatea noastră:

#EdituraNemira
#PlăcereaLecturii